MAX ZWEIG

DIE LIEBE IN UNS VERGRÖSSERN

DRAMATIKER · STÜCKE · PERSPEKTIVEN

MAX ZWEIG

DIE LIEBE IN UNS VERGRÖSSERN

DREI SCHAUSPIELE

TOLSTOIS GEFANGENSCHAFT UND FLUCHT
PIA CAMERON
FRANZISKUS

UNIVERSITÄTSVERLAG WAGNER · INNSBRUCK

Die Herausgabe dieser Publikation erfolgt im Einvernehmen und mit Förderung des Instituts für Österreichische Dramaturgie an der Hochschule für Musik und darstellende Kunst in Wien

CIP-Kurztitelaufnahme der Deutschen Bibliothek

Zweig, Max:
Die Liebe in uns vergrößern: 3 Schauspiele / Max Zweig. — Innsbruck: Universitätsverlag Wagner, 1984.
(Dramatiker, Stücke, Perspektiven)
Enth. u. a.: Tolstois Gefangenschaft und Flucht. Pia Cameron
ISBN 3-7030-0133-X

Gesamtherstellung: Druckerei G. Grasl, A-2540 Bad Vöslau
Printed in Austria

Für Norbert Fuerst

INHALT

VORWORT

Max Zweig, heute in einem patriarchalischen Alter in Israel lebend, wurde in dem auch geistigen Großraum der einstigen Österreichisch-Ungarischen Monarchie geboren und blieb Österreich wie der von ihm so geliebten deutschen Sprache stets verbunden.

Von seinen 22 dramatischen Werken sind in diesem Band drei interessante und bedeutende Schauspiele, nämlich „Tolstois Gefangenschaft und Flucht", „Pia Cameron" und „Franziskus" in einer Trilogie unter dem Titel „Die Liebe in uns vergrößern" zusammengefaßt worden. Denn die Liebe, die menschliche, die kosmische und die göttliche Liebe, bildet den Brennpunkt dieser Werke. Alle Schauspiele sind daher auch von einem von „Gott durchglühten Herzen" geschrieben. Und alle drei Stücke ergreifen jeden, der sie liest, „im Herzen". In diesem Zusammenhang erinnere ich mich an das Wort des großen indischen Mystikers Ramana Maharshi, der sagte: „Du mußt erfassen, daß das ‚Herz' den wahren Kern Deines Wesens bedeutet und das Zentrum ist, ohne das überhaupt nichts existiert."

So erweist sich diese Trilogie als Bekenntnis eines „Theo-Humanistischen Theaters", wie ich es nennen möchte, gesetzt gegen eine die Existenz der Menschheit bedrohende abstrakte Intelligenz, Ideologie, Intoleranz und Fanatismus wie eine „Eiszeit der Herzen", eine Brutalisierung der modernen Welt.

So läßt uns die vorliegende Trilogie, „Die Liebe in uns vergrößern" auch jenes eminent sittliche und menschliche Postulat erkennen, das wir in einem „künftig realen Integral" hin zu einem auch kosmischen „Neuerleben der Liebe" zu verwirklichen haben werden, wollen wir nicht mitschuldig werden, das Menschenbild für immer zu verzerren oder zu vernichten. So ersteht aus Tolstois Flucht die Vision eines neuen, allbeseelten, auch der ganzen Menschheit verbundenen Menschen, aus Pia Cameron die Vision einer neuen Frau, und Franziskus läßt uns nicht nur die ungeheure Liebeskraft Christi fast unmittelbar, nicht nur die göttliche Liebe des hl. Franz ahnen, sondern Franziskus läßt uns auch erkennen, daß eine von Liebe und Geist mitbedingte Sozietät notwendig ist, die gerade in der Zukunft aktuell wird, dringen wir in das Universum ein. Die Aktualität wird noch dadurch erhöht, daß sich die Menschheit bisher nicht Assisi, sondern Hiroshima zubewegt hat. Von diesen Erwägungen aus erscheinen diese drei Schauspiele Max Zweigs von entscheidender Bedeutung in einer entscheidenden Zeit.

Nicht versäumen möchte ich hier, Herrn Dr. Max Zweig zu danken, der die Veröffentlichung dieses Buches durch wertvolle Hinweise mit ermöglicht hat, und Herrn Professor Dr. Paul Wimmer, der als ein Kenner des Schaffens von Max Zweig die Einleitung verfaßt hat. Möge dieses Buch viele Freunde und Leser finden.

Kurt Becsi

LIEBE, DIE FURCHTBARE KRAFT

Daß man den nun 92jährigen, in Jerusalem lebenden Bühnendichter Max Zweig mit einem prononcierten Hinweis dem Publikum erst vorstellen muß, enthüllt schlagartig, wie reformbedürftig unsere Theater- und Literaturzustände sind.

Gewiß: die Welt blieb ihm gegenüber nicht taub. 1924 schon spielte das Nationaltheater Mannheim Max Zweigs Tragödie „Ragen", in der das Problem des Orest mit dem Hamlet-Motiv ebenso kühn wie scharfsinnig verbunden wird. Ragen, der Sohn des Königs Aage von Bretagne, will das Unversöhnliche vereinen, den Vater rächen und kein Blut vergießen, den *neuen* Menschen in *sich* gebären — und kann „doch nicht lassen der Alten *alte* Taten".

Ragen, des Grauens Kind, vollbringt sein Werk zwar mit dem Arm eines *anderen*, aber mit seiner Seele. Das Urthema der Schuld, der Weg vom Blut zum Blut, wird mit visionärer, elementarer Lebenskraft und glühender Energie ins Bild gehoben. Den unerhörten Zukkungen der Leidenschaft entspricht eine scharf akzentuierte gewitternde Verssprache.

Wohl wurden Zweigs „Davidia" nicht nur in Israel aufgeführt, sondern auch in Paris, New York und Buenos Aires — aber wer kennt „Das Wunder des Hilarius", „Moruturi" oder das Napoleon-Drama „St. Helena"? 1957 erhielt Max Zweig — als erste öffentliche Auszeichnung in seinem Leben! — für sein Drama „Saul" den zweiten Preis bei dem von der Bregenzer Festspielgemeinde veranstalteten Dramenwettbewerb. Groteskerweise wurde diese Dichtung aber nie in den Spielplan der „Bregenzer Festspiele" eingefügt — erst das Schloßtheater in Celle nahm sich 1962 dieser Dichtung an.

1963 wurde Max Zweigs „Franziskus" bei den Bregenzer Festspielen und im Wiener Burgtheater aufgeführt. Josef Meinrad spielte die Rolle des Franziskus. 1982 wurde dieses Spiel auch in der Wiener Minoritenkirche und in Krems — mit Walther Reyer in der Titelrolle und Verena Wengler als Clara — inszeniert. Auch der ORF strahlte eine Aufzeichnung dieser Inszenierung aus.

Der eigentliche Durchbruch aber gelang Max Zweig bisher nicht. Von seinen 22 Bühnenstücken blieb die Mehrzahl bisher ungespielt. Die kontinuierliche Verweigerung durch die Dramaturgie ist erstaunlich: denn das Schaffen Max Zweigs entwickelte sich tatsächlich, wie Max Brod bemerkt hat, mit „Kleistscher Strenge, in logischer Knappheit der Diktion, mit oft höchst aktueller Thematik".

Auf eigenständige Weise werden in seinen architektonisch meisterhaft gebauten Dramen Forderungen der Klassik mit Elementen des psychologischen Dramas verknüpft. Fast „angstvoll" alles Abstrakte vermeidend, bekennt sich Max Zweig zum spezifisch Dramatischen, das ihm in der Bewegung, im Zusammenklang zwischen Charakter und Schicksal, in der strengen Notwendigkeit beschlossen liegt. Natürlich leugnet er nicht die tiefe Bedeutung der Idee für das Drama — aber „sie soll Sinnlichkeit und Leben geworden sein und ungesagt bleiben". „Ich versuche", bekennt er in einem Brief, „die Wirklichkeit darzustellen, wie sie ist, aber durch die Darstellung ahnen zu lassen, daß es noch eine andere (höhere) Wirklichkeit gibt."

Mystische Schau, religiöse Sehnsucht und scharfe Zeitkritik verschränken an gewissen Stellen sich mit einer an Strindberg gemahnenden Analyse und Seelen-Hieroglyphik. „Der Mensch übersteht Epidemien, Erdbeben, Feuerbrünste, grausame Qualen des Körpers und der Seele. Die qualvollste aller Tragödien aber spielt sich in der Stille des Schlafzimmers ab", heißt es in der Tragödie „Tolstois Gefangenschaft und Flucht". So wie Dostojewski weiß auch Max Zweig, daß die demütige Liebe, mit der ein Mensch den anderen lieben soll, eine „furchtbare Kraft" ist.

Geboren wurde Max Zweig am 22. Juni 1892 im mährischen Proßnitz. Sowohl sein Vater, der Advokat Gustav Zweig, wie auch schon sein Großvater Markus Zweig waren Bürgermeister der autonomen politischen Judengemeinde Proßnitz. Sein Vater übrigens der letzte, da die Tschechen nach der Staatsgründung die Autonomie der Judengemeinde aufhoben. Da es in Proßnitz kein deutsches Gymnasium gab, kam Max Zweig im Alter von zehn Jahren nach Olmütz. Es entbehrt nicht einer gotesken Ironie, daß es vor allem die jüdische Minderheit war, die in Böhmen und Mähren die deutsche Sprache tradierte.

Fast die ganze Entwicklung Max Zweigs spielte sich in Österreich ab. Wien und das Burgtheater spielten dabei die größte Rolle. „Ich war", schreibt er an Norbert Fuerst, „sozusagen von Kindheit an ein Theaterenthusiast und seit ich, etwa dreizehnjährig, zum erstenmal im Burgtheater war, war dieses für mich das Ideal eines Theaters schlechthin." „In den obersten Gymnasialklassen traf ich mit meinen Eltern die Vereinbarung, daß ich, als Belohnung für ein gutes Schulzeugnis, das ich heimbringen würde, die Weihnachtsferien nicht bei ihnen, sondern bei meinen in Wien lebenden Großeltern verbringen dürfe; so sah ich dreimal in je acht Tagen je zehn oder mehr Aufführungen, die meisten davon im Burgtheater." „Meine Lehrer, Führer und Freunde, die nie versagen", bekennt er an anderer Stelle, „waren und sind die alten Griechen, Shakespeare, und die großen deutschen Dramatiker, die zu studieren ich nie aufhöre." „. . . Den stärksten Eindruck einer Persönlichkeit, der ich je begegnete, machte auf mich Paul Ernst, wegen der Unbedingtheit seiner Übezeugung und seiner männlichen Kraft. Er war es auch, der meine ersten unbeholfenen Schritte liebevoll beobachtete und förderte."

Nach dem Willen des Vaters studierte Max Zweig Rechtswissenschaften in Prag und Wien, wo er auch zum Doktor promoviert wurde. Während des Ersten Weltkrieges diente er in der Österreichischen Armee in einem Epidemienspital. 1920 ging Max Zweig nach Berlin, wo er, mit Ausnahme eines in Italien verbrachten Jahres, bis 1934 lebte. Da es für einen Juden unmöglich wurde, länger in Deutschland zu verweilen, ging er nach Proßnitz zurück. Seine nichtjüdische Gattin Margarethe, die er 1932 geehelicht hatte, trat aus Protest gegen Hitler zum Glauben ihres Mannes über.

Ein Jahr vor Ausbruch des Zweiten Weltkrieges folgte Max Zweig der Einladung eines Freundes, ihn für einige Monate in Palästina zu besuchen. Aus diesen Monaten sind mittlerweile Jahrzehnte geworden. Unberührt von den Kämpfen literarischer Cliquen lebte Max Zweig unter den drückendsten materiellen Bedingungen in einzelgängerischer Zurückgezogenheit in einer kleinen Dachkammer Tel Avivs nur seinem Werk, das als Verflechtung von Diesseitswunder und religiösem Mysterium hohe Achtung verdient. Ein überaus strenger Arbeiter, formte er seine Dramen Szene für Szene, Wort für Wort in seinem Kopfe um, bis er sie auswendig konnte und praktisch nur mehr niederzuschreiben hatte. Zur Verbannung aus der Heimat kam die noch schwerer wiegende Einsamkeit des Künstlers, der nicht bereit war, auch aus seiner Muttersprache zu emigrieren und auch weiterhin in deutscher Sprache schrieb. Seine Liebe zur Muttersprache ist so groß, daß sie eifersüchtig das Erlernen anderer Sprachen verhinderte. Nur mühsam kann er sich im Alltag auf Hebräisch verständigen. Auch seine Kenntnis des Englischen reicht nicht aus, sich literarisch auszudrükken.

Zudem „wußte" Max Zweig, daß mit dem Verzicht auf die Muttersprache viel mehr als die Sprache auf dem Spiel stand: sein geistiges Schicksal und die reine Empfindung des Lebens, das immerwährend Schöpferische, von dem Hölderlin spricht, und das Entstehen des Endlichunendlichen als Indivuellewigen.

Diese Treue impliziert eine tiefe Tragik. „Es gehört", so schreibt der Dichter 1982 in einem Brief, „zu den übrigen Mißgeschicken, welche die Echolosigkeit meiner Werke erklären, daß ich nirgends hingehöre: in Israel bin ich ein Deutscher, also in einer verpönten Sprache schreibender Autor, im deutschen Sprachbereich ein in Israel lebender Jude."

Daß Max Zweig im Februar 1984 — als die Druckfahnen zu diesem Buch bereits vorlagen — als erster deutsch schreibender Dichter den hochangesehenen Literaturpreis der Zionistischen Weltorganisation erhielt, mutet fast wie ein kleines Wunder an. Daß der Dichter seine Dankrede bei der feierlichen Überreichung des Preises in Tel Aviv in deutscher Sprache hielt, erweist aufs neue die Unbedingtheit und Kompromißlosigkeit dieses großen geistigen Eremiten.

Das perenne Thema Max Zweigs ist die Möglichkeit, aus dem Geiste zu heilen. Es geht ihm um den Auftrag des Herzens, nicht allein in Empörung, sondern um Reinigung. Wie tief er um die inneren Zusammenhänge alles Seienden, um die Kontrapunktik und den Einklang von Intraphysik und Metaphysik weiß, erhellt aus dem Bekenntnis, das er seinem „Rasputin" in den Mund legt: „Ohne Sünde wirst du nie gereinigt werden." Während Franz Werfel, der freilich von ganz anderen Voraussetzungen ausging und anderen literarischen Zielen zugeneigt war, selbst das Böse als ein Mittel der Gnade aufzufassen suchte, beklagt Max Zweig unsere Zeit als „widergöttlich", stellt er das Böse dar, „wie es ist und w e i l es ist". Und er stellt es mit großer Suggestionskraft dar, etwa in der „deutschen Bartholomäusnacht".

Im Zentrum von Max Zweigs Dramatik steht das Problem der menschlichen Freiheit und des inneren Friedens, steht das Wissen, daß Wahrheit, die nur geredet, aber nicht gelebt wird, unfehlbar zur Lüge wird. Er legt dar, wie auch im Erniedrigsten noch Würde lebt und paraphrasiert damit jenen Kernsatz jüdischer Glaubenslehre, nach dem um jedes einzelnen Menschen willen die Welt erschaffen worden sei.

Eines der tiefsten und seelenstärksten, dabei gleichzeitig gesellschaftskritischesten Stücke von Max Zweig ist „Tolstois Gefangenschaft und Flucht". Der 82jährige Tolstoi sucht nach einer glücklichen Ehe aus dieser auszubrechen, weil seine Frau das Evangelium der Gewaltlosigkeit nicht versteht. So wie die Inder nach Erreichung des 60. Lebensjahres in die Wälder gehen, um Gott zu suchen, will er in die Einsamkeit gehen, die Persönlichkeit abwerfen wie einen einengenden Balg, aufhören, er, Leo Tolstoi zu sein, namenloses Volk werden, aus seiner „kleinen dumpfen Welt" in die große Gotteswelt eingehen. Als die revolutionär gesinnten Studenten Tolstoi auf ihre Seite zu ziehen suchen, weigert er sich. Er weigert sich nicht deshalb, weil er ihre Ziele nicht gutheißt, sondern weil sie dieses Ziel mit Gewalt erzwingen wollen. „Ich werde nicht dulden, daß in meinem Namen oder unter meiner Mitwirkung das Blut eines einzigen Menschen vergossen wird" — und, noch tiefgreifender, noch deutlicher. „Ich glaube, ... daß die Gewalt das Böse nicht aus der Welt schafft, sondern zu dem bestehenden Übel neues, noch schlimmeres hinzufügt."

Tolstoi geht dorthin, wohin seine Seele ihn weist — und er kommt damit seltsam nahe der Prophetengestalt des Elimelech, der sich gegen die Berufung wie gegen einen „gepanzerten Feind" wehrt.

Auch in dem Zeitstück „Davidia", dessen Handlung sich an einem Frühlingstag des Jahres 1920 begibt, geht es um die innere Freiheit. Davidia ist eine Gemeinschaftssiedlung. Ihre Menschen leben aus dem Glauben an jenen Traum von Gerechtigkeit und Menschenwürde, den auch Schiller geträumt hat. Und wenn sie auch die ideale Gemeinschaft nicht verwirklichen konnten, so haben sie doch eine hohe Stufe des inneren Lebens erreicht. Sie waren Betrübte gewesen und haben die Heiterkeit gefunden. Weil sie die Erde lieben, spricht sie zu ihnen. Die reale Außenhandlung zeigt in wuchtigen Szenen den Kampf jüdischer Siedler gegen eine übermächtige arabische Umwelt. Aber mitten in dieser todbedrohten Welt des Hasses lebt und wächst die Erkenntnis. Für den jüdischen Arzt Edelmann sind auch die Araber, die einen Siedler nach dem anderen töten, keine gewöhnlichen Banditen. Er erkennt die „tragische Unentrinnbarkeit", daß sie gerade so recht haben wie seine Glaubensbrüder: „Wir haben auf der riesigen Erde kein winziges Stück

Land und müssen dieses gewinnen, das einst uns gehört hat. Und sie verteidigen das Land, das ihnen gehört."

Der Durst nach Gerechtigkeit bestimmt auch das historische Drama „Die Marranen". Nicht aus Trotz, sondern weil er die Entwürdigung der Herzen nicht mehr länger ertragen kann, die zum Totentanz marranischer Brüder und deren grausamen Karnevalszug zur Feuerstätte führt, weil der Schrei der Verzweifelten ihn aufschreckt, steigt, ohne äußere Nötigung, der zum Spanier gewordene Jude Christobal wieder hinab in jene Welt, wo Verfolgung ist und Verzweiflung. Er will wieder einmünden in den mütterlichen Strom der Geschlechter, von dem er geglaubt hat, sich scheiden zu können.

Auch das aktuell gebundene Zeitstück hat in Max Zweigs Schaffen seinen angestammten Platz. Hervorzuheben ist „Aufruhr der Herzen", wo eine Nichtjüdin durch ihr Selbstopfer eine zur Verschickung bestimmte Familie rettet und „Die deutsche Bartholomäusnacht", welche den Machtkampf zwischen Hitler und Röhm zum Inhalt hat.

In den Dramen Max Zweigs wird die tragische Spannung zwischen Idee und Wirklichkeit, die Spannung auch zwischen Trieb und Pflicht, das Gefühl der Gnadenbedürftigkeit und der Gnadenposition des Menschen verdeutlicht: als kategorische Pflicht jedes Menschen wird die Pflicht erkannt, die Kraft der Liebe in der Welt zu vergrößern, Pflicht und Trieb, voneinander getrennt, ja, im täglichen Leben nur zu oft einander feindlich entgegengesetzt, werden im r e c h t denkenden Menschen identisch. Max Zweig zeigt in seinen Dramen, wie aus dem Leid jene Kraft erwachsen kann, welche die Welt heiligt und die Gnade möglich macht. Sein Drama ist Zeit-Drama u n d religiöses Schau-Spiel in einem. Er zeigt, wie der Mensch sich nicht damit begnügen muß, ein Empfänger für das Echo der Zeit zu sein, sondern daß jeder für sich die Trübnis abstoßen, sich aus der Dumpfheit befreien kann. Er erinnert die Menschheit daran, daß sie aus Menschen besteht und j e d e r e i n z e l n e Mensch Antwort geben muß. Aus der Erkenntnis, daß jeder Mensch die Möglichkeit zur Selbstverwirklichung oder zur Selbstvernichtung in sich trägt, leitet er die Forderung ab, die Tierheit in sich zu überwinden. Besonders deutlich zeigt sich dieser Zusammenklang, die gleichsam kontrapunktische Verschränkung von zeitkritischen und religiösen Elementen, in dem Drama „Pia Cameron“, dessen Handlung während des Spanischen Bürgerkrieges spielt. Die Schwestern Pia und Estella Cameron, deren Vater von Falangisten ermordet wurde, leben in einem einsam gelegenen Herrenhaus, das Pia Cameron, die als Partisanin mit der linksgerichteten Republikanischen Armee zusammenarbeitet, zugleich als Beobachtungsposten dient. Eines Nachts sucht ein Fremder in ihrem Hause Zuflucht. Pia Cameron versorgt den Verwundeten, erkennt in ihm aber bald ihren politischen Feind. Sie ist zunächst willens, ihn, wie bisher jeden, der in ihre Hände gefallen war, ihren Leuten auszuliefern Aber das Gespräch mit dem Flüchtling zeigt ihr, daß nicht ein Mensch des Menschen Feind sein kann, sondern immer nur die Lüge, die im Irrationalismus wurzelt und mit dem Teufelselixier des ideologischen Hasses getränkt worden ist. Der faschistische Soldat, der bei ihr Zuflucht sucht, ist ein Wissenschaftler, der so entrückt in seiner Welt lebt, daß der Ideologienstreit nur wie das dumpfe Geräusch einer fernen, hohlen Brandung in sein Bewußtsein drang. Er macht ihr klar, daß man auch ein Ideal schändet, wenn man barbarisch und unmenschlich dafür kämpft. Jedes seiner Wort legt ihre schmerzende Seele bloß. Und sie begreift, daß über allen Gesetzen, die der Mensch sich gibt, das Gesetz der Gnade steht. Sie rettet den Flüchtling vor den Häschern. In dieser einen Nacht erwacht „aus der Wildnis von Haß und Groll und Rachsucht das Erbarmen“, zwei Fremde treffen sich, während der Donner der Kanonen von fernher an ihr Ohr schlägt, zu einer Friedensfeier. Natürlich gibt Pia Cameron den Flüchtling nicht frei, weil sie sich in ihn verliebt hat — zu billig wäre solch eine Motivierung —: sie gibt ihn frei, weil sie erkannt hat, daß es keine Freiheit geben kann, wenn wir Sklaven des Hasses bleiben, daß kein Sieg nützt, wenn wir den inneren Frieden verlieren. Diese ihre Tat gibt dem Leben wieder

Sinn, indem sie der Orgie des Unrechts ein Ende setzt. Aus tiefer Frömmigkeit entscheidet sie sich zu der inneren Freiheit, lebt sie, im vollen Bewußtsein, daß sie ihre eigene Existenz damit gefährdet, die Worte der Antigone nach, mit denen das Stück auch ausklingt: „Nicht mitzuhassen, mitzulieben bin ich da."

Der geistige Mensch, so sagte Hermann Broch, kennt nur ein einziges Interesse, und „das heißt Erkenntis und Menschlichkeit". In vollem Umfang läßt sich dieses Wort auf Max Zweig anwenden. Alle seine Dramen zeigen den Weg zum Menschen. Um die Heiligung des Lebens geht es Max Zweig, um die Bindung des Menschen an das Leben, die tätige Menschenverantwortung. Das Gesicht ist wieder der Gottheit zugewandt. Mit innerer Notwendigkeit wendet sich der Dichter jenen Gestalten zu, die, seit „Gott sie verführt hat", seiner Liebe auf ewig verfallen sind. Er steht damit einer großen Tradition nahe, die von den Mysterienspielen Hofmannsthals und Paul Claudels bis zu den Legendenspielen von Franz Theodor Csokor, Rudolf Henz und Felix Braun reicht, aber auch bis zu Franz Werfel, der die Aufgabe des Menschen darin gesehen hatte, so zu leben, daß er das Wort vernimmt, das Gott in der Seele jedes einzelnen spricht. Diese Hinwendung zum religiösen Drama, zum sakralen Menschen, ist zugleich ein gewaltiger Gegenstoß gegen das Utilitaristische der Zeit, gegen jegliche Form einer trivial-mechanistischen und flachen Erziehung. Nur unter diesem Gesichtspunkt sind aber auch die „weltlichen" Dramen Max Zweigs zu verstehen, die historischen und historisierenden, sein „Rasputin" und „Die Entscheidung Lorenzo Morenos". In allen seinen Stücken — auch in den aktuell politischen — geht es ihm um die Liebe und um die Gerechtigkeit. Und dieser Schrei nach Gerechtigkeit verbindet ihn auch mit der Welt der Klassik, mit der griechischen Tragödie. Auch Euripides wirft ja nur dieses eine Wort „Gerechtigkeit" der erkannten Sinnlosigkeit entgegen, das Wort des sittlichen Menschen, „der nicht mehr Baustein, sondern Baumeister sein will, das

Wort des Menschen, der dem Staat entkommen ist" und dessen Vaterland die Menschheit ist.

Ein Dichter der Frömmigkeit und der Freude, stiftet Max Zweig das Ideal einer neuen Humanität, ein Reich des Geistes, in dem jeder nach freiem Gewissen und Entschluß handelt. Hinter den sichtbaren Dimensionen zeichnen sich die unsichtbaren ab: „Wir werden niemals wissen, was Gott ist. Das tut auch nicht not. Wenn wir nur wissen, was ER von uns will."

Zu einer Symbolfigur wird endlich nicht nur Max Zweigs „Saul", sondern auch der heilige Franziskus von Assisi, den er in der letzten Phase seines von Leidenschaft durchglühten Lebens darstellt. Der Kardinal von Ostia, der mit aufmerksamem und zärtlichem Auge den Wandel des Franziskus beobachtet hat und davon überzeugt ist, daß keiner, seit der Heiland am Kreuze verblich, so getreu dessen Spuren auf Erden folgte wie der stille Mann, der sich auf den Averner Berg zurückgezogen hat, wird vom Papst nach Assisi entboten, um den Minoritenorden dem Befehl und der Ordnung der Kirche zu unterwerfen, ihm eine neue Regel aufzuerlegen. Unter Androhung eines Ketzergerichtes wird Satz um Satz von den alten Regeln losgerissen. So wie Ugone ist auch Elia, der Generalvikar des Minoritenordens, eine tragische Figur: gegen sein Wollen, gegen seinen Glauben, aber aus Treue zum Orden wird er Franziskus untreu. Er gibt die Regel preis, um Franziskus zu retten und zu einem Heiligen zu machen, opfert die Unschuld seiner Seele, um die Idee in Reinheit zu bewahren. Zutiefst spürt er selber die Tragik der Stunde, in die er gestellt ist: er ist kein Abtrünniger, kein Verräter, sondern einer, der weiß, daß er handelnd seine Seele befleckt und dennoch handeln muß. Er kann nicht die Antwort geben, die in seinem Herzen lebt — und muß durch die Pforte der Verleugnung gehen, um den Augenblick des Wunders herbeizuführen. Die Minoriten müssen ihre Freiheit opfern, damit die Freiheit aller gedeiht, ihre zentralen ethischen Kräfte den normsetzenden unterstellen, obwohl diese ihrem ursprünglichen Glauben, dem Gelübde der vollkommenen Armut und der Heimatlosigkeit, widersprechen. Wieder einmal ist das Reich Gottes auf Erden zum Scheitern verurteilt. Franziskus selbst gibt demütig nach. Aber als man von ihm verlangt, im offenen Konzil einen seiner Brüder als Ketzer auszustoßen, strömt sein Herz von einer unirdischen Gewißheit über. Er „weiß", daß er mit dem Herzen nicht irren kann. Als seine Mutter, die Kirche, ihn ausstößt, wirft er sich in die Arme Christi, empfängt er die Passion. Erschüttert erkennt der Legat die Heiligkeit des Mannes, der — nach einem tiefen Wort von Nikos Katzanzakis — den ihm von Gott anvertrauten Stoff zu Geist machte.

Max Zweigs Drama ist ein hohes Gleichnis vom Gottesreich. Gott erweist seine Existenz, indem er sich in Franziskus offenbart. Der Heilige vom Avernerberg erblindet. Aber wissendere Augen tun sich in seinem Inneren auf. Die göttliche Kraft, die Werfels Tragödie vom „Reich Gottes in Böhmen" bestimmt, Fritz Hochwälders „Heiliges Experiment" speist, Franz Theodor Csokors Bühnendichtung vom „Tausendjährigen Reich" und Roman Brandstaetters „Schweigen" durchwaltet, bestimmt, durchflutet auch Max Zweigs Schauspiel, der nicht nur in diesem Drama um Franziskus erkennt, daß größer als die Regel und das Gelübde die Liebe ist. Es geht gar nicht mehr um die Frage, ob das Christentum Franziskus oder Franziskus das Christentum absorbieren soll, sondern um die Möglichkeit des göttlichen Menschen, der sich der Organisation widersetzt. Und was könnte in dieser Weltstunde, auch im nichtreligiösen und politischen Bereich, aktueller sein?

Paul Wimmer

TOLSTOIS GEFANGENSCHAFT UND FLUCHT

Personen

Graf Leo Tolstoi
Sofja, seine Frau
Andrej, sein Sohn
Tatjana } seine Töchter
Alexandra }
Tschertkow, sein Freund
Jelena Orlowa, eine Freundin Alexandras
Bischof Partheni
Aksimow, ein Bauer, Anhänger Tolstois
Gerschawin } Studenten
Nilinskij }
Gerassim, ein älterer Bauer
Matwej, ein junger Knecht
Tichon, ein alter Pilger
Sacharin, ein Kaufmann
Ein Eisenbahnschaffner

Die Handlung spielt in den letzten Oktober- und den ersten Novembertagen des Jahres 1910.

ERSTER AKT

Die offene Veranda in Tolstois Haus in Jasnaja Poljana. Einige Stufen führen zu einem Rasenplatz hinab. Es ist ein sonniger Tag im Spätherbst, gegen Mittag. Sofja und Tatjana sitzen im Gespräch auf einer Bank, die unter der Veranda steht. Sofja springt plötzlich auf.

Tatjana: Kannst du nicht fünf Minuten ruhig sitzen, Mama?

Sofja: Die Kinder müssen vor Tisch gefüttert werden.

Tatjana: Das wird schon Matrjona besorgen. — Ich sehe, daß du beständig einen Anlauf nimmst, etwas zu sagen, und du sagst nichts. Schütt dein Herz aus!

Sofja: Es ist nichts Neues zu sagen, Tatjana.

Tatjana: Gleich gestern, als wir ankamen, spürte ich, daß etwas in der Luft liegt. Papa schien über unsern Besuch gar nicht erfreut zu sein. Den Kindern schenkte er kaum einen Blick; den ganzen Abend lang saß er gedrückt da und sprach kein Wort. Heut in aller Früh ist er ausgeritten, ohne uns nur „Guten Morgen" zu sagen.

Sofja: Es würde dich zu sehr aufregen. Du mußt dich vor Aufregungen hüten, mein Kind, in deinem Zustand.

Tatjana: Glaubst du, diese Ungewißheit regt mich weniger auf? So rede doch endlich!

Sofja *(bricht aus):* Ich bin eine unglückliche Frau! Gar zu unglücklich bin ich schon, Tatjana!

Tatjana: Ja, was denn? Was ist's mit Papa? In der letzten Zeit sah es doch aus, als sei er viel ruhiger geworden.

Sofja: Das war er auch. Wirklich, er war es. Ich hoffte schon, er habe seine Hirngespinste und Wahnvorstellungen endgültig aufgegeben. Er fing sogar an, eine neue, umfangreiche Erzählung zu schreiben. Das ist zwar ein Geheimnis. Jetzt ist ja Alexandra seine Vertraute, die ihm die Manuskripte kopiert. Und Jelena Michailowna, das kecke Ding, das sich hier eingenistet hat. Vor mir wird alles geheim gehalten; ich werde nur immer beiseite geschoben —

Tatjana: Ach, laß doch die Empfindlichkeiten, Mama!

Sofja: Aber seit dieser Intimus, der intrigante Tschertkow aus dem Ausland zurückkehrte, ging's von neuem los. Papa ist doch so gut und weich; jeder Fremde kann ihn beeinflussen — es genügt vollkommen, daß es ein Fremder ist. Tag und Nacht hörst du wieder nichts anderes als Predigten über das Christentum und das Evangelium und die Notwendigkeit einer Lebensänderung. Und die dicke Alexandra gießt noch Öl ins Feuer! *(Sie springt auf.)* Ach, mein Kopf! Ich vergesse ganz —

Tatjana: Wohin willst du schon wieder?

Sofja: In die Küche. Nach Papas Essen sehen.

Tatjana: Du hast doch vier Leute, die in der Küche wirtschaften.

Sofja: Was ich nicht selber mache, wird nicht ordentlich gemacht. Alles wird mir aufgehalst; alles lastet nur auf mir! Dieser unsinnige Vegetarismus! Er macht die doppelte Arbeit und die dreifachen Kosten — und dabei bildet Papa sich noch ein, besonders bescheiden und anspruchslos zu leben!

Tatjana *(drückt sie auf die Bank nieder):* Jetzt bleibst du endlich einmal sitzen! — Nun, wenn's nichts Schlimmeres ist als sein Vegetarismus —

Sofja: Ich sage ja nichts. Kein Wort sage ich zu allen diesen Albernheiten. Und kindische Albernheiten sind es doch, wenn ein solcher Mann seine Zeit damit zubringt, Bretter zu sägen, zerlöcherte Schuhe zu flicken und Öfen in Bauernhöfen zu setzen, Stümperarbeiten, die jeder Dorfhandwerker besser ausführt —

Tatjana: Das alles ist nicht neu. Du müßtest allmählich an seine Sonderbarkeiten gewöhnt sein.

Sofja: Er überschreitet aber schon alle Grenzen! Jedem Anstand schlägt er ins Gesicht! Denk dir nur: er kommt ungewaschen zu Tisch, frisch vom Feld, mit schmutzigen Händen und Stiefeln! Und die Gäste, die er mir ins Haus schleppt! Bauernvolk, das er irgendwo aufliest und das die Messer in die Mäuler steckt —

Tatjana: Es ist nicht appetitlich, gewiß. Ein Unglück kann ich darin nicht sehen.

Sofja: Aber der finstere Geist der Verneinung! Was es in der Welt nur gibt, ist schlecht und wird verneint; gleichgültig, ob es der Staat oder die Kirche ist, die Schule, die Familie, das Eigentum! Alles, was ich tue oder nicht tue, ist schlecht und falsch. Nur was er selbst denkt und tut, ist unfehlbar —

Tatjana: Das dürfte nicht ganz stimmen. Papa ist gegen sich immer strenger gewesen als gegen andere.

Sofja: Und die schrecklichen Zornausbrüche! Der leiseste Widerspruch bringt ihn schon in wilde Wut. Bei jeder Mahlzeit, bei jedem Besuch oder Gespräch, immer sitze ich wie auf einem Pulverfaß. Nur weil ich nicht einwillige, mein letztes Hemd an die Bauern zu verschenken! Und alles das im Namen seines angeblichen Evangelismus! *(Sie faßt Tatjanas Hände.)* Seit dreißig Jahren frage ich und kann es nicht finden — sage mir, um Christi willen, wo steht das im Evangelium, daß man schmierige Bauern mehr lieben muß als seine Frau und Kinder? Und wenn es dort steht, ich bitte dich, was ist das für ein Evangelium?

Tatjana: Sag, wäre es nicht besser, Mama, ihm nicht immer zu widersprechen? Mit etwas mehr Nachsicht und Geduld —

Sofja *(aufgebracht):* Ja, ja! Ich allein bin schuld! Ganz Papas Überzeugung! Ich weiß schon: meine Damen Töchter vergöttern ihren Papa und sind gegen mich! Gott sei Dank, die Jungens stehen auf meiner Seite —

Tatjana: Ich stehe weder auf seiner Seite, noch auf deiner. Ich sehe nur, daß du einen Widerspruch so wenig verträgst wie er. — Sag dir doch: er ist alt. Das Alter hat Launen und Eigenheiten —

Sofja: Ach ja! In jüngeren Jahren sagte ich mir immer: Er wird älter und vernünftiger werden. Ich muß nur Geduld haben; dann wird das Leben mit ihm erträglicher sein. Das ist ja das Allerfurchtbarste! Er will nicht alt werden; er will es nicht —

Tatjana: Was redest du?

Sofja: Sein Bart ist grau geworden; das ist auch alles. Sonst aber; er badet noch täglich jeden Morgen in eiskaltem Wasser. Er arbeitet sechs Stunden auf dem Feld und sitzt weitere sechs Stunden, ohne Ermüdung, am Schreibtisch. Dasselbe Ungestüm, derselbe leidenschaftliche Starrsinn, dieselbe unbändige Rauflust wie in den fürchterlichen Jahren der Jugend! Und immer die Weiber —

Tatjana: Ich bitte dich! Mit achtzig Jahren!

Sofja: Ich weiß, was ich sage. Er kann noch heute kein hübsches Mädchen sehen, ohne daß seine Augen funkeln! Es ist doch nicht meine Schuld, daß ich dick und häßlich geworden bin und ihm nicht gefalle! Ich kann ihn nicht einfach einer andern abtreten, nur weil sie jünger und frischer ist! Ich kann's nicht; Tatjana, mein Liebling, ich liebe ihn doch —

Tatjana: Aber das ist entsetzlich, Mama! Ich glaube gar, du zitterst vor ihm, nach achtundvierzig Ehejahren!

Sofja: Ich zittere vor ihm! Ich entsetze mich vor ihm! Dieser Mann ist ein Unsegen! Ein Unheil! Er ist unglücklich und macht alle unglücklich, die mit ihm leben! *(Sie steht erregt auf.)* Was wird heut wieder werden? Hochheilige Gottesmutter! Dieser Prozeß —

Tatjana: Was ist das wieder? Welcher Prozeß?

Sofja: Der Prozeß, zu dem Andrej heut nach Tula gefahren ist. Drei Bauern sind in unsere Scheune eingebrochen und haben Mehlsäcke weggeschleppt. Und sie hatten noch die Unverschämtheit, zu behaupten, daß sie's mit Papas Einwilligung getan haben. Das sind die Folgen seiner ewigen Predigten, daß der Boden denen gehört, die ihn bearbeiten! Darauf hat Andrej die Anzeige gemacht.

Tatjana: Ach, hättet ihr die Augen zugedrückt!

Sofja: Wie können wir das? Wenn wir den Räubern nicht rechtzeitig auf die Finger klopfen, plündern sie uns noch rein aus und schmeißen uns nackt auf den Misthaufen! Wenn das Gericht sie aber verurteilt, wird Papa wieder rasen. — Und grad heut muß dieser unglückselige Bischof dahergefahren kommen!

Tatjana: Wo ist da das Unglück?

Sofja: Du weißt doch, Papa wird blaß vor Wut, sobald er nur einen Popenrock sieht. Wenn er nun diesen elganten Bischof mit seiner Equipage erblickt! — Ach, Tatjana! Er grübelt über etwas Entsetzliches! Etwas ganz Vernichtendes hat er gegen uns vor!

Tatjana: Hör auf! Das sind krankhafte Einbildungen!

Sofja: Er will davonlaufen! Mich alte, einsame Frau will er verlassen! Gerade wie vor fünfundzwanzig Jahren, in jener grauenhaften Nacht, als ich mit Alexandra niederkam —

Tatjana: Was willst du? Er ist doch noch in derselben Nacht umgekehrt!

Sofja: Seit fünfundzwanzig Jahren wache ich jeden Morgen auf, zitternd vor Angst, er könnte wieder durchgebrannt sein! Oder er macht das Testament, mit dem er mir immer droht! Er will uns alle enterben! Er hält es für eine Pflicht christlicher Nächstenliebe, seine Allernächsten zu Bettlern zu machen! *(Sie klammert sich an Tatjana.)* Mein Täubchen, sprich du mit ihm, mein Seelchen! Red ihm seine wahnwitzigen Absichten aus! Du bist meine letzte Hoffnung, meine einzige Rettung —

(Alexandra tritt auf.)

Alexandra: Glaub ihr nicht! Sie lügt!

Sofja *(sich hinter Tatjana versteckend)*: Schütz mich vor ihr! Sie ist eine Schlange und beißt!

Alexandra: Was hat sie dir gesagt? Daß Papa sie malträtiert? Die liebe Unschuld! Daß er sie anfährt, sie beschimpft, sie quält? Ich sage dir: sie heuchelt und lügt!

Tatjana: Wie redest du mit Mama?

Alexandra: Ach was, Mama! Hat sie dir auch gesagt, daß sie ihm auf Schritt und Tritt nachspürt, seine Gespräche hinter den Türen belauscht, seine Briefe erbricht? Daß sie mit ihren hämischen Sticheleien ihn bis aufs Blut reizt und mit ihrer hysterischen Eifersucht ihn zur Verzweiflung treibt?

Sofja: Sag es, du fette Otter: Hetzt du Papa gegen mich auf oder nicht?

Alexandra: Das sinnlose Geschwätz!

Sofja: Sag's nur! Sag es vor deiner Schwester: Flüsterst du ihm ein, ein Testament zu machen, in dem er uns enterbt? Oder hat er dir schon testamentarisch den Auftrag gegeben, das ganze Vermögen unter die Bauern zu verteilen?

Alexandra: Ich weiß von nichts. Wenn Papa mir aber einen Auftrag gibt, sei gewiß, daß ich seinen Willen erfüllen werde!

(Andrej tritt auf.)

Sofja: Andrej! Ach Gott! Ist der Prozeß entschieden?

Andrej: Ja. Ein Jahr Gefängnis für jeden der Diebe.

Sofja: Dieses Unglück! Nein, so ein Unglück!

Andrej: Weil die Kerls nur ein Jahr abgekriegt haben, meinst du? Ich allerdings hätte ihnen fünf Jahre Zuchthaus aufgebrummt.

Sofja: Halte es nur vor Papa geheim!

Andrej: Es dürfte nützlich sein, einmal alles offen zur Sprache zu bringen.

Alexandra: Wegen der paar Mehlsäcke! Versinkst du nicht vor Scham in die Erde?

Andrej: Nein, durchaus nicht. Du solltest dich vielmehr bei mir bedanken.

Alexandra: Dafür, daß du Papa diesen überflüssigen Schmerz bereitest?

Andrej: Dafür, daß ich dir das Erbe ungeschmälert erhalte. Ich hoffe, du wirst dich erkenntlich zeigen und mich als deinen Verwalter behalten.

Alexandra: Diese Niedertracht! Deine eigenen schmutzigen Gedanken mir unterzuschieben!

Andrej: Man weiß, warum du Papa um den Bart gehst! Damit er dich, unter Umgehung von uns andern, zur Universalerbin ernennt!

Alexandra: Lügner! Herzloser Lümmel!

Andrej: Heuchlerin!

Alexandra: Vatermörder!

Andrej: Erbschleicherin! Räuberin!

Tatjana: Hört auf! Nehmt etwas Rücksicht auf meinen Zustand!

Sofja: Nun siehst du es: so geht es hier im Haus zu, Tag für Tag!

Tatjana: Wenn es so fortgeht, fahre ich noch heute weg. Haltet euch doch wenigstens vor Fremden zurück! *(Bischof Partheni tritt auf.)*

Sofja: Gestatten Sie, daß ich vorstelle! Meine Tochter Tatjana. Mein Sohn Andrej.

Partheni *(nach einer Verbeugung):* Ich habe nun einen ausgedehnten Rundgang durch den Park, den Garten und das Wäldchen gemacht, Sofja Andrejewna. Es ist mir ganz feierlich zumute. Bei jedem Schritt sagte ich mir mit Rührung: das ist der Ort, die geweihte Stätte, wo der gefeierte Dichter geboren wurde, aufwuchs und alterte, rang und litt, und seine unsterblichen Werke schuf.

Sofja: Sie sind sehr gütig, Bischöfliche Gnaden.

Partheni: Ich habe übrigens Leo Nikolajewitsch schon gesehen. Als ich aus dem Wäldchen trat, sprengte er querfeldein an mir vorüber. Was für eine jugendliche Kraft! Mann und Pferd zusammengegossen, wie bei einem Zentauren! Ich mußte unwillkürlich an die greisen Reckengestalten unserer uralten Sagen denken.

Sofja: Gott sei Dank, er hat sich sehr jung erhalten.

Partheni *(küßt ihr die Hand):* Ihnen, Sofja Andrejewna, gebührt der Dank der ganzen Nation, daß Sie es verstanden haben, um den großen Mann diese Atmosphäre des Friedens und der Geborgenheit zu schaffen, in der das Werk des Genius gedeiht. Sie waren die Muse seiner Jugend und sind in einträchtiger Liebe mit ihm alt geworden, wie Baucis mit ihrem Philemon. — Ich brenne geradezu darauf, ihm einige Fragen, die mich beunruhigen, über sein Werk vorzulegen.

Alexandra: Wenn ich Ihnen raten darf, Herr Bischof: Sprechen Sie mit Papa nicht über seine Werke!

Partheni: Wie denn, Alexandra Lwowna? Warum nicht?

Alexandra: Er hat es nicht gern. Und sprechen Sie auch nicht über die Kirche und das Evangelium! Und nicht über die Bauern!

Partheni: Worüber denn soll man —?

Sofja: Ja, leider. Mein Mann ist so reizbar und regt sich über jede Bagatelle heftig auf. Darf ich zu Tisch bitten? *(Alle gehen auf die Terrasse. Jelena tritt auf.)* Jelena Michailowna, Sie sind die einzige, die Einfluß auf Leo hat, mein Herzchen —

Jelena: Sie überschätzen mich, Sofja Andrejewna. Kein Mensch hat auf ihn den geringsten Einfluß.

Sofja: Wirken Sie auf ihn ein, daß es nur heut nicht wieder zu Szenen kommt! Sie sind meine ganze Hoffnung —

(Man hat sich an den reichgedeckten Tisch gesetzt. Ein Stuhl bleibt leer. Zwei livrierte Diener servieren.)

Partheni: Sie setzen mich in Erstaunen, Andrej Lwowitsch. Sie haben die weltberühmten Bücher Ihres Herrn Vaters nicht gelesen?

Andrej: Nein, die er nach seiner sogenannten Bekehrung schrieb, habe ich nicht gelesen. In seinen früheren Büchern steckte viel Wahrheit, als er die Aristokraten, Gutsbesitzer und Offiziere schilderte, die er kannte. Seit er aber anfing, die Bauern zu idealisieren, die er nicht kennt oder mit Absicht verkennt —

Partheni: Da muß ich Ihnen widersprechen. Auch in seinen Spätwerken ist viel realistische Kraft.

Andrej: Sie interessieren mich nicht. Ich liebe nicht Prophetenbärte und Heiligenscheine.

(Tolstoi und Aksimow treten seitlich auf.)

Tolstoi: Sie haben mir eine solche Freude gemacht, Semjon Makarowitsch, mit den Volkslegenden, die Sie mir erzählt haben. Seien Sie mein Gast! Mögen auch die Meinen sich an ihnen freuen!

Aksimow: Ich habe Ihre Bekanntschaft gemacht, Leo Nikolajewitsch; Christus sei dafür bedankt! Nun fahre ich ruhig nach Hause zurück.

Tolstoi *(ist weiter gegangen und hat die Tischgesellschaft erblickt; er verfinstert sich im Nu):* Wieder

Fremde! Wieder Eindringlinge! — Ja, es ist vielleicht besser, Sie fahren zurück. Nein, kommen Sie! *(Sie betreten die Terrasse.)*

Sofja: Du kommst wieder so spät zu Tisch, Leo. Wir haben einen lieben Gast. Herr Bischof Partheni ist eigens aus St. Petersburg gekommen, um dich kennenzulernen.

Partheni: Sie sehen in mir einen aufrichtigen Bewunderer Ihrer Werke, Leo Nikolajewitsch; ich darf wohl sagen: einen Kenner —

Tolstoi *(leicht über ihn hinweg, zu Sofja):* Mit der Equipage? Mit den Schimmeln?

Partheni: Wie meinen Sie?

Tolstoi: Ja, mit der schimmelbespannten Equipage. *(Zu Partheni, kurz):* Freut mich. — Ich habe auch einen Gast gebracht, Sofja: Semjon Aksimow, einen Freund —

Sofja *(zu einem Diener):* Stellen Sie, Ignati, einen Stuhl an das untere Tischende! — Setz dich, Leo, neben Seine Bischöfliche Gnaden —

Tolstoi: Ignati! Einen Stuhl für mich neben Semjon Makarowitsch!

(Er setzt sich neben Aksimow.)

Jelena: Sie sind uns kein Unbekannter, Semjon Makarowitsch. Leo Nikolajewitsch hat mir Ihre schönen Briefe gezeigt, über die er sich sehr gefreut hat.

Tolstoi: Damals wußte ich noch gar nicht, wie rührend er alte Legenden, die ich noch nicht kenne, zu erzählen versteht.

Jelena: Die müssen Sie unbedingt auch uns erzählen!

Tolstoi *(während ein Diener ihm serviert, murmelt):* Lakaien! Livrierte Lakaien! — Verzeihen Sie, Ignati! Ich wollte Sie nicht kränken.

(Er verdüstert sich immer mehr. Seine finstere Stimmung teilt sich der Gesellschaft mit, und die Gespräche, die geführt werden, haben etwas Gezwungenes und Gekünsteltes.)

Sofja: Hast du den Vormittag angenehm verbracht, Leo?

Tolstoi *(zu Aksimow):* Wie gefällt's Ihnen in meinem

Haus? Damastenes Tischzeug, silbernes Eßgeschirr, Porzellan aus Meißen, Kristall aus Frankreich —

Aksimow: Fein haben Sie's zu Haus. Recht fein ist hier alles.

Tolstoi *(gequält):* Recht fein, nicht war? Recht schlicht und einfach! So recht, wie's einem Christen ziemt!

Jelena *(sucht ihn abzulenken):* Ich habe Ihre Aufträge ausgeführt, Leo Nikolajewitsch. Zuerst gab ich beim alten Trofim die Stiefel ab, die Sie besohlt haben. Dann suchte ich die kranke Anissja auf und hinterließ ihr einen Rubel in Ihrem Namen —

Sofja: Du machst ein so finsteres Gesicht. Schmeckt dir das Essen nicht?

Tolstoi *(zu Aksimow):* Wissen Sie, was Sie hier essen? Spargelspitzen in saurer Sahne. Damit ich im Spätherbst frischen Spargel speisen kann, werden riesige Glashäuser künstlich geheizt, der Boden in den Glashäusern wird künstlich versandet und der künstliche Spargel mit Extrapost hergeschickt.
(Er schiebt den Teller zurück, von dem er kaum einige Bissen gegessen hat.)

Jelena: Anissja ist Ihnen so dankbar. Jetzt kann sie sich ausreichend Tee und Zucker kaufen —

Sofja *(leise zu Tatjana, auf Aksimow deutend):* Was habe ich dir gesagt? Er stochert mit dem Messer in den Zähnen herum.

Tolstoi *(zu Aksimow, höhnisch):* Oder wünschen Sie vielleicht, lieber Aas zu essen?

Tatjana *(auffahrend):* Ach, Papa! Mußt du einem den Appetit verderben?

Tolstoi: Nun was, mein Töchterchen? Das Fleisch toter Tiere heißt Aas. Wer Fleisch ißt, ißt Aas. *(Er versinkt in ein finsteres Schweigen.)*

Partheni: Wir waren gerade, als Sie kamen, Leo Nikolajewitsch, in eine interessante literarische Diskussion verwickelt. Da würde ich mich freuen, Ihre gewissermaßen authentische Interpretation zu hören. Andrej Lwowitsch behauptete, Sie schilderten die Bauern nicht genügend realistisch. Dem habe ich kräftig widersprochen —

Andrej: Kennen Sie Bauern überhaupt, Herr Bischof?

Partheni: Ich wohne zwar zeitlebens in der Residenz. Aber mit einigen Bauern habe ich doch wohl gesprochen.

Andrej: So lernen Sie sie, bitte, erst kennen! Faul und liederlich, verschlagen und dreckig, so sind sie samt und sonders, realistisch gesehen.

Tolstoi *(zu Aksimow):* Daß Sie sich nicht unterstehen, vor diesen Menschen Ihre Legenden zu erzählen!

Partheni *(zu Andrej, eifrig):* Gestatten Sie! Dieser alte Bauer in der „Macht der Finsternis" zum Beispiel — Akim heißt er wohl — der sich als Kanalräumer verdingt und einen solchen Übelgeruch in die Stube bringt, daß sein Weib sich übergibt — Verzeihung, Sofja Andrejewna! — was für ein prachtvoller Realismus! Und dieser äußerlich unreine, übelriechende Bauer hat ein reines, frommes Herz. Ich möchte das eine Kunst nennen, in der Realismus und Idealismus sich miteinander vermählen. Wenn ich mich nicht täusche, war gerade das Ihre künstlerische Intention, Leo Nikolajewitsch?

Tolstoi *(ohne auf ihn zu achten):* Wieviel gibt eine achtköpfige Bauernfamilie in Ihrem Dorf monatlich für Ernährung, Bekleidung und Beheizung aus?

Aksimow: Es ist ein armseliges Dorf. Kleine Bauern sind's nur. Wenn die Leute fünfzehn Rubel haben, sind sie schon glücklich.

Tolstoi: Wissen Sie, was hier im Haus eine Mahlzeit, wie diese da, kostet? Zehn oder zwölf Rubel. Also fast so viel, wie Ihre achtköpfige Familie im Monat verausgabt.

Partheni: Ja, Andrej Lwowitsch, es ist eine Kunst, die eine beinahe symbolische Größe hat. Dieser Akim scheint mir geradezu wie eine Paraphrase zum Wort des Evangeliums: „Nicht, was in den Mund eingeht, verunreinigt den Menschen, sondern was aus dem Mund herausgeht."

Sofja: Ach, Bischöfliche Gnaden! Sie werden mich darüber belehren können. Wo steht das im Evangelium, daß man sein Vermögen seinen eignen Kindern wegnehmen und es den Bauern schenken muß?

Partheni: Wie, meine hochverehrte Sofja Andrejewna? Wo soll das stehen?

Sofja: Leo behauptet, daß der Heiland gesagt hat, man müsse seine ganze Habe verteilen.

Partheni: Gewiß. Gewiß hat er das gesagt. Aber wem? Dem Jüngling, der ihm als sein Jünger nachfolgen und vollkommen werden wollte. Wir gewöhnlichen, schwachen Menschen würden uns eines sündhaften Hochmuts schuldig machen, wenn wir uns vermessen wollten, uns den Jüngern des Herrn gleichzustellen.

Sofja: Leo wirft mir immer vor, daß ich das Evangelium nicht begreife. Aber so, wie Sie es erklären, begreife ich es vollkommen.

Alexandra *(leise):* Halt den Mund! Mußt du ihn ewig reizen?

Partheni: Deshalb hat der Herr in seiner Weisheit die Auslegung seines Worts uns allein, den Dienern seiner Kirche, anvertraut. Um die Menschen, die in eitlem Stolz auf ihren vernünftelnden Verstand pochen, vor verderblicher Überheblichkeit zu bewahren.

Tolstoi *(will auffahren, bezwingt sich und murmelt):* Schweigen! Nur schweigen!

Partheni *(sichtlich befriedigt über seinen Erfolg, beginnt aufgeräumt zu erzählen):* Da fällt mir, zum Kapitel Bauern, eine köstliche Episode ein, die ich selbst erlebt habe. Als wir gestern abend von Tula abreisten, gerieten wir in die Dunkelheit und kamen von der Straße ab. Wir überholten einen kleinen Bauern, der mit einem großen Tragsack dahertrottete, und fragten ihn nach der Straße, die nach Jasnaja Poljana führt. Er erbot sich sofort, sie uns zu weisen, und bat, ein Stück Weges mitgenommen zu werden. In seinem Dorf angekommen, kletterte er vom Bock und bedankte sich freundlich für die angenehme Fahrt. Das Dorf lag in einer völlig verkehrten Direktion; von Jasnaja

Poljana hatte er sein Lebtag nichts gehört. Ich mußte dann dort in einer unsauberen Dorfherberge übernachten. Das Bäuerlein hatte halt mal gratis eine kleine Lustreise machen wollen.

Andrej: Wie ich's Ihnen gesagt habe: Gaunerpack, Trunkenbolde, Diebsgesindel! Die Knute: das ist die einzige Sprache, die sie verstehen.

Tolstoi *(seiner nicht mehr Herr, springt auf, in heftiger Erregung):* Ist das Urteil gesprochen worden?

Andrej: Ja. Jeder der Lumpen ein Jahr ins Gefängnis.

Tolstoi: Ein Jahr Gefängnis! Und das sagst du so ruhig, mit vollen Backen kauend?

Andrej: Warum nicht? Ich bin mir keines Verbrechens bewußt.

Tolstoi: Ein Verbrechen ist es, Menschen, die durch harte, redliche Mühen ihre Familie ernähren, ihrer Arbeit zu entreißen und ins Gefängnis zu stecken, wo sie Läuse mästen! Ein um so größeres Verbrechen, als diese Menschen unsere Wohltäter sind —

Andrej *(auflachend):* Feine Wohltäter, die nachts in unsere Scheunen einbrechen!

Tolstoi: Unsere Wohltäter, sage ich, unsere Ernährer! Daß wir hier träg und behaglich an einem blumengeschmückten Tisch sitzen, unsere Bäuche mit erlesenen, fetten Speisen füllen und, zur besseren Verdauung, teure Tafelweine hinunterschwemmen, haben wir nur diesen Menschen zu verdanken, die in täglicher zwölfstündiger Robot pflügen, säen und ernten, und von trockenem Brot und Kartoffeln leben! Wir stehlen ihnen die Früchte ihrer Arbeit; wenn sie aber einen winzigen Bruchteil des ihnen Gestohlenen zurücknehmen, schreien wir nach der Polizei und Richtern und lassen sie ins Gefängnis sperren! Und wenn wir dann ihren hungernden Weibern einen Rubel zustecken, kommen wir uns gar wie edle, hochherzige Wesen vor —

Andrej: Das Gericht war eben anderer Meinung. Es hat sie als diebische Einbrecher verurteilt.

Tolstoi: Du weißt, daß ich die Gerichte verwerfe, und

rufst das Gericht in meinem Namen an! Du weißt, daß ich nur durch Arbeit erworbenes Eigentum anerkenne, und raubst mit Gewalt und List den Arbeitern ihr rechtmäßiges Eigentum! Ihr begeht Verbrechen und macht mich zum Mitschuldigen an euern Verbrechen —

Andrej: Du hast damit nichts zu schaffen. Du hast den Ertrag des Guts an Mama abgetreten. Ich hätte meine Pflicht versäumt, wenn ich, als Mamas Verwalter, die Halunken nicht angezeigt hätte.

Tolstoi *(immer erregter):* Wen in aller Welt, glaubst du wohl, kann ich dadurch hintergehen, daß ich mich bei jeder Schändlichkeit hinter den Röcken meiner holden Frau verstecke? Ich habe die Erträgnisse abgetreten, aber das Eigentum behalten, und ich nehme an allen Vorteilen und Genüssen teil, die eben diese Erträgnisse gewähren! Ihr enthüllt mich als lügnerischen Heuchler vor dem ganzen Volk —

Andrej: Dem ist leicht abzuhelfen, denke ich. Tritt auch das Eigentum an Mama ab!

Partheni: Da möchte ich Andrej Lwowitsch beipflichten, wenn es mir erlaubt ist, meine Meinung auszusprechen. Treten Sie das Eigentum an Ihre Frau ab: so gehorchen Sie auch dem Buchstaben des Evangeliums.

Tolstoi *(sich jäh ihm zuwendend):* So? Wirklich? Wozu sind Sie hergekommen?

Sofja: Leo! Liebster! Ich beschwöre dich —

Tolstoi: Ich nehme nicht an, daß Sie die achthundert Werst von Petersburg nach Jasnaja Poljana zurückgelegt haben, um weise Reden über Realismus und Idealismus von sich zu geben! Was haben Sie mir sonst zu melden?

Partheni: Ich hätte vorgezogen, mit Ihnen privatim unter vier Augen —

Tolstoi: Wir können das gleich hier abmachen. Ihre Botschaft! Ihren Auftrag!

Partheni: Der Heilige Synod hat mich zu Ihnen geschickt, um mit Ihnen zu Vergleich und Versöhnung zu kommen. Der Heilige Synod hat eingesehen, daß er einen schweren Fehler beging, als er Sie aus der rechtgläubigen Kirche ausstieß. Sie werden indessen so gerecht sein, zuzugeben, daß Sie Ihrerseits nicht mindere Fehler begingen —

Tolstoi: Ich bin nicht so gerecht. Nur weiter!

Partheni: Alle Patrioten sehen mit besorgter Trauer, daß der größte Geist der russischen Erde sein Genie an müßige, sogar schädliche Dinge verschwendet. Sie haben durch Ihre Romane Hunderttausende Herzen beglückt und erwärmt. Was wollen Sie, sagen Sie, mit Ihren sektiererischen Traktaten und Pasquillen, die höchstens in ein paar Dutzend dumpfe Bauernschädel Eingang finden?

Tolstoi: Von Ihnen will ich, daß Sie nach dem, was Sie für Ihr Gesetz halten, Ihre Pflicht tun: daß Sie mich verhaften und einsperren.

Partheni: Wir werden die Verleger, Verbreiter und Leser Ihrer Pamphlete einsperren, aber wir werden uns hüten, an Sie Hand anzulegen. Das wissen Sie sehr wohl, und das macht Sie so kühn —

Tolstoi: Gut. So werde ich Sie zwingen. Ich habe Mittel, Sie dazu zu zwingen!

Partheni: Machen Sie sich keine unnütze Mühe! Wir werden Ihnen nicht den Gefallen tun, Sie zum Märtyrer zu machen. — Hören Sie mich vernünftig an! Der Heilige Synod hat erkannt, daß die orthodoxe Kirche im Sinne der modernen, fortschrittlichen Ideen reformiert werden muß. Wir würden uns glücklich schätzen, wenn Sie mit Ihrer bewährten Weisheit uns bei den beabsichtigten Reformen beraten wollten.

Tolstoi: Reformen? Das Böse kann nicht reformiert, es muß ausgerottet werden! Es ist Ihnen nicht unbekannt, daß die Kirche für mich das absolut Böse ist, die Verkörperung der Lüge, die Verleugnung Christi —

Partheni: Befürchten Sie keine Beugung Ihres Stolzes! Wir werden Sie nicht mit Strafen und Kirchenbußen plagen. Nur ein Wörtchen, das als Reue gedeutet werden kann — und Sie können, in den Schoß der mütterlichen Kirche heimgekehrt, in vollem Ruhmesglanz Ihre Kräfte wieder ganz Ihren erhabenen künstlerischen Aufgaben widmen, für die das Schicksal Sie bestimmt hat —

Tolstoi: Bestechen will man mich? Durch Schmeicheleien gedenkt man mich zu verführen, nachdem die Drohungen abgeprallt sind? Und zu diesem Zweck hat man statt halbidiotischer Dorfpopen mir aus der Residenz einen ästhetischen Bischof geschickt, der über literarische Schlagworte Bescheid weiß und sogar meine Romane gelesen hat —

Partheni *(beleidigt):* Ich bin in reinster Absicht hergekommen, um Ihnen Frieden anzubieten —

Tolstoi: Frieden? Gott weiß, daß ich mir nichts Besseres wünsche als Frieden! Verbrennen Sie Ihre Ornate, Stolen und Mitren, Ihre Altäre, Ikonen, Reliquiare und Ihr ganzes Zaubergerät! Legen sie das goldene Brustkreuz ab, das Sie wie zum Hohne tragen, und laden Sie sich das schwere Kreuz Christi auf die Schultern! Graben Sie mit Ihren gepflegten, beringten Händen die Erde auf, dreschen Sie Korn, hacken Sie Holz und erwerben Sie sich durch Schweiß und Mühen Ihr Brot wie die Millionen unglücklicher arbeitender Menschen, die Sie durch Ihre Zauberkunststücke blenden und verderben! Dann will ich mit tausend Freuden mit Ihnen Frieden schließen —

Partheni: Sie stehen zwei Schritte vom Grab. Gehen Sie in sich, Leo Nikolajewitsch, und tun Sie Buße!

Tolstoi: Bis dahin führe ich Krieg! Erbarmungslosen Krieg mit allen Heuchlern, Betrügern und Volksverführern! Das sagen Sie den Herren vom Unheiligen Synod, die Sie geschickt haben, und lassen Sie mich ungeschoren! Ich will Ruhe in meinen vier Wänden haben —

Partheni: Lassen Sie sofort meinen Wagen anspannen, Andrej Lwowitsch!

Tolstoi *(in einen Stuhl sinkend, stöhnt auf):* Ruhe will ich haben! Ruhe —

Sofja *(zu Partheni, der nach hinten aufbricht):* Haben Sie Mitleid mit einer jammervollen Frau! Bleiben Sie in meinem unwürdigen Haus —

Partheni: Sie sind frei von Schuld, Frau Gräfin. Ich hatte mich darauf gefaßt gemacht, manche Ungebührlichkeiten von einem Künstler hinzunehmen. Aber dieser satanische Hochmut —

Tatjana: Ich halte das nicht aus! Ich fahre noch heut nach Moskau zurück! *(Alle gehen nach hinten.)*

Sofja: Laßt mich in meinem Elend nicht allein, ihr Lieben!

Alexandra: Schämt euch alle miteinander!

Tolstoi *(springt auf und eilt dem sich entfernenden Partheni nach):* Entschuldigen Sie! Sie sind mein Gast. Auch Sie sind ein Mensch, der Mitleid und Liebe verdient. Entschuldigen Sie, bitte!

Partheni: Ich entschuldige nicht. Ich überlasse Sie Ihrem Gewissen —

(Er geht ab. Alle andern gleichfalls, außer Tolstoi und Jelena. Tolstoi hat sich auf die Bank unter der Veranda gesetzt und bedeckt sein Gesicht mit den Händen.)

Tolstoi: Diese Schande! Diese schreckliche Schande!

Jelena *(zu ihm tretend):* Beruhigen Sie sich! Bitte, bitte, lieber Leo Nikolajewitsch!

Tolstoi: Ich schäme mich. So alt und so ohne Selbstbeherrschung!

Jelena: Schämen sollen sich die andern, Sofja Andrejewna, Andrej Lwowitsch mit ihrem Unverständnis und ihrer Lieblosigkeit! So können Sie nicht leben, Leo Nikolajewitsch!

Tolstoi: Nein, ich kann so nicht länger leben.

Jelena: Unter diesen Menschen mit den toten Herzen! Sie müssen unter jungen Menschen leben mit lebendigen Herzen, die Sie verstehen.

Tolstoi: Ja, man kann kaum einsamer sein, als ich in meiner Familie bin. Außer Alexandra will mich niemand verstehen.

Jelena: Ich verstehe Sie. Nein, das wage ich nicht zu sagen. Aber ich bemühe mich, Sie zu verstehen. Und ich hoffe, Sie einst ganz zu verstehen. — Ich kann gegen Sie nicht unaufrichtig sein. Ihre Frau hat mich gebeten, Sie von Ihren Absichten abzubringen.

Tolstoi *(stöhnt auf):* Sie ist ein Mühlstein um meinen Hals! Ich werde diesen Mühlstein bis zum Grabe schleppen!

Jelena: Werfen Sie ihn ab! Führen Sie Ihre Absichten aus! — Ich wollte es Ihnen schon lange sagen. Ich habe beschlossen, hier in Jasnaja Poljana zu bleiben.

Tolstoi *(müde abwehrend):* Sie wissen, Sie werden mir immer als Gast willkommen sein, Jelena Michailowna.

Jelena: Nicht als Ihr Gast. Ich will im Dorf wohnen und mich nützlich machen, als Lehrerin oder Pflegerin. Ich bin entschlossen, mein Vermögen den Dorfarmen zu schenken und nur von meiner Arbeit zu leben.

Tolstoi *(fährt erschreckt auf):* Gott behüte Sie! Was reden Sie? Davor möge Sie Gott behüten!

Jelena: Wovor? Daß ich das tue, was Sie von den Menschen fordern?

Tolstoi: Sie wissen nicht, was Sie da vorhaben. Sie stürzen sich in die schrecklichsten Kämpfe ohne Ende. Ihr Vater wird es Ihnen nicht erlauben.

Jelena: Mein Vermögen ist mein mütterliches Erbteil. Ich bin großjährig und kann frei verfügen.

Tolstoi: Ihr Bräutigam wird nicht einwilligen, ein solches Leben mit Ihnen zu teilen.

Jelena: Dann ist er nicht mehr mein Bräutigam. Sie haben mir die Augen geöffnet. Was ich für Liebe hielt, ich fürchte, das ist nur etwas Häßliches und Schmutziges.

Tolstoi: Sie ahnen nicht, mein liebes Kind, wie es schmerzt, seinen Nächsten wehe zu tun. Glauben Sie's mir, der es täglich erfährt —

Jelena: Ich weiß, daß es schmerzt. Wenn es aber um Höheres geht, muß man's hinnehmen, ihnen auch wehe zu tun.

Tolstoi *(sieht sie ernst an):* Ja, sind Sie denn reif für einen so ungeheuren Entschluß? Sie scheinen mir noch nicht recht reif zu sein.

Jelena *(heftig errötend):* Sie haben recht. Ich war bisher eitel und kokett. Ich werde dieses Kleid nicht mehr anziehen, und die Ringe, und den Schmuck — *(sie streift schnell die Ringe ab).*

Tolstoi: Denken Sie nicht, daß ich Ihre hochherzige Kühnheit verkenne! Sie sind aber noch jung. Ein so entscheidender Schritt darf nicht übereilt geschehen; er muß lange erwogen und ernsthaft beschlossen werden. Man darf ihn nur tun, wenn das ganze Wesen, uneingeschränkt, einen dazu drängt —

Jelena: Haben Sie, Leo Nikolajewitsch, nicht vielleicht allzu lange erwogen?

Tolstoi *(senkt tief den Kopf, leise):* Ja. Und ich habe nie den entscheidenden Schritt getan.

Jelena *(schnell):* Verzeihen Sie! Dazu habe ich kein Recht. *(Nach einer Pause):* Wann werden Sie gehen?

Tolstoi: Wohin?

Jelena: Als Pilger in die Welt. Auf die Straßen Gottes, wie Sie es nennen. Sie sind bisher nicht gegangen, weil Sie niemanden hatten, der Sie genug liebte, um Sie zu verstehen. Jetzt aber werden Sie aufbrechen!

Tolstoi: Ja, ich muß aufbrechen. Ich habe nicht mehr lange Zeit. Aber wie? Wie können Sie das wissen?

Jelena: Weil ich mit Ihnen gehen werde. Wohin Sie mich führen. Wenn Sie wollen: bis ans Ende der Welt! Dazu, das fühle ich, werde ich uneingeschränkt, von meinem ganzen Wesen, gedrängt — Lassen Sie meine Hand los, Leo Nikolajewitsch! Sofja Andrejewna steht am Fenster und späht hinter dem Vorhang auf uns hinab.

Tolstoi *(verzweifelt):* Sie! Immer sie! Sie wird sich mir ewig in den Weg stellen!

Jelena: Ich habe Ihnen so viel zu sagen. Kommen Sie hierher auf die Terrasse! Am Abend, wenn alle sich zurückgezogen haben!

Tolstoi: Auf die Terrasse? Warum?

Jelena: Damit wir unbelauscht verabreden, wann wir zusammen aufbrechen. Sie werden nie mehr einsam und unverstanden sein. *(Sie steht auf. Darauf sagt sie leise):* Ich weiß schon lang, daß Sie mich lieben. Ich werde Sie glücklich machen. Wir werden beide sehr glücklich sein! *(Sie nimmt hastig seine Hand und preßt sie gegen ihre Brust. Dann geht sie schnell ab.)*

Tolstoi *(sieht ihr eine Weile nach; darauf, wie zu sich kommend, leise, fast in Entsetzen):* Was? Was war das? Mein Gott! Bin ich so tief gesunken? *(Er beugt den Kopf und vergräbt das Gesicht in den Händen.)*

ZWEITER AKT

Tolstois Arbeitszimmer. Es ist mit äußerster Einfachheit eingerichtet und ohne jeden Schmuck. Drei Türen: die mittlere führt zum Flur, die rechte zu Tolstois Schlafzimmer, die linke zum Zimmer Alexandras. Ein großer, mit Büchern und Papieren bedeckter Schreibtisch. An der Wand Ackergeräte, in einer Ecke Schusterwerkzeuge. Tolstoi und Aksimow im Gespräch.

Tolstoi: Was sagen Sie zu all dem, Semjon Makarowitsch?

Aksimow: Was soll ich sagen? Das steht mir nicht zu.

Tolstoi: Sie haben jetzt gesehen, wie ich lebe; das fürstliche Haus mit den Kronleuchtern und den teppichbelegten Stiegen, die von Delikatessen und Likören überfüllte Tafel, die livrierten, weißbehandschuhten Diener. Was sagen Sie also?

Aksimow: Ich sage nur: Gott hat es Ihnen schwer gemacht, als er Sie reich machte. Wir armen Leute haben es leichter, der Lehre des Herrn zu gehorchen.

Tolstoi: Nun, ich würde mich nicht bedenken, einen Mann, der die Armut des Evangeliums predigt und selber in solchem greulichen Luxus lebt, einen schändlichen Heuchler zu nennen. *(Er stöhnt auf):* Ich lebe in einer Hölle, Semjon Makarowitsch!

Aksimow: Wie denn? Sie leben schön und angenehm.

Tolstoi: Dieses Haus ist für mich die Hölle, glauben Sie's mir! Meine Frau und Töchter in ihren rauschenden Seidenkleidern, die Lakaien in ihren Karnevalskostümen, der Narrenzug von Gästen, die mich als Bischöfe, Reporter und Photographen heimsuchen, sind böse Geister, die mich quälen! Können Sie das verstehen, daß ein Mensch in der Hölle leidet, weiß, daß es einen Ausweg gibt, und sich nicht aufrafft, aus der Hölle auszubrechen?

Aksimow: Wenn es die Hölle ist, so werden Sie ausbrechen. Das kann gar nicht anders sein.

Tolstoi: Ja, eines Tages werde ich die Kraft finden. Vielleicht ist dieser Tag nicht mehr fern. — Sagen Sie, können Sie mir nicht dort in Ihrem Dorf eine kleine, warme Stube ausfindig machen, in der ich mich ungestört einige Tage verstecken könnte?

Aksimow: Gern, Leo Nikolajewitsch. Meine eigene Stube räume ich Ihnen ein. Ein geheizter Ofen wird da sein und Licht; und Brot und Kohlsuppe wird immer da sein, wenn Sie damit vorlieb nehmen. Eine größere Freude könnten Sie uns nicht machen, als wenn Sie recht lange unser Gast sein wollten —

Tolstoi: Nein, nur fürs erste, bis ich meine Wanderschaft antrete. — Sie sollen etwas sehen, das ich noch keinem gezeigt habe. Einen geheimen Schatz, den ich schon lange aufbewahre. Schauen Sie! *(Er öffnet einen Schrank.)*

Aksimow: Ein linnener Kittel. Ein Brotsack und Bastschuhe. Es ist die Ausrüstung eines Pilgers.

Tolstoi: Meine Mutter sehnte sich ihr Leben lang, als Pilgerin mit frommen Gottesleuten von Kloster zu Kloster zu wallfahren. Die Arme starb, bevor sie zu ihrer Pilgerschaft aufbrach, und hat ihre Sehnsucht auf mich vererbt. Jeden Abend, bevor ich zu Bett gehe, öffne ich diesen Schrank, betrachte das Pilgerkleid und bitte Gott, daß er mir die Stärke verleihe, es am nächsten Tag anzuziehn. *(Er schließt den Schrank. Plötzlich zu Aksimow):* Können Sie Ihre Abreise um eine Stunde verschieben?

Aksimow: Das kann ich. Wenn Sie es wünschen, Leo Nikolajewitsch.

Tolstoi: Gehen Sie im Garten spazieren und kommen Sie nach einer Stunde wieder! Ich habe noch ein Geschäft vor mir. Vielleicht reise ich dann gleich mit Ihnen.

(Aksimow ab. Tolstoi setzt sich an den Schreibtisch und denkt nach. Nach einer Weile tritt Andrej ein.)

Andrej: Mama schickt mich. Du hast ihr wieder eines deiner Billette geschrieben, die sie so erregen.

Tolstoi: Ich habe sie nur gebeten, in mein Zimmer zu kommen, um ihr eine Mitteilung zu machen.

Andrej: Kannst du das mir nicht sagen? Mama ist jetzt gänzlich außerstande zu einem langen Palaver.

Tolstoi: So? Ringt sie die Hände und schnaubt sie unter Schluchzen die Nase? Ja? Ruft sie jammernd aus, daß alle Lasten nur ihr aufgeladen werden?

Andrej: Sie ist über die Drohung furchtbar erschrocken, die du gegen den Bischof ausgestoßen hast. Was hast du vor, um, wie du sagtest, deine Verhaftung zu erzwingen?

Tolstoi: Ich werde nach Petersburg fahren und in das Winterpalais eine Bombe schleudern.

Andrej *(unwillig)*: Ist es dir wirklich unmöglich, wie ein vernünftiger Mensch zu reden?

Tolstoi: Vergib mir! Wirklich, es ist mir unmöglich. Ich bin schon zu alt, mein lieber Junge, und in senilen Blödsinn verfallen. Ich habe meine gesunden Sinne eingebüßt; ich werde von religiösen Wahnideen verfolgt. So denkst du ja wohl?

Andrej: Ich habe das nie behauptet.

Tolstoi: Ich jedoch denke, daß ich in einem Irrenhaus der einzige Vernünftige bin, der aber unter der Vormundschaft von Irren steht. — Sonst noch etwas?

Andrej: Ich bitte dich, Vater, tritt meinem Glück nicht in den Weg. Übermorgen macht Kitty mit ihrem Vater bei uns ihren ersten Besuch.

Tolstoi: Ich werde euer zartes Beisammensein durch meine plumpe Gegenwart nicht stören.

Andrej: Konstantin Pawlowitsch wird Kitty nicht einem Mann geben, der von einem Tag zum andern ein Bettler werden kann.

Tolstoi: Was brauchst du zu betteln? Du bist ein kräftiger, junger Mensch, der immer imstand sein wird, sich sein Brot zu erarbeiten.

Andrej: Du weißt, was ich meine. Du kannst mich mit einem Federstrich zum Bettler machen. Kitty hat das volle Recht, einen standesgemäßen Unterhalt zu beanspruchen. Zerstör nicht mein Glück —

Tolstoi: Ich kann dein Glück nicht darin sehen, daß du ein verwöhntes, in Standesdünkel und Hochmut erzogenes Mädchen heiratest, das nichts kann, als ein wenig Klavier klimpern und französisch plappern. Im Gegenteil: wenn du glücklich sein willst, so heirate nicht!

Andrej: So hast du vor fünfzig Jahren nicht gedacht, als du jung warst wie ich!

Tolstoi: Dafür habe ich fünfzig Jahre in Leiden und Reue gebüßt. Vor diesen Leiden möchte ich dich bewahren.

Andrej: Ich will mein Leben leben, wie du das deine gelebt hast! Tritt das Gut an Mama ab! So wirst du das Eigentum los, das du für sündig hältst, und uns alle machst du glücklich.

Tolstoi: Du hast es oft genug gehört: Ich habe kein Recht, zu verschenken, was nicht mein Eigentum ist.

Andrej: Du hast das Gut von deinen Eltern geerbt, um es an deine Kinder weiter zu vererben. Welches Recht hast du, es an fremde Bauern wegzuschenken?

Tolstoi *(nach einer Pause):* Nun gut, ich könnte sogar bereit sein, das Gut an Mama abzutreten. Aber nur unter Bedingungen, die ich ihr mitteilen will. Schick sie also zu mir!

Andrej *(geht und wendet sich an der Tür zurück):* Ich bitte dich, behandle sie mit Schonung —

Tolstoi: Mit Güte und Rücksicht, ich verspreche es dir. Schick sie nur! *(Andrej ab. Tolstoi denkt eine Weile mit gerunzelter Stirn nach.)* Ein letzter, schwerer Kampf steht mir bevor. Gib mir Kraft, mein Gott, daß ich fest, aber nicht hart sei! *(Er beginnt in wachsender Unruhe auf und ab zu gehen. Sofja tritt ein.)*

Sofja *(aufgeregt):* Was hast du angestellt, Leo? Tatjana packt, um mit den Kindern abzureisen. *(Tolstoi schweigt.)* Auch Andrej droht, abzureisen. Du wirst noch alle, die mich lieben, vertreiben.

Tolstoi: Nimm dich zusammen, liebe Sofja! Wir wollen mit gegenseitiger Duldung zu einem Einvernehmen kommen.

Sofja: Was willst du von mir? Was willst du von mir armer, gequälter Frau? Da schreibst du mir wieder, daß du so unglücklich bist. Du bist gesund. Du hast brave, wohlgeratene Kinder und bist ein vermögender Mann. Du wirst als der bedeutendste Künstler der Gegenwart gefeiert. Jeder andere an deiner Stelle würde sich auf dem Gipfel des Glücks fühlen!

Tolstoi: Ich bin aber unglücklich! Grenzenlos unglücklich.

Sofja: Können wir nicht wieder wie früher leben? Wir haben so schön und friedlich miteinander gelebt, als du dich noch damit begnügtest, nur ein großer Dichter zu sein —

Tolstoi: Als ich unnützes, dummes Zeug schrieb, um die Langeweile satter, müßiger Menschen zu vertreiben!

Sofja: Warum willst du denn durchaus auch noch ein Prophet sein? — Damals ließest du mich an deinem geistigen Leben teilnehmen; wir haben gemeinsam gearbeitet und uns zusammen gefreut —

Tolstoi: Ja, ja! Du opfertest dich für mich auf, als du die dreitausend Seiten von „Krieg und Frieden" siebenmal von der ersten bis zur letzten Silbe abschriebst! Wir weinten beide vor freudiger Rührung, als ich dir das Kapitel aus dem „Eheglück" vorlas, in dem ich die Nacht mit den schluchzenden Nachtigallen beschrieb. Ich weiß die Litanei auswendig!

Sofja: Früher sagtest du immer, du seist unglücklich, weil du keinen Glauben hättest. Nun hast du längst den Glauben und bist viel unglücklicher als früher.

Tolstoi: Wirst du mich nie verstehen? Ich bekenne den Glauben mit den Lippen und führe ein Leben, durch das ich in jeder Stunde meinen Glauben verleugne! Das ist es ja, dieser schreiende Widerspruch zwischen meinem Glauben und meinem Leben, was mich namenlos unglücklich macht —

Sofja: Wer hindert dich denn, ganz nach deinem Belieben zu leben? Ich sage doch nichts dawider, wenn du's nach deinem Glauben für nötig hältst, an der Hobelbank zu sitzen, Stiefel zu flicken und mir Bauern hier einzuquartieren. Aber du willst davonlaufen! Nur das willst du: von mir davonlaufen —

Tolstoi: Sei nicht, ich flehe dich an, heftig und hemmungslos! Wir wollen in Sanftmut —

Sofja *(ohne auf ihn zu hören):* Auch ich war einmal jung und hübsch! Ich habe nie nach einem anderen Mann geblickt! Immer bin ich dir eine treue, gehorsame Frau gewesen! Und jetzt hast du nichts anderes im Sinn, als nur mir durchzubrennen —

Tolstoi: So laß mich dir erklären —

Sofja *(heftig):* Ich weiß schon: du bist fähig, alles zu erklären und zu beweisen! Du wirst mir sofort beweisen, daß ich eine Betrügerin und Diebin bin, die dich aus dem Haus treibt! O mein Heiland! Mein armer Kopf —

Tolstoi: Setz nicht diese Miene einer Mater dolorosa auf, die ich nicht ausstehen kann! Jetzt ruf nur noch die Hochheilige Gottesmutter und den wundertätigen Sankt Nikolaus an, um mich vollends zur Raserei zu bringen! So gehe ich sofort auf und davon — *(Er greift nach seiner Mütze.)*

Sofja *(sich zusammennehmend):* Ich bin schon ganz ruhig. Und mußt du immer gleich wie ein Berserker wüten?

Tolstoi: Und mußt du mich immer aus der Fassung bringen? *(Nach einer Pause, ruhig):* Du mußt mich doch endlich verstehen, Sofja. Ich halte dieses verderbte Leben nicht mehr aus.

Sofja: Immer dasselbe! Jahre und Jahre ewig das Gleiche! Wie kannst du so grausam sein, unser gutes, vorbildliches Leben verderbt zu nennen?

Tolstoi: Ich habe dir schon unzählige Male erklärt, daß wir dieses müßige, sinnliche, üppige Leben nur deshalb zu führen vermögen, weil wir Hunderte Menschen zwingen, in unwürdiger Sklaverei für uns zu arbeiten und zu hungern! Daß unser Leben daher das verderbte, verworfene Leben von Dieben und Räubern ist —

Sofja: Heilige Gottesmutter! Nein, fahr nur nicht gleich auf! — Wir leben doch weit bescheidener, liebster Leo, als alle unsere Standesgenossen. Und keinem von ihnen ist es je eingefallen, sich für einen Räuber zu halten.

Tolstoi: Wenn diese sogenannten Standesgenossen nicht einsehen, daß sie Ausbeuter und Sklavenhalter sind, sind sie ahnungslose, dumme Verbrecher. Wenn ich aber erkannt habe, daß mein Leben schändlich ist und ich dennoch dieses schändliche, ruchlose Leben weiter führe, bin ich ein bewußter, vorsätzlicher Verbrecher! Ich fühle, daß ich immer sündiger werde und durch die Sündhaftigkeit meines Lebens alle rings um mich in Sünde bringe —

Sofja: Ach, sei nicht so ungerecht gegen dich selbst! Ein Menschenalter lang tust du nichts anderes als die Menschen belehren und bessern.

Tolstoi: Ja, ich bin wie ein Mensch, der sich bemüht, einen andern aus dem Sumpf zu ziehen; selber aber stehe ich auf sumpfigem Boden, und je mehr ich mich anstrenge, den andern herauszuziehen, desto tiefer versinke ich selbst im Morast. Deshalb muß ich endlich festen Grund unter den Füßen gewinnen, ehe das Moor mich ganz verschlingt. Kurzum, ich bin nach jahrelangen Kämpfen entschlossen, mit diesem Leben der Qualen und der Schande ein Ende zu machen. Und ich frage dich zum letztenmal: Willst du versuchen, mit mir ein neues, reineres Leben zu beginnen?

Sofja: Ich will! Ich will alles, was du willst! Du kannst doch aber von mir nicht verlangen, daß ich auf meine alten Tage anfange, Kartoffeln zu graben und Dünger zu führen!

Tolstoi: Wirst du nie aufhören, mir die Worte im Mund zu verdrehen? Ich verlange von dir nur, daß du auf den sinnlosen Luxus verzichtest, dieses Haus mit seinem Salon und Klavier, mit dem Silber, Kristall und dem Wintergarten aufgibst und das Heer von Dienern entläßt, deren Menschenwürde wir schänden, indem wir sie nötigen, Leckereien für uns zu kochen und den Schmutz hinter uns her wegzuräumen. Du wirst an nichts Nötigem Mangel leiden. Wir werden ein zweizimmriges Haus im Dorf beziehen. Du wirst die kleine

Wirtschaft besorgen, und ich werde dich durch die Arbeit meiner Hände ernähren —

Sofja: Du liebst mich nicht mehr! Das ist es: du liebst mich nicht!

Tolstoi: Mein Gott! Gerade weil ich dich liebe, weil ich nach schweren Wirrungen dahin gelangt bin, dich mit einer reinen Liebe zu lieben, eben deswegen verlange ich es. Versuch doch endlich, um Himmels willen, mich zu begreifen —

Sofja: Dreißig Jahre versuche ich es aus allen Kräften — und kann es nicht! Nie werde ich's begreifen, daß das Liebe sein soll, wenn du mich zwingen willst, dieses Haus zu räumen, in dem ich ein halbes Jahrhundert gelebt habe und meine Kinder geboren, und mit Küken und Ferkeln in einer dreckigen Hütte zu hausen —

Tolstoi: Du begreifst nicht, weil du nicht begreifen willst. In vergangenen Jahren hieß es, diese Verschwendung müsse fortgesetzt werden, bis die Söhne erzogen und die Töchter verheiratet sind. Meine Herren Söhne sind dank deiner glorreichen Erziehung Gardeoffiziere und Staatsbeamte geworden; das heißt, sie sind eben jene unglücklichen, unsittlichen Wesen geworden, die zu werden ich sie bewahren wollte. Die Töchter sind glücklich an den Mann gebracht — *(Er unterbricht sich.)* Ich weiß schon, was du einwenden willst! Alexandra braucht keinen Mann!

Sofja: Und ob sie einen braucht! Du blinder Mensch! Wenn sie einen Mann hätte, würde sie endlich ihre tückische Bosheit aufgeben!

Tolstoi *(nach einer Pause, ruhig):* Ich will mit dir nicht streiten. Ich kann dir keinen Vorwurf daraus machen, daß dir das Grundgefühl fehlt, das mich zu meinen Überzeugungen zwingt. Nur mir selbst muß ich Vorwürfe machen, daß ich dieses Gefühl in dir nicht zu erwecken verstand. — Dann muß ich also allein gehen.

Sofja *(auffahrend):* Ich habe es ja gewußt! Alles andere sind Winkelzüge und Spitzfindigkeiten! Das ist die nackte Wahrheit: mich loswerden willst du!

Tolstoi: Ich habe es dir schon gesagt: Wie die Inder nach Erreichung des sechzigsten Lebensjahres in die Wälder gehen, um Gott zu suchen, will ich in die Einsamkeit gehen. Ich habe aus Charakterschwäche und aus Rücksicht auf dich meine Frist schon um zwanzig Jahre überschritten. Ich habe ein überlanges Leben um der Menschen willen gelebt; ich muß endlich für mich selber leben.

Sofja: Was redest du da? Du hast immer nur für dich selbst gelebt!

Tolstoi: Du hast recht. Ich habe für mein grobes, materielles Ich gelebt, um Anerkennung und Ruhm bei den Menschen zu gewinnen. Jetzt muß ich für meine Seele leben, um Frieden mit meinem Schöpfer zu finden. Ich habe noch eine gewaltige Arbeit vor mir: mich auf den wichtigsten, erhabensten Augenblick des Lebens vorzubereiten: auf den Tod. Der Tod kann mich in jeder Stunde überfallen — und ich bin ganz unvorbereitet —

Sofja: Du kannst krank werden. Du wirst Sorge und Pflege brauchen. Willst du wie ein verkommener Vagabund auf der Landstraße sterben?

Tolstoi: Ich will, mit meinem Gott versöhnt, sterben, gleichgültig, ob auf einer Sprungfedermatratze oder auf der Landstraße! Ich bin uralt geworden und habe nicht mehr lange Zeit —

Sofja: Aber das kannst du doch ebenso gut zu Haus, wenn du wirklich nichts anderes willst, als dich auf den Tod vorbereiten!

Tolstoi: Das kann ich nicht im Getöse von Gastereien und Besucherklatsch, von Tennisturnieren und musikalischen Soireen, sondern nur in der Einsamkeit. Ich will dir nicht gewaltsam entziehen, worauf du aus freien Stücken nicht verzichten magst. Ich bin bereit, meinem Gewissen entgegen, das Gut an dich abzutreten. Du aber laß mich gutwillig gehen! Klag mich nicht an, erheb kein Jammergeschrei! Wenn du mich nur noch ein wenig liebst, erlaub mir, in Frieden Abschied zu nehmen!

Sofja *(nach einer Pause):* Du redest immer von anderem. Nur von dem einen sprichst du nicht!

Tolstoi: Ich spreche nach strenger Erforschung meiner selbst und in aller Aufrichtigkeit, deren ich fähig bin.

Sofja: Ich kann doch nichts dafür, daß ich grau und runzlig geworden bin und du mich nicht mehr zur Frau willst.

Tolstoi: Ich verstehe dich nicht.

Sofja: Wenn du ohne sie gar nicht mehr leben kannst, so lebe hier mit ihr! Nur tu mir die Schmach nicht an, mit ihr durchzugehen!

Tolstoi *(fassungslos):* Was? Was ist das?

Sofja: Ich sehe es ja längst, daß du dich nach dieser Jelena verzehrst. Nimm sie dir! Erfreu dich an der niedlichen Fratze! Ich werde die Augen schließen, ich werde kein Sterbenswort sagen —

Tolstoi *(heftig):* Wie? Was? Nicht genug, daß mein Haus ein Diebshaus ist, ein Hehlerhaus: soll es auch noch ein Hurenhaus werden?

Sofja: Sie wird schon nicht darauf bestehen, dich unbedingt auf der Landstraße zu beglücken, wenn sie's in schönster Bequemlichkeit hier im Haus kann —

Tolstoi: Eine Konspiration? Ein Komplott habt ihr geschmiedet, ihr niederträchtigen Weiber, um mich zu Fall zu bringen? Sie muß aus dem Haus! Noch heut! Sofort!

Sofja: Wie? Willst du sie denn nicht —

Tolstoi *(rasend):* Und du schämst dich nicht, du Kupplerin? Hinaus, du graues Kuppelweib! Du angejahrte Herbergsmutter, hinaus!

Sofja *(sich gegen ihn aufbäumend, schreit auf):* Du Tier! Du böses, häßliches Tier!

Tolstoi: Hinaus mir dir! Ich weiß nicht, was ich sonst tue! Aus meinen Augen! Hinaus! *(Er packt in blinder Wut auf dem Tisch liegende Gegenstände: Löschwiege, Papiermesser und Briefbeschwerer, und schleudert sie zu Sofjas Füßen.)*

Sofja *(außer sich):* Schlag mich tot! So sollten sie dich sehen, deine Bewunderer! Den evangelischen Prediger! Den Propheten der Liebe!

Tolstoi *(plötzlich zu sich kommend, steht einige Augenblicke fassungslos, dann geht er auf Sofja zu und stammelt):* Verzeih mir! Ich wollte dich nicht kränken. Verzeih mir, Sofja!

Sofja *(in Tränen ausbrechend):* Was habe ich gemacht? Auch ich wollte nicht — Was hast du mit mir gemacht?

Tolstoi: Vergib mir, daß ich mich nicht beherrschen kann! Nur weine nicht, ich beschwöre dich —

Sofja: Ich war ein junges, ahnungsloses Geschöpf, als du mich zur Frau nahmst. Ich legte meine Seele in deine Hände, vertrauensvoll wie in die Hände eines Gottes. Was hast du aus mir gemacht? Ein unseliges, gebrochenes Weib, das vorzeitig alt wurde und halb irrsinnig ist vor Angst —

Tolstoi *(den Kopf sinken lassend):* Ja, ich war ein schon alternder, lasterhafter Mensch, als ich dich, ein junges, unschuldiges Mädchen, heiratete. Ich habe dich nur Laster gelehrt; Glück habe ich dir nicht gegeben.

Sofja: Ich habe dich achtundvierzig Jahre geliebt und dir gedient! Ich habe dir dreizehn Kinder geboren. Nach der dritten Niederkunft war ich schon erschöpft und zerrüttet und wollte keine Schwangerschaft mehr — und immer wieder mußte ich Kinder tragen, gebären, stillen, sie ernähren und pflegen, immer weiter tragen, gebären, stillen. Ich allein habe die Kinder erzogen und für sie gesorgt. Ich habe die Wirtschaft geführt, das Gut verwaltet, das Vermögen erhalten. Währenddessen bist du hinter verschlossenen Türen in deiner Klause gesessen, hast ketzerische Broschüren geschrieben, und an mir nur genörgelt; hast mich geduckt, erniedrigt, gequält —

Tolstoi *(leise):* Ich bin schuldig vor dir. Ich habe dich nicht mit der rechten Liebe geliebt.

Sofja: Ja! Deine Liebe! Alle deine Bücher und Reden strömen nur so über von Liebe! Hättest du mehr Liebe gefühlt, du hättest weniger von ihr geredet! Nur dich selbst hast du geliebt: deinen Geist, deine Werke, deine Vollkommenheit, dein Prophetentum; immer nur dich, dich – sonst keine Menschenseele –

Tolstoi: Ja, ich habe immer lieben wollen, aber nie wirklich geliebt. Nur mich selber habe ich geliebt.

Sofja: Was hast du mit deiner berühmten Nächstenliebe bewirkt? Schau dir nur deine Allernächsten an! Deine Söhne hassen dich, die Töchter hassen mich; die Brüder verachten die Schwestern; die Schwestern verabscheuen die Brüder; Zwietracht, Hader und Haß: nichts anderes hast du mit deiner Liebe geschaffen!

Tolstoi: Ich bin ein elender Mensch. Ich habe nur Böses getan.

Sofja: Und deine Demut! Die andern kennen dich nicht; ich kenne dich! Ich weiß, was sich hinter dieser christlichen Demut verbirgt: Gewalttätigkeit! Immer, überall, alle Menschen wolltest du beherrschen, unterjochen, vergewaltigen; kannst du nicht durch deine Größe, deine Überlegenheit, deinen Hohn vergewaltigen, vergewaltigst du durch Demut! Mich aber betrügst du nicht länger –

Tolstoi: Alles, was du sagst, ist nur allzu wahr. Ach, Sofja, hättest du mich sanfter und gütiger geliebt –

Sofja: Ja, ja, ich weiß: an allem bin ich schuld! Vielleicht bin ich wirklich nur eine lieblose Ehefrau gewesen. Aber eine gute Mutter bin ich, das weiß ich! Und ich sage dir: wenn du deiner Familie noch diesen letzten Schimpf zufügst, in deinem hohen Alter durchzugehen – *(außer sich):* Geh! Geh nur! Setz dir die Mütze auf und geh!

Tolstoi: Wohin soll ich gehen?

Sofja: Zieh den Linnenkittel und die Bastschuhe an und geh in deiner Narrentracht auf die Landstraße hinaus! Du wirst schnell umkehren, ich prophezeie es dir! Du wirst noch nicht zum Bahnhof gekommen sein, so wird man mich tot aus dem Teich fischen!

Tolstoi *(leise):* Das wird nicht nötig sein. Ich bin unfähig, etwas zu tun, was dir Schmerz bereitet.

Sofja: Ich glaube dir nicht mehr. Du willst mich nur wieder überlisten und betrügen –

Tolstoi: Ich gebe dir mein Wort: ich werde dich nicht verlassen.

Sofja *(plötzlich umschlagend, stürzt auf ihn zu und faßt leidenschaftlich seine Hände):* Leo! Liebster! Verzeih mir! Ich wollte dir nicht weh tun! Verzeih mir, daß ich so abscheulich war —

Tolstoi *(abwehrend):* Laß es sein, Sofja! An deinem guten Willen habe ich nie gezweifelt.

Sofja: Wie werden wir glücklich sein, wenn erst dieses Weibsbild aus dem Haus ist! Ich werde dir nicht widersprechen, dich nie mehr mit meiner dummen Eifersucht quälen! Ich werde bald sterben; diese letzten paar Jahre werden wir eintrachtig miteinander verleben wie die wunderbaren Jahre der Jugend —

Tolstoi: Ja, ja. Wir werden, nachher wie vorher, beide in Einsamkeit nebeneinander leben.

Sofja: Ich werde keine Besucher mehr empfangen, keine Soireen geben. Für dich allein werde ich leben, mein bester Mann, dich hegen und pflegen; nur verzeih mir, verzeih mir nur —

Tolstoi: Ich habe dir nichts zu verzeihen. Laß mich, bitte, jetzt allein. Ich muß allein sein.

Sofja: Ich gehorche dir. Ich werde nie aufhören, dich zu lieben. *(Sie geht ab.)*

Tolstoi *(blickt ihr nach):* Sie ist die Stärkere. Ihre Schwäche ist ihre Macht. Sie hat mich wieder besiegt; sie wird mich immer besiegen. *(Er sinkt in einen Stuhl. Nach einer Weile tritt Aksimow ein.)*

Aksimow: Die Stunde ist um, Leo Nikolajewitsch.

Tolstoi: Entschuldigen Sie, daß ich Sie unnützerweise aufhielt, Semjon Makarowitsch. Ich kann nicht mit Ihnen reisen.

Aksimow: Dann kommen Sie ein anderesmal. Die Stube wird immer für Sie bereit sein und Feuer im Ofen und Kerzen auf dem Tisch. Ich werde Sie jeden Tag erwarten.

Tolstoi: Nein, mein Freund, ich werde nie die Kraft aufbringen, auszubrechen. Leben Sie wohl! Und wenn Sie am Abend nach einem Arbeitstag so recht müd und friedlich am Ofen sitzen, denken Sie manchmal an mich, der in der Hölle siedet! — Noch eins: Können Sie morgen bei der Post in Tula ein Manuskript an meinen Drucker befördern?

Aksimow: Gewiß. Geben Sie's nur!

(Er nimmt ein geschlossenes Kuvert, das Tolstoi aus der Schreibtischschublade geholt hat.)

Tolstoi: Ich bin nämlich ein Gefangener in meinem eigenen Haus. Ich kann unbelauert nicht einmal ein Schreiben abschicken. — Nein, geben Sie's zurück! Es ist eine gefährliche Sendung. Ein offener Brief an den Zaren, in welchem ich ihm seine Verbrechen vorwerfe und ihn zur Abdankung auffordere. Man könnte das Manuskript aufbrechen und Sie verhaften.

Aksimow: Ich habe nicht Furcht. Wenn sie mich verhaften, ist es Gottes Wille. *(Er geht zur Türe.)*

Tolstoi: Warten Sie! Nehmen Sie mein Pilgerkleid mit sich! *(Er öffnet den Schrank und reicht Aksimow das Kleid.)*

Aksimow: Behalten Sie es! Vielleicht gibt Ihnen Gott schon morgen die Kraft, es anzuziehen.

Tolstoi: Nein, es ist frevelhaft, mit frommen Gedanken nur zu spielen. Geben Sie das Kleid einem armen Mann, der würdiger ist, es zu tragen, als ich!

Aksimow *(geht und bleibt an der Tür stehen):* Ich muß Ihnen noch etwas sagen, Leo Nikolajewitsch. Sie haben vielen Verzweifelten Licht gegeben. Sie sind ein helles Licht in einer großen Finsternis. Sie sollen wissen, daß unzählige Menschen Sie segnen! *(Er geht ab.)*

Tolstoi *(ist allein. Die Spannkraft, die ihn sonst so außerordentlich verjüngt, weicht von ihm, und er erscheint plötzlich als ein uralter Mann. Er schweigt lange; dann blickt er verzweifelt auf und sagt):* Alles trübe und öd. Hilf mir, mein Gott! Wie ist es mir weh ums Herz!

DRITTER AKT

Zwei Tage später. Tolstois Arbeitszimmer. Man hört die Musik eines Klaviers, die gedämpft aus den unteren Räumen heraufdringt. Tolstoi, Alexandra und Tschertkow.

Tolstoi: Ich danke Ihnen, Wladimir Grigorjewitsch, daß Sie gekommen sind. Hat Sofja Sie gesehen?

Tschertkow: Ich bin durch die hintere Türe eingetreten.

Tolstoi: Es ist besser, sie weiß nichts von Ihrem Besuch. Ich habe Sie hergebeten, um Ihnen Mitteilung von einem Entschluß zu machen, den ich gefaßt habe, aber ohne Ihre Zustimmung nicht ausführen möchte. Und auch nicht ohne deine, Alexandra.

Tschertkow: Was für ein Entschluß ist das?

Tolstoi: Sie müssen nämlich wissen, daß ich vor zwei Tagen eine äußerste Anstrengung gemacht habe, um mich aus meiner unwürdigen Lage zu befreien. Ich bin unterlegen. Sie ist wieder Siegerin geblieben. *(Er deutet nach unten.)* Hören Sie, wie sie ihren Sieg durch Schmausereien und Musik feiert?

Alexandra: Du bist ungerecht, Papa. Kittys Besuch war schon lang vorher für heut angesagt.

Tolstoi: Sie weiß, daß ich Musik hasse, daß Musik mich krank macht; Beethoven, gerade Beethoven — und sie kann sich nicht zurückhalten, justament Beethoven mir aufspielen zu lassen! — Ich habe dann noch einen letzten Versuch unternommen. Ich schrieb einen offenen Brief an den Zaren, voll von Anklagen und Angriffen, um wegen Majestätsbeleidigung verhaftet zu werden. Man hat, wie ich heute hörte, Semjon Aksimow, der den Brief beförderte, und meinen Drucker in Moskau verhaftet. Mich läßt man weiter unbehelligt.

Tschertkow: Es scheint, Gott weist das Opfer zurück, zu dem Sie sich so eifrig drängen.

Tolstoi: Es geht nicht länger an, wie Sie mir zugeben werden, daß andere für meine Überzeugungen leiden, während ich, der Urheber ihrer Leiden, mein schwelgerisches Leben ruhig fortführe. Ich habe mich daher entschlossen, durch eine öffentliche Erklärung, in einer Broschüre und in Zeitungen, meine Lehre als eine Lüge zu widerrufen. Ich nehme an, Sie billigen meinen Entschluß.

Tschertkow *(nach einer Pause):* Sie werden mir das Zeugnis ausstellen, Leo Nikolajewitsch, daß ich in all diesen Jahren nicht müde wurde, mit aller Entschiedenheit auf den grellen Widerspruch zwischen Ihrer Lehre und Ihrem Leben hinzuweisen.

Tolstoi: Sie sind mein lebendes Gewissen, Wladimir Grigorjewitsch.

Tschertkow: Mit der gleichen Entschiedenheit erkläre ich Ihnen aber jetzt: Sie haben kein Recht, die Wahrheit zu verleugnen.

Alexandra: Das sage ich auch, Papa.

Tolstoi: Begreift ihr nicht? Die Wahrheit wird uns nur darum offenbart, damit wir im Licht dieser Offenbarung unser Leben verändern. Die Wahrheit, die nur geredet, aber nicht gelebt wird, muß unfehlbar zur Lüge werden!

Tschertkow: Sie haben die Wahrheit nicht nur für sich selber entdeckt. Sie dürfen den Glauben, den Sie in andern erweckt haben, nicht zerstören, um sich selbst für die eigene Unzulänglichkeit zu geißeln.

Tolstoi: Ja, sehen Sie denn nicht, daß dieser Glaube den andern nur zum Unheil wird, weil er aus einer schmutzigen Quelle entspringt.

Tschertkow: Gott hat Sie dazu bestimmt, der Sämann Seines Wortes unter den Menschen zu sein. Es kann sein, daß Sie ein unwürdiger Sämann sind. Wollen Sie sich darum erdreisten, den Samen, der Ihnen zur Aussaat anvertraut wurde, zu zertreten?

Tolstoi: Ich will für meinen Glauben leiden, wie die Hunderte Menschen, die ich verführt habe!

Tschertkow: Leiden Sie nicht? Ich denke, daß Sie unter der Gefangenschaft in diesem Hause schmerzlicher leiden, als Sie im Kerker, in Handschellen und unter Knutenhieben leiden würden.

Tolstoi: Das ist ein ehrloses, schmachvolles Leiden!

Tschertkow: Vielleicht ist dieses schmachvolle Leid eben jenes, daß Gott Ihrem Ehrgeiz zugewiesen hat. So werden Sie sich fromm unter Seinen Willen beugen.

Tolstoi *(bitter):* Ja, daß meine Feinde wie meine Freunde höhnen: Er ist nur ein Betrüger und Heuchler!

Tschertkow *(tritt auf ihn zu):* Wir alle wissen, Leo Nikolajewitsch, daß Sie kein Heiliger sind. Sie sind ein Mensch voll von Mängeln und Schwächen. Aber wir wissen auch, daß Sie mit all Ihren Schwächen und Irrtümern nie aufgehört haben, aus aller Kraft die Wahrheit zu suchen.

Tolstoi *(leise):* Das ist wahr. Die Wahrheit habe ich immer geliebt.

Tschertkow: Und gerade das, daß Sie in Fehlern und Mängeln uns ein brüderlicher Mensch sind und trotzdem inbrünstig, obgleich vergebens, um Heiligung ringen, gerade das macht Sie unseren Herzen teurer, als wenn Sie in kalter Größe ein vollkommener Heiliger geworden wären.

Tolstoi *(nach einer Pause, niedergeschlagen):* Was verlangen Sie also von mir? Daß ich in diesem dunklen, dumpfen Leid verharre?

Tschertkow: Sie sind zu schwach, es abzuwerfen. Tragen Sie ergeben das dunkle Leid!
(Sofja tritt aufgeregt ein.)

Sofja: Ich habe solche Angst, Leo — *(Sie erblickt Tschertkow.)* O, ich wußte nicht, daß du geheimen Besuch hast.

Tolstoi: Denk dir, ich habe es gewagt, ohne dich um Erlaubnis zu fragen, einen Besuch zu empfangen.

Sofja: Ach, Leo, da streichen seit einer Stunde zwei fremde Menschen ums Haus, spähen nach den Fenstern und unterreden sich heimlich. Ich habe Jegor hinausgeschickt; sie verweigern jede Auskunft. Ich zittre vor Angst —

Tolstoi: Wer werden sie schon sein? Passanten, die das

Konzert, das du veranstaltest, als Zaungäste genießen wollen.

Sofja: Nein, nein, genau so war's damals, als die Kommissare kamen, während du bei den Baschkiren zur Kumysskur warst. Plötzlich traten sie ein und durchstöberten das ganze Haus. Gesteh nur, welchen schlimmen Streich hast du ausgeführt, um von hier weggebracht zu werden?

Tolstoi: Das sind ja Wahnideen, Sofja.

Sofja: Wenn die schrecklichen Menschen dich verhaften und dich, meinen alten Mann, ins Gefängnis schleppen! Ich gehe mit dir ins Gefängnis; ich folge dir nach Sibirien! *(Sie stürzt auf Tschertkow zu.)* Sie sind immer mein Feind gewesen, Wladimir Grigorjewitsch —

Tschertkow: Sie täuschen sich, Sofja Andrejewna. Ich bin der Freund Leo Nikolajewitschs, aber nicht Ihr Feind.

Sofja: Ich will Ihnen vergeben, daß Sie sich zwischen mich und meinen Mann gedrängt und ihn mir entfremdet haben! Nur retten Sie ihn! Alexandra, mein Täubchen —

Tolstoi: Mach kein Geschrei! Du willst doch nicht, daß Konstantin Pawlowitsch die Verlobung Andrejs auflöst. Geh zu deinen Gästen und zeig ihnen ein heiteres Gesicht!

Sofja: Wie kann ich das, mit dieser Angst im Herzen? Du versprichst mir, Sascha, daß er nicht heimlich davongeht! Ich bin seine Frau, die zum ihm gehört! Ich gehe mit ihm in die Kasematten; ich werfe mich dem Zaren zu Füßen! *(Sie geht ab.)*

Tolstoi: Jetzt schnell, Alexandra! Bring diese Fremden nur schnell zu mir! *(Alexandra ab.)* Wenn sie recht hätte, Wladimir Grigorjewitsch —

Tschertkow: Sie sind außer sich. Beruhigen Sie sich!

Tolstoi: Wenn meine heißesten Gebete endlich erhört würden! Wenn es mir doch noch vergönnt wäre, in meinen letzten Tagen für meine Überzeugung zu leiden!

Tschertkow: Ich denke nicht, daß sie's wagen werden,

Sie zu verhaften. Aber sagen Sie mir! Sofja Andrejewna, sie hat mich in höchstes Erstaunen gesetzt. Das war nicht Verstellung. Ich muß jetzt glauben, daß sie Sie wirklich liebt.

Tolstoi: Daran ist nicht der leiseste Zweifel.

Tschertkow: Wie? Und trotzdem ihr ewiger, leidenschaftlicher Protest? Immer wieder diese wilden Ausbrüche einer kalten Feindseligkeit?

Tolstoi: Das hat seinen Ursprung in weit zurückliegenden Tagen. Es steigt aus einer verhüllten Tiefe, die sie selbst nicht ahnt. Danken Sie täglich auf Ihren Knien Gott, daß Er Ihnen eine schlichte, unkomplizierte Frau beschieden hat!

Tschertkow: Erklären Sie mir —

Tolstoi: Glauben Sie's mir, mein lieber Freund: Der Mensch übersteht Epidemien, Erdbeben, Feuersbrünste, grausame Qualen des Körpers und der Seele. Die qualvollste aller Tragödien aber spielt sich in der Stille des Schlafzimmers ab. *(Alexandra führt Gerschawin und Nilinskij herein.)*

Alexandra: Treten Sie, bitte, ein!

Tolstoi *(auf die beiden zugehend):* Ich weiß, weshalb Sie gekommen sind. Ich brauche nicht viele Vorbereitungen, um Ihnen zu folgen.

Gerschawin *(erstaunt):* Sie wissen —

Tolstoi: Ich habe Sie lang erwartet. Gehen Sie voran, ohne Aufsehen zu machen, und warten Sie auf mich an der Zufahrtsstraße! Ich komme in drei Minuten Ihnen nach. Nur schonen Sie meine Frau; sie ist nervös und heftig —

Gerschawin: Sie halten uns wohl für Agenten der Geheimpolizei, die Sie verhaften wollen?

Tolstoi: Sind Sie es nicht? Ich hatte gehofft —

Gerschawin: Und Sie wären uns ohne Widerrede gefolgt?

Tolstoi: Ich wäre Ihnen gerne gefolgt.

Nilinskij *(zu Gerschawin):* Komm! Ich fürchte, unsere Aufgabe ist bereits gescheitert.

Tolstoi: Entschuldigen Sie, daß ich Sie verkannt habe!

Bitte, setzen Sie sich! Sagen Sie mir, wer Sie sind und weshalb Sie mich aufgesucht haben!

(Die beiden setzen sich Tolstoi gegenüber. Tschertkow und Alexandra ziehen sich etwas zurück.)

Gerschawin: Gerschawin, Student.

Nilinskij: Nilinskij, Student. Das Revolutionäre Zentralkomitee hat uns abgesandt.

Tolstoi: Bevor Sie weiterreden, muß ich Ihnen eine Erklärung abgeben. Sie wissen vielleicht aus meinen früheren Schriften, daß ich die Revolution hasse und die Revolutionäre als gewalttätige Menschen verurteilt habe. Ich habe seitdem meine Anschauung geändert. Ich mußte einsehen, daß die Revolutionäre die vielleicht einzigen Menschen unserer Zeit sind, die nicht nur wirklich einen Glauben haben — obzwar nicht den meinen —, sondern auch kühn genug sind, für ihren Glauben einzustehen. Ich fühle daher die aufrichtigste Achtung vor Revolutionären, wenn ich auch die Revolution nach wie vor verabscheue. Nun sprechen Sie!

Gerschawin: Als Sie vor dreißig Jahren anfingen, die herrschenden Gewalten mit mächtigen Worten anzugreifen, ging es wie ein Sturm durch das Land. Alles, was in Rußland lebensvoll und zukunftsgläubig war, fühlte, daß ein Prophet aufgestanden war, um diese erbärmliche Welteinrichtung zu zertrümmern und eine bessere Ordnung herbeizuführen. Unsere Väter waren damals jung — *(Er verstummt plötzlich.)*

Tolstoi *(der ihn scharf beobachtet hat):* Sprechen Sie weiter!

Gerschawin: Schauen Sie mich nicht so durchdringend an! — Unsere Väter waren jung. Sie erhofften, daß den gewaltigen Worten Taten folgen würden. Sie warteten, gleich unzähligen Mitergriffenen, auf ein Zeichen von Ihnen, um in ihrer jungen Kraft sich zu erheben und die Teufel zur Hölle zu jagen. Sie wurden älter — und warteten; sie wurden alt und müd und kraftlos — Sie aber, Leo Nikolajewitsch, fuhren fort, mit donnernden und flammenden Worten anzuklagen, mit erschütternden, großartigen Worten; aber doch nur mit Worten, immer mit Worten —

Alexandra: Bedenken Sie, mit wem Sie reden!

Tolstoi: Still, Alexandra! – Ja, ich habe nur geschwätzt. Mündlich, schriftlich, in Aufsätzen, Broschüren und dicken Büchern immer nur geschwätzt!

Gerschawin: Wir aber sind Kinder eines jungen, robusteren Jahrhunderts. Wir haben nicht die Absicht, lammsfromm zu warten wie unsere traurigen Väter, bis unser Blut erfriert und das Mark in unseren Knochen gerinnt. Wir wollen unsere Hände gebrauchen, solang wir die Kraft haben, sie zu Fäusten zu ballen —

Nilinskij *(ihn unterbrechend):* Kurzum, wir sind abgeschickt, um Sie zu fragen, Leo Nikolajewitsch: Wann gedenken Sie endlich zu handeln? Machen Sie gemeinsame Sache mit uns —

Tolstoi: Sie fordern mich auf, wenn ich Sie recht verstehe, an Handlungen der Gewalt teilzunehmen. Sie wissen, daß ich die Gewalt und jede Teilnahme an der Gewalt verwerfe.

Gerschawin *(glühend):* Sie wissen nicht, welche Macht Sie haben. Wenn Sie an unsere Spitze treten, strömen Hunderttausende uns zu, und die Revolution bricht aus, in jeder Stadt und in jedem Dorf —

Tolstoi *(etwas heftig):* Nein! Und nochmals: Nein! Ich bin zu alt geworden, um alles zu verleugnen, was ich bekenne!

Gerschawin: Glauben Sie uns: Sie können das Wunder vollbringen, den gewaltigsten Umsturz mit den geringsten Opfern zu vollziehen. Die Soldaten werden nicht schießen, wenn Sie mit uns sind; sie werden kampflos zu uns übergehen —

Tolstoi: Ich kann nur wiederholen: Ich glaube aus innerster Überzeugung, daß die Gewalt das Böse nicht aus der Welt schafft, sondern zu dem bestehenden Übel neues, noch schlimmeres hinzufügt. Es ist mein tiefster Glaube, daß nur die Liebe durch ihre ständig wachsende Macht die Menschen umzuwandeln vermag und die Lebensordnung allmählich bessern wird.

Gerschawin *(verächtlich):* So können nur wohlerzogene, immer satte Leute denken, die im Fett sitzen und Muße haben, gemächlich zu warten. Wir aber, die in unsichtbaren Ketten bereits geboren werden, wir, die Vergewaltigten und Mißhandelten, können nicht warten, bis in Jahrhunderten vielleicht die Liebe die Tyrannen besänftigen wird. Die Studenten, die in ihren Mansarden hungern und frieren, die Arbeiter in den Fabriken, die in Staub und Dampf mit jedem Atemzug Tuberkeln fressen, die Lohnsklaven in den Minen, die von giftigen Dünsten erstickt werden, wollen die gerechtere Ordnung noch in ihren Tagen sehen —

Nilinskij *(höhnisch):* Wir glauben nicht an Ihren Traum von Liebe. Wir glauben an Mut und Entschlossenheit und die eigene Kraft, uns unser Recht selbst zu verschaffen —

Tolstoi *(heftig):* Mit Gewalt! Ich höre nur: Gewalt! Ich habe nichts mit Ihnen gemein!

Nilinskij: Sie wagen es nicht zu handeln! Sie sind feig!

Alexandra: Schweigen Sie! Oder gehen Sie!

Tolstoi *(leise):* Ich glaube nicht, daß ich feig bin. Ich würde nicht zögern, mein Leben für die Leidenden hinzugeben. Aber ich werde nicht dulden, daß in meinem Namen oder unter meiner Mitwirkung das Blut eines einzigen Menschen vergossen wird.

Nilinskij *(schroff):* Ist das Ihr letztes Wort?

Tolstoi: Es tut mir leid. Ich kann Ihnen nichts anderes sagen.

Nilinskij: So hören Sie unser letztes Wort! Sie werden die Revolution, die unaufhaltsam ist, nicht hemmen; aber Sie hätten die Macht gehabt, sie zu beschleunigen und zu mildern. Sie wird kommen, ohne Sie, gegen Sie, und sie wird furchtbar sein. Wir werden nicht nur unsere Tyrannen erschlagen, alle diese Gewalthaber und Besitzenden, sondern auch deren Weiber und Kinder und die Säuglinge an der Mutterbrust, damit keine neue Brut von Tyrannen erwachse! Das Land wird von Feuersbrünsten erhellt sein von einem Ende zum andern; die Bäche werden rot schäumen und übertreten von vergossenem Blut. Sie aber, ob Sie es wollen oder nicht, werden der Vater dieser Revolution sein —

Tolstoi *(sein Gesicht bedeckend, stöhnt auf):* Nein!

Nilinskij: Dann werden Sie selbst Ihren Irrtum bekennen, daß Ihre Lehre von der Liebe nichts ist als ein eitler Wahn —

Tolstoi: Mein Gott! Mein Gott!

Alexandra: Gehen Sie weg! Gehen Sie augenblicklich!

Tschertkow: Sie haben den Bogen überspannt. Entfernen Sie sich!

Gerschawin *(wendet sich zur Tür, kehrt aber um und geht auf Tolstoi zu):* Seien Sie überzeugt, Leo Nikolajewitsch, daß wir in tiefster Ehrerbietung und nur mit schmerzenden Herzen zu Ihnen gesprochen haben! Verzeihen Sie uns!

Tolstoi *(reicht ihm die Hand):* Ich danke Ihnen, daß Sie mich aufgesucht haben. Sie haben mutig und ehrlich ausgesprochen, was Sie für Ihre Wahrheit halten.

Gerschawin: Sie sind alt. Gott wird sich Ihrer erbarmen und Sie zu sich nehmen, bevor Sie die blutige Ernte Ihrer Saat werden sehen müssen. Ich wünsche Ihnen einen friedlichen Tod. *(Er geht zur Türe und verbeugt sich tief.)* Verzeihen Sie uns! *(Er geht ab.)*

Nilinskij *(ist ihm grußlos gefolgt. An der Türe macht er schroff halt, neigt kurz den Kopf und sagt leise):* Verzeihen Sie!

(Er geht hinaus. Eine lange Pause.)

Tolstoi: Sie haben mir den Tod verkündet.

Tschertkow: Junge, fanatische Heißsporne. Nehmen Sie solche Worte nicht schwer!

Tolstoi: Sie sind gekommen, um mir den Tod zu verkünden. Und das ist gut. Sie haben mich gemahnt, meine Rechnung abzuschließen.

Alexandra: Vergiß sie, Papa! Ich bitte dich!

Tolstoi: Nein, ich werde nie die Kraft haben, mein Leben in Ordnung zu bringen. Das aber kann ich noch tun: Ordnung machen für die Zeit nach meinem Tod.

Fahren Sie, Wladimir Grigorjewitsch, nach Tula und holen Sie vom Notar den Entwurf des Testaments, in dem ich mein gesamtes Vermögen der Dorfgemeinde vermache! Ich werde das Testament jetzt unterschreiben.

Tschertkow: Das ist sehr gut, daß Sie sich endlich dazu entschließen wollen. Ich bringe Ihnen morgen das Testament. *(Er will gehen.)*

Tolstoi: Bringen Sie's nicht hierher! Schicken Sie Ihren Sekretär mit dem Testament und einen zweiten zuverlässigen Zeugen morgen nachmittag in den Staatsforst!

Tschertkow: In den Staatsforst?

Tolstoi: Ich werde die beiden um drei Uhr an der Waldlichtung bei der alten Buche erwarten. Dort werde ich das Testament unterzeichnen. Sie aber und Alexandra müssen indessen Sofja ablenken, damit sie mir nicht auf die Spur kommt.

Tschertkow *(bedenklich):* Ist das auch richtig? Warum wollen Sie eine Handlung, die Ihr Gewissen gebietet, heimlich, wie ein Verbrechen, ausführen? Es wäre ehrlicher und Ihrer würdiger, Ihrer Frau und Ihren Kindern offen zu erklären, daß Sie ihnen die Erbschaft entziehen.

Tolstoi *(niedergeschlagen):* Sie haben recht. *(Heftig):* Nein, nein! Sie wird jammern und weinen, alte Erinnerungen heraufbeschwören, mein Mitleid wecken und mich wieder besiegen! Wenn ich es tun soll, kann es nur im Geheimen getan werden!

Tschertkow *(gehend):* Ich schicke die beiden also morgen in den Staatsforst.

Tolstoi *(bitter):* Sie sehen, ich bin und bleibe ein erbärmlicher Mensch, der selbst das Gute, das er will, nur auf eine häßliche Weise tut. *(Tschertkow ab.)* Bist du mir böse, Alexandra? Weil ich dich, wie sie sagen, nun zur Bettlerin mache?

Alexandra: Im Gegenteil. Ich bin froh, daß du endlich deine Seelenruhe findest.

Tolstoi: Ich danke dir, mein Kind. Hock nicht immer

bei mir altem Mann! Geh in den Saal hinunter und vergnüge dich ein wenig mit der Jugend! *(Alexandra geht. Tolstoi setzt sich an den Schreibtisch. Nach einer Weile tritt Sofja ein.)*

Sofja: Sind sie weg?

Tolstoi: Sie sind weg. Es waren keine Kommissare der Geheimpolizei.

Sofja: Gott sei Dank! Gott sei Preis und Dank! Wer waren die Menschen, die mich so ängstigten?

Tolstoi: Studenten. Junge Revolutionäre.

Sofja: Was wollten die Banditen?

Tolstoi: Sei nicht immer so ungerecht! Es waren aufrechte, ehrenhafte Leute.

Sofja: Revolutionäre sind immer Banditen. Sonst wären sie eben nicht Revolutionäre. Was wollten sie von dir?

Tolstoi: Sie forderten mich auf, mit ihnen zu gehen und mich ihrer Sache anzuschließen. Ich habe sie abgewiesen.

Sofja: Ach! Wie glücklich ich bin! *(Mißtrauisch):* Betrügst du mich auch nicht? Wirst du dir's nicht wieder überlegen und doch mit ihnen gehen?

Tolstoi *(müde lächelnd):* Ich halte mein Versprechen, du siehst es. Ich werde bis zum Tode schon bei dir bleiben.

Sofja *(nach einer Pause):* Du bist heut so mild gestimmt. Möchtest du nicht zu uns in den Saal kommen? Kitty ist entzückend. Sie hat all deine Bücher gelesen; sie schwärmt für dich. Du wirst an ihr eine liebe Tochter haben.

Tolstoi: Morgen, Sofja. Heut muß ich arbeiten. Lad Kitty ein, morgen früh mit mir einen Spaziergang zu machen!

Sofja *(geht und wendet sich an der Tür zurück):* Entschuldige, daß es unten etwas laut zugeht! Ich habe nicht daran gedacht, daß du Beethoven nicht leiden kannst. Wenn die Musik dich stört, werde ich Kitty bitten, nicht weiter zu spielen.

Tolstoi: Laß nur, Sofja! Laß die jungen Leute ihre Freude haben! *(Sofja geht ab. Er versinkt in Gedanken, schüttelt sie ab und setzt sich energisch an den Schreibtisch.)* Arbeiten! Arbeiten! *(Er beginnt zu schreiben. Plötzlich hält er inne und hört auf die Musik, die jetzt, in der Stille kräftiger und deutlicher von unten heraufdringt. Er schließt die Augen und lauscht hingegeben; dann murmelt er):* Die Appassionata. Wie schön! Wie schön!

Am nächsten Tag. Tolstois Arbeitszimmer. Es ist spät am Abend. Draußen fällt ein heftiger Regen. Tolstoi, Alexandra und Tschertkow.

Tolstoi: Ja, Wladimir Grigorjewitsch. Es ist das erstemal seit vielen Jahren, daß ich mir gestehen darf: Heute habe ich nicht falsch gehandelt.

Tschertkow: Wie froh sind wir, daß Sie das nun hinter sich gebracht haben!

Tolstoi: Während ich dort im Wald auf einem Baumstumpf saß und die Feder ansetzte, um das Testament zu unterfertigen, zogen drei Jahrzehnte meines Lebens an meinen Augen vorüber. Wie viele Kämpfe und Qualen, wie viele Irrwege und Umwege, um dahin zu gelangen, die vier Silben meines Namens unter ein Dokument zu schreiben! Nun habe ich hinter dieses überlange, wirre Kapitel endlich den Schlußpunkt gemacht.

Alexandra: Es hat dich sehr angegriffen, Papa. Du bist ganz erschöpft.

Tolstoi: Nur etwas müde. Ich fange allmählich an, die Last meiner achtzig Jahre zu spüren.

Tschertkow: Sie müssen sich jetzt ein wenig Ruhe gönnen, Leo Nikolajewitsch. Kommen Sie morgen für ein paar Wochen zu uns! Und versuchen Sie, eine Zeitlang sich der schweren moralischen Probleme, die Sie so aufwühlen, zu enthalten! Nehmen Sie zu Ihrer Erholung eine künstlerische Arbeit vor!

Alexandra: Ach ja! Setz die „Hinterlassenen Aufzeichnungen des Eremiten Fedor Kusmitsch" fort, diese Geschichte vom Zaren Alexander, die du begonnen hast —

Tolstoi: Wie sonderbar ist der Mensch! Als ich in der letzten Nacht schlaflos lag, bemühte ich mich, meine Gedanken auf die Entscheidung, die mir heut bevorstand, zu konzentrieren. Aber beständig tauchte eine fremdartige, halb verwischte Gestalt vor mir auf; sie blickte mich ernst an, wie mit strafendem Zorn. Ich wußte, es war der Zar Alexander, der von den Schatten emporstieg, und er zürnte mir, weil ich ihm nur ein unvollkommenes Leben gegeben habe. Gleich am frühen Morgen holte ich das Manuskript hervor *(er zeigt auf das auf dem Tisch liegende Manuskript)*, und eine heftige Begierde faßte mich, weiterzuschreiben, als hätte ich keine andere Lebensaufgabe als diese.

Alexandra: Die ersten Kapitel, die du geschrieben hast, sind so verheißungsvoll. Es verspricht, ein ergreifendes Werk zu werden, so schön oder noch schöner als der „Hadschi Murad".

Tolstoi *(eifrig):* Glaubst du wirklich? O ja, das könnte schon sein. *(Unwillig):* Kein Wort davon! Du weißt, ich will von dem leichtfertigen Geschwätz, das man Kunst nennt, nichts mehr wissen.

(Sofja tritt ein.)

Sofja: Ich war schon unruhig, es wäre dir etwas zugestoßen. Wo warst du bis zum späten Abend?

Tolstoi: Im Wald.

Sofja: Im Wald? Was hast du so lang im Wald gemacht?

Tolstoi: Ich saß auf einem gefällten Baum unter hohen Buchen und träumte in der Stille vor mich hin. Der Wind wehte die welken Blätter in langsamem Fall zur Erde; der Waldboden war von braunem und gelbem Laub bedeckt; die Sonne sandte ihre Strahlen schräg zwischen den gelichteten Stämmen hindurch. Ich schloß die Augen und wärmte mich an der sinkenden Sonne. Ich hatte das Gefühl, ich müßte viel Sonnenwärme in meinen Körper trinken für den scharfen Winter, der bald kommt. Ich werde die Herbstsonne nun lange nicht sehen. Und vielleicht auch keine Frühlingssonne mehr.

Sofja: Ich fürchtete, du kämst nicht mehr rechtzeitig vor dem Regen nach Haus.

Tolstoi: Nun stürzt schon der Regen. Der goldene Herbst ist zu Ende.

Sofja *(etwas zögernd):* Warst du allein im Wald?

Tolstoi: Ach wo! Was fällt dir ein? Ich hatte meinen jungen Schatz bei mir, eine hübsche Bauerndirne, mit der ich scherzte –

Sofja: Hör auf mit deinen Späßen! Ich meine, du nimmst sonst immer Bleistift und Notizblock auf deine Exkursionen mit —

Tolstoi *(der bemerkt hat, daß sie ihre Blicke unruhig über den Tisch schweifen läßt):* Suchst du etwas auf dem Tisch?

Sofja *(ihren Blick abwendend):* Was sollte ich suchen? Hast du vielleicht an deiner neuen Novelle weitergeschrieben?

Tolstoi: Du möchtest wohl gern wissen, was ich auf dem Baumstumpf unter den Buchen geschrieben habe? Ich sage es aber nicht.

Sofja: Wie du willst. — Du siehst ganz verändert aus. Bist du krank?

Tolstoi: Krank? Im Gegenteil. Ich glaube, ich bin genesen. *(Nach einer Pause):* Gute Nacht, Sofja!

Sofja: Gute Nacht! Wenn du nur wieder zu Hause bist! Ohne dich ist das Haus wie tot. *(Sie geht zur Tür.)*

Tolstoi *(tritt plötzlich zu ihr und faßt ihre Hand):* Wir haben ein halbes Jahrhundert zusammen gelebt und einander viel gequält; aber wir haben einander immer geliebt. Wenn ich dir oft weh tun mußte, ich habe damit stets, glaube es mir, Sofja, mir selber weit bittreren Schmerz zugefügt als dir.

Sofja: Du redest so geheimnisvoll. Hast du vielleicht etwas getan, was ich nicht wissen soll?

Tolstoi: Ich kann vor dir kein Geheimnis haben. Wenn ich heimlich vielleicht etwas getan habe, so werde ich unfehlbar es dir offen bekennen. Morgen oder übermorgen, wenn Gott es will. Nur hab etwas Geduld mit mir, ich bitte dich, und vertrau mir!

Sofja: Gewiß, ich vertraue dir. Werd mir nur nicht krank! *(Sie geht ab.)*

Tolstoi: Sie weiß es schon!

Tschertkow: Unmöglich! Wie sollte sie?

Tolstoi: Sie hat feinnervige Fühler. Sie hat sie bereits ausgestreckt und mein Geheimnis ertastet. Eben noch fühlte ich mich freudig und frei — und jetzt bin ich wieder bedrückt und verstört. — Nehmen Sie das Testament zu sich, Wladimir Grigorjewitsch!

Tschertkow: Das Testament? Warum?

Tolstoi: Bei mir ist es nicht sicher. *(Er holt das Testament aus einer Schreibtischlade und reicht es ihm.)* Was auch geschieht, wer immer es von Ihnen fordert, Sie folgen es nie und niemandem aus! Nun gute Nacht!

Tschertkow *(nimmt das Testament):* Seien Sie unbesorgt! Gute Nacht, Leo Nikolajewitsch! *(Er geht ab.)*

Tolstoi: Ja, ich werde ihr alles offen sagen. Es wird wieder Zank und Kämpfe geben; aber ich kann die Unwahrhaftigkeit nicht ertragen.

Alexandra: Du bist heut zu erregt, um eine klare Entscheidung zu treffen. Laß es für morgen, Papa!

Tolstoi: Ja, morgen. Schlaf wohl mein Kind! *(Er küßt sie auf die Stirn. Sie geht in ihr Schlafzimmer. Nach einer Pause):* Bewahr mich, Gott, vor schlimmen Gedanken! Bewahr mich insbesondere vor häßlichen Empfindungen! *(Er steht eine Weile regungslos, schüttelt dann die Gedanken ab und tritt an den Tisch):* Das Tagebuch. Dann schlafen. Schlafen!

(Er schreibt einige Worte in das Tagebuch, das er offen auf dem Schreibtisch liegen läßt, geht darauf in seine Schlafkammer, wo er eine Kerze anzündet, kommt zurück und zieht Rock und Stiefel aus. Er tritt an den Schrank, öffnet ihn gewohnheitsmäßig, schüttelt den Kopf und seufzt tief; dann löscht er das Licht und geht in die Schlafkammer, deren Tür er anlehnt. Die Bühne liegt im Dunkeln; nur durch die angelehnte Tür dringt ein schwacher Lichtstrahl herein. Eine lange Pause. Darauf wird die Flurtüre leise und langsam geöffnet. Durch die sich erweiternde Spalte steckt Sofja vorsichtig den Kopf. Sobald sie sieht, daß der Raum leer ist, tritt sie ein. Sie ist auf bloßen Strümpfen, in einem Nachtgewand, unter dem sie eine Laterne verbirgt. Hinter ihr Andrej, gleichfalls auf Strümpfen. Die ganze Szene wird im Flüsterton gesprochen.)

Andrej *(faßt Sofja am Arm und sucht sie in der Tür zurückzuhalten):* Mach's nicht, Mama!

Sofja *(mit unterdrückter Erregung):* Ich sage dir: er hat uns betrogen!

Andrej: Trotzdem! Komm zurück, ich bitte dich!

Sofja: Er versteht nicht zu lügen. Ich spüre es sofort, wenn er die leiseste Unwahrheit spricht. Ich will's auf die Hostie schwören: er hat das Testament gemacht!

Andrej: Es ist zu gefährlich. Du wirst nur alles verderben.

Sofja: Wenn du Lust hast, mit dem Bettelsack von Hütte zu Hütte zu trotten: danke sehr! Ich will es nicht! *(Sie geht entschlossen vorwärts.)*

Andrej: Das Nachtlicht brennt bei ihm. Vielleicht ist er noch wach.

Sofja *(tritt an die Tür der Schlafkammer, die sie ein wenig öffnet, und spricht durch die Spalte):* Ich bin so unruhig, daß ich nicht schlafen kann. Bist du auch wirklich nicht krank, Leo? *(Nach einer Pause):* Sag mir, schläfst du? *(Sie tritt zurück.)* Er atmet gleichmäßig und ruhig. Er schläft. *(Sie geht zum Tisch.)* Schnell! Jetzt schnell!

Andrej: Wenn er erwacht und uns hier findet!

Sofja: Beobacht ihn durch den Türspalt! *(Sie beginnt, dic auf dem Tisch liegenden Papiere im Schein der Laterne zu untersuchen.)* „Die hinterlassenen Aufzeichnungen des Eremiten Fedor Kusmitsch". Das hat er absichtlich hergelegt, um mich irrezuführen. Sein Tagebuch. *(Sie liest):* „Heiter und friedlich im Gefühl erfüllter Pflicht. Dann wieder bedrückt und traurig." Hier steht sein Geständnis! Heiter, weil er das Testament gemacht hat! Traurig, weil ich ihm hinter seine Schliche gekommen bin!

Andrej *(an der Tür, unterdrückt):* Mama! Ich glaube, er ist wach, Mama!

Sofja *(die Papiere prüfend):* Briefe! Nichts als Briefe! Seine scheinheilige Korrespondenz mit Sektierern und Mohammedanern.

Andrej: Er hat die Augen geöffnet und gleich wieder geschlossen! Sofort wird er schreien!

Sofja: Was ist so Furchteinflößendes an ihm, daß ihr alle vor ihm zittert? *(Sie spricht durch die Tür):* Bist du auch ganz gesund, Leo? Schläfst du? *(Zu Andrej):* Blöd bist du! Er schläft. *(Sie tritt an den Tisch zurück.)* Wo ist es? Wo hat er's?

Andrej: Rasch! Rasch! Bring's zu Ende!

Sofja *(in immer nervöserer Hast eine Lade nach der andern aufreißend und in den Papieren wühlend):* Hier ist es nicht! Da ist es nicht! Nirgends ist es! — Er ist schlau. Er hat es im Bett unter dem Kissen versteckt! *(Sie geht gegen die Tür.)*

Andrej: Bist du verrückt? Du willst das Testament doch nicht unter seinem Kissen suchen?

Sofja *(verzweifelt zum Tisch zurückkehrend und weiter wühlend):* Ich muß es finden! Ich muß! Ich werde irrsinnig, wenn ich's nicht finde!

Andrej: Jetzt wieder! Er hat mich angestarrt. Er weiß schon alles! *(Er geht von der Tür weg.)*

Sofja: Gleich, gleich werde ich's haben! Verlaß mich nicht in meiner Verzweiflung!

Andrej: Ich mache nicht mehr mit!

Sofja *(schnell den Tisch in Ordnung bringend):* Alle Qual vergeblich! Gebenedeite Gottesmutter! Ich werde irrsinnig!

(Sie geht rasch ab. Nach einer Pause erscheint Tolstoi in der Tür der Schlafkammer, eine Kerze in der Hand. Er überblickt den Tisch und spricht voll Entsetzen.)

Tolstoi: Diese Schändlichkeit! Diese Abscheulichkeit! *(Er geht schnell zu Alexandras Tür und klopft wiederholt leise an):* Steh auf, Alexandra!

Alexandras Stimme: Bist du's, Papa?

Tolstoi: Steh sofort auf! Kleid dich schnell an!

Alexandras Stimme: Sofort! *(Sie kommt bald darauf aus ihrem Zimmer, notdürftig angezogen.)* Bist du nicht wohl?

Tolstoi: Weck Tschertkow und schick ihn zu mir! Dann geh hinunter und befiehl Adrian, augenblicklich anzuspannen!

Alexandra: Willst du verreisen?

Tolstoi: Frag nicht! Augenblicklich, hinten im Hof!

Lautlos und ohne Licht, daß keiner was merkt! In fünf Minuten fahre ich ab.

Alexandra: Jetzt? Mitten in der Nacht? In diesem strömenden Regen?

Tolstoi: In Regen und Nacht; um so besser. Tu, was ich dir sage! Dann geh wieder zu Bett.

Alexandra: Ich reise selbstverständlich mit dir.

Tolstoi: Leise! Auf Zehen! Daß sie nichts hört! *(Alexandra geht hinaus. Er beginnt in fieberhafter Eile sich anzuziehen.)* Fort! Nur fort! *(Nach einer Weile tritt Tschertkow ein.)*

Tschertkow: Was ist geschehen?

Tolstoi: Die Bärin und ihr Junges! Sie drangen hier ein zum Raub, als sie mich im Schlaf glaubten. Ich breche aus! Jetzt breche ich für immer aus!

Tschertkow: Wie? Was? Ich verstehe Sie nicht.

Tolstoi: Ich treibe sie durch meine Gegenwart von Verbrechen zu Verbrechen. Heute schlich sie hier ein in Strümpfen, als Einbrecherin mit Laterne und Nachschlüssel, um das Testament zu stehlen. Morgen streut sie vielleicht als Mörderin mir Arsenik in die Suppe!

Tschertkow: Um Himmels willen, was fällt Ihnen ein?

Tolstoi: Ich würde sie hassen, wenn ich länger bliebe. Das verhüte Gott, daß ich die Frau hasse, mit der ich mein Leben geteilt habe!

Tschertkow: Wohin wollen Sie denn?

Tolstoi: Ich weiß nicht. Nur hinaus aus der Hölle! Sie selbst hat mir jetzt das Tor geöffnet! — Ich bringe die Stiefel nicht an. Helfen Sie mir, Wladimir Grigorjewitsch!

Tschertkow *(ihm beim Anziehen behilflich):* Überlegen Sie doch! So plötzlich und unvorbereitet —

Tolstoi: Verschwenden Sie Ihre Worte nicht! Auch wenn Sie's nicht billigen, diesmal weiß ich's selber mit unbeirrbarer Gewißheit, daß ich richtig handle. *(Er fährt zusammen.)* Was war das? Haben Sie gehört?

Tschertkow: Die Tür hat geknarrt.

Tolstoi: Schritte im Flur! Sie kommt, um mich zurückzuhalten — *(Er starrt entsetzt nach der Tür.)*

Alexandra *(tritt ein):* Adrian spannt an. Ich packe nur rasch das Allernötigste.

Tolstoi: Nichts! Nichts! Nur, was ich auf dem Leib habe —

Alexandra: Du kannst in diesem Regensturm doch nicht mit bloßem Rock — Zieh den Pelz an! Nimm die Mütze! Die Handschuhe! *(Sie nötigt ihm die Gegenstände auf.)*

Tschertkow: Stecken Sie etwas Geld ein!

Tolstoi: Ich brauche kein Geld. Nichts brauche ich. Nur das Notizheft. Und das Tagebuch. *(Er stopft beides in die Tasche.)*

Tschertkow: Nehmen Sie den „Fedor Kusmitsch" mit! Vielleicht haben Sie Lust, weiter zu schreiben.

Tolstoi *(unwillig):* Was soll mir jetzt der Stumpfsinn? *(Zu Alexandra):* Ich erwarte dich unten am Wagen. Mach schnell! Sonst fahre ich allein ab, ohne dich. *(Alexandra in ihr Zimmer ab. Zu Tschertkow):* Ich schreibe nur rasch einige Zeilen für sie. *(Er kritzelt, bereits in Pelz und Handschuhen, eilfertig ein paar Zeilen.)* Übergeben Sie ihr morgen diesen Brief; aber erst, wenn ich weit fort bin. Sie müssen verhindern, daß sie mir nachspürt. Unbedingt: hören Sie!

Tschertkow: Ich werde mein Möglichstes tun.

Tolstoi: Telegraphieren Sie in aller Früh an Tatjana, daß sie kommt und die Mutter tröstet. — Aber daß sie's ja nicht wagt, mich zu verfolgen.

Tschertkow: Teilen Sie mir sofort Ihren Aufenthalt mit! Ich komme Ihnen heimlich nach.

Tolstoi: Ich lasse Sie's wissen, sobald ich am Ziel bin. Leben Sie wohl, Wladimir Grigorjewitsch!

Tschertkow: Warten Sie eine Weile, bis ich die Schuhe anziehe! Ich bringe Sie an den Wagen hinunter.

Tolstoi: Nein, nein! Ich will allein — Leben Sie wohl! Ich werde dieses Haus nie wieder betreten! — *(Er geht eilig ab.)*

Tschertkow *(an Alexandras Tür pochend):* Beeilen Sie sich! Er ist schon hinuntergegangen.

Alexandras Stimme: Ich mache nur einen Koffer zurecht. *(Nach einer Weile kommt Tolstoi zurück.)*

Tschertkow: Warum kommen Sie zurück? Sie sind ganz naß und beschmutzt.

Tolstoi: Es ist stockfinster draußen. Ich bin über eine Baumwurzel gestolpert und in eine Pfütze hingeschlagen. Im Dunkel habe ich meine Mütze verloren.

Tschertkow *(nimmt eine Mütze vom Kleiderhaken):* Nehmen Sie eine andere Mütze!

Tolstoi: Dann habe ich noch etwas vergessen. Meine Brille –

Tschertkow: Die Brille steckt in Ihrer Rocktasche.

Tolstoi: Nein, nicht die Brille. Was war's nur? Die Taschenlampe. Ja, die Lampe. Im Schrank: hinten im obern Fach; geben Sie sie mir! *(Während Tschertkow ihm den Rücken wendet, um die Lampe zu holen, tritt er hastig an den Tisch, ergreift das dort liegende Manuskript und steckt es heimlich in die Tasche.)*

Tschertkow: Hier ist die Lampe. Es ist doch besser, ich begleite Sie.

Tolstoi *(sich schnell zum Gehen wendend):* Adieu! Adieu! *(Er hastet hinaus.)*

Alexandra *(tritt aus ihrem Zimmer, einen Handkoffer tragend):* War Papa nochmals hier? Ich habe seine Stimme gehört.

Tschertkow: Er ist zurückgekommen. Er ist in der Nässe ausgeglitten und hat seine Mütze verloren. Außerdem wollte er etwas holen, das er vergessen hatte.

Alexandra: Was? Seine Uhr? Seinen Stock?

Tschertkow: Seinen „Fedor Kusmitsch". Denselben „Fedor Kusmitsch", den er eben gelästert hatte. Er steckte ihn heimlich wie ein Dieb zu sich.

Alexandra *(dem Ausgang zugehend, lächelt):* Der wunderbare Papa! So groß und so kindlich!

Tschertkow: Ja, was nützt es ihm, wenn er sich noch so grimmig gegen sein Genie empört? Es überwältigt ihn doch!

VIERTER AKT

Am nächsten Tag. Ein Abteil dritter Klasse in einem fahrenden Eisenbahnzug. Tolstoi, im Pelz, den Kragen hochgeschlagen, sitzt am Fenster; ihm gegenüber Alexandra. Andere Passagiere sind: Gerassim, ein älterer Bauer, Matwej, ein junger Knecht, und Tichon, ein sehr alter Pilger. Der Kaufmann Sacharin sitzt an der Tür. Im Gang sieht man hie und da Reisende vorbeigehen. Es ist gegen Abend. Tolstoi ist sichtlich in starker Erregung; Alexandra beobachtet ihn unausgesetzt mit Besorgnis.

Tolstoi: Warum fährt der Zug so langsam?

Alexandra: Aber Papa! Er fährt doch schnell.

Tolstoi: Er schleicht! Er kriecht! Wir kommen nicht vom Fleck. Wann sind wir endlich in Rostow?

Alexandra *(erschrocken):* Was fällt dir ein? Nicht vor morgen Abend.

Tolstoi: Sie setzt mir nach. Jetzt verfolgt sie mich schon durch den Telegraphen, das Telephon und alle die andern teuflischen Erfindungen. Ach Gott, und Rostow ist so weit!

Alexandra: Reg dich nicht auf! Niemand weiß ja die Richtung, die wir genommen haben.

Tolstoi: Ja, Fahren mit der Eisenbahn hat mich immer aufgeregt. Ich muß mich zusammennehmen. *(Er schaut aus dem Fenster.)* Es fängt zu schneien an.

Alexandra: Hier innen ist es heiß. Leg den Pelz ab. Du machst dich noch krank.

Tolstoi *(sein Gesicht im Kragen verbergend):* Nein, Nein! Sie erkennen mich sonst an meinem Bart. Ich hätte den Bart mir vorher scheren sollen.

Alexandra *(ablenkend):* Weißt du schon, wohin wir gehen werden, Papa?

Tolstoi: Nein. Irgendwohin, wo mich keiner kennt. In Rostow nehmen wir Auslandspässe unter fremden Namen. Dann fahren wir mit dem Schiff übers Meer. Nach Bulgarien; was meinst du? Oder nach Konstantinopel?

Alexandra: Ach ja! Nach Konstantinopel; das wäre schön.

Tolstoi: Oder nach dem Kaukasus, wie? Ich habe mir immer gewünscht, noch einmal nach dem Kaukasus zu kommen. Dort war die glücklichste Zeit meines Lebens, im Kosakendorf, am Terek, dem breitflutenden Strom, unterhalb des Schneegebirges. Vielleicht begegne ich ihr dort wieder, Mariana mit den blauschwarzen Zöpfen und dem roten Mieder, Mariana mit dem hohen Wuchs und dem stolzen Gang, die ich geliebt habe —

Alexandra *(lacht):* Ich bitte dich! Wenn sie noch lebt, ist sie ein gebeugtes, weißhaariges Mütterchen.

Tolstoi: Und Lukaschka, dem Schützen, meinem Freund und Rivalen! Und dem alten Jeroschka, dem gewaltigen Jäger und Trinker! Ich hätte besser daran getan, mein Leben lang im Kaukasus zu bleiben, die Pferdeherden der Tschetschenzen abzufangen, im Flußdickicht Fasane zu schießen, die trotzigen Kosakenmädchen durch Waffentaten und Lieder zu verführen. Du mußt wissen, die Natur hat mich zum Jeroschka geschaffen; ich aber habe ihr Gewalt angetan, weil ich immer etwas anderes sein wollte —

Alexandra: Wir werden uns in den Bergen ein Häuschen mit einem kleinen Garten kaufen und unerkannt und friedlich miteinander leben.

Tolstoi: Miteinander? Nein. Wir werden Abschied nehmen, bald, irgendwo auf einer Bahnstation oder an einem Kreuzweg. Ich werde dir danken für alle Treue und Liebe und allein weiter gehen. Du aber fährst mit meinem Segen nach Haus —

Alexandra: Nicht miteinander? Was willst du denn so allein, Papa?

Tolstoi *(in steigender Erregung):* Einfach werden. Die Persönlichkeit abwerfen wie einen einengenden Balg. Aufhören, ich — Leo Tolstoi — zu sein und namenlos werden, Volk werden! Aus meiner kleinen, dumpfen Welt in die große Gotteswelt eingehen, allen Brüdern Bruder sein — *(Er wendet sich an den ihm zunächst sitzenden Gerassim):* Wohin, Bruder? Fährst du weg vom Haus?

Gerassim: Ich fahre, Euer Gnaden. Weit weg fahre ich.

Tolstoi: Ich bin keine Gnaden. Ich habe vielmehr die Gnade nötig. — Haben sie zu Haus dich zu etwas gezwungen, was dein Gewissen verurteilt? Und fährst jetzt in die Fremde, um den Frieden deiner Seele zu finden?

Gerassim *(seufzend):* Schwer ist's, zu leben, Herr. Schon ganz unmöglich ist's, recht mit den Meinen zu leben. So fahre ich zu meiner Schwester nach Gawrilowka.

Tolstoi: Haben sie dich überredet, den Hof aufzuteilen, was? Zuerst haben die jungen Weiber, deine Schwiegertöchter, gemurrt und gehetzt; dann sind die Söhne aufsässig geworden; und endlich hat dein altes Weib dich gequält bei Tag und Nacht, bis du schwach wurdest und nachgabst. Und nun hältst du's nicht mehr aus und bist auf der Flucht —

Gerassim: So ist es. Grad so war's, Herr, wie du's sagst. Wie nur hast du's erraten?

Tolstoi *(vertraulich):* Ich bin nämlich selber einer, der von seinem Weib flieht, mit dem er ein halbes Jahrhundert gelebt hat. Ja, immer die Weiber —

Gerassim: Dumm sind sie. Gott verzeih ihnen! Schlimm sind die Weiber; alles Schlimme kommt nur von ihnen —

Tolstoi: Das ist unsre eigene Schuld, Bruder. Hättest rechtzeitig deiner Alten die Röcke hochgehoben und ihr den Hintern verdroschen! *(Plötzlich zu Matwej):* Hörst du's, Alexej? Und da fährst du schmuck und lustig drauf los, dir ein Weib zu holen?

Matwej: Matwej, Herr. Ich heiße Matwej! Woher weißt du, wozu ich fahre?

Tolstoi: Nun, hast dir, Matwej, ein neues Seidenhemd angeschafft und eine Uhrkette durch das Knopfloch gezogen! Brennst vor Begierde, Hochzeit zu halten mit Bier und Schnaps, mit Tanz und Musik von Fiedeln und Harmonika. Stell dich in eine dunkle Ecke, wirf dich auf die Knie und weine!

Matwej: Wie denn? Warum? Warum soll ich weinen?

Tolstoi: Denkst, eine große Wonne in dein Bett zu nehmen, weil sie rote Lippen und eine runde Brust hat, und bringst dein Verderben in deine Stube. Steig an der nächsten Haltestelle aus und fahr mit dem ersten Zug zurück!

Matwej: Die Meinige ist nicht so. Ich kenn sie lang; sie ist meiner Tante Kind. Mascha ist ein gutes Mädchen; still ist sie und sanft —

Tolstoi: Vorher sind sie fast alle gut und sanft. Weck erst das Weib in ihr, so hast du einen Teufel aufgeweckt, der die Seele auffrißt! Kehr rasch um, ich rate dir gut —

Matwej *(stößt Gerassim heimlich an):* Er weiß alles. Er hat mich erschreckt. Komm in ein anderes Abteil, Onkelchen! Er ist gewiß ein Zauberer.

Gerassim: Schau ihn nur an mit seinen scharfen Augen und den langen Ohren! Ich glaub, er ist der Teufel leibhaftig. *(Sie schleichen behutsam, einer nach dem andern, hinaus.)*

Tichon *(bückt sich, schnürt seine Schuhe auf und stöhnt laut):* O Gott! O Gott! Vergib uns unsere Sünden!

Tolstoi: Christus sei mit dir! Fährst du, Alter, zu einem geweihten Gnadenort?

Tichon: Ein Stückchen fahre ich, soweit die Kupferkopeken langen. Dann wandre ich zu Fuß zum heiligen Felsenkloster in Kiew.

Tolstoi: Nimm mich mit! Erlaub mir, mit dir zusammen zu wandern!

Tichon: Was willst wandern? Bist ein Herr, ein Graf oder Fürst. Bist gewöhnt, in einer breiten Equipage zu kutschieren. Was brauchst dir die Füße beschmutzen?

Tolstoi: Um meiner Sünden willen, habe ich beschlossen, zu wandern. Sei mein Führer! Unterweis mich unterwegs, in welcher Herberge der Pilger nächtigt, in welcher Suppenküche er ißt —

Tichon: Kannst im feinen Hotel absteigen. Wirst sofort

vom Klosterabt empfangen, sowie du nur anklopfst. Taugst nicht zu diesem Leben –

Tolstoi: Ich tauge nicht? Nenn mich Bruder! Bruder Leo! Und lehre mich, ich bitte dich, das Leben, das das fromme Volk führt –

Tichon: Was soll ich dich Bruder nennen, wenn du nicht mein Bruder bist? Bist ein Herr; bist nicht Volk. Bei uns ist's Not, bei dir ist's Spaß. Taugst nicht –

Tolstoi *(niedergeschlagen):* Bei mir ist's Spaß. Das ist die Wahrheit. – Knöpf mich auf, Alexandra! Nimm meinen Pelz, Großvater! Kannst ihn auf deiner Wanderschaft brauchen, in den kalten Wintertagen –

Tichon: Ich brauche keinen Pelz. Ein Herr braucht einen Pelz, nicht ich. Hast nichts mit dem Volk gemein – *(Er klettert auf das obere Brett, wo er sich zum Schlafen bereit macht. Der Zug ist in eine Station eingefahren und bleibt stehen.)*

Tolstoi *(traurig):* Nicht Volk, ein Herr. Ach, wie das schmerzt, Alexandra!

Tichon *(laut stöhnend):* Und erlöse uns von allem Übel!

Tolstoi *(hinausschauend):* Der Schnee fällt dichter. Warum ist's so dunkel?

Alexandra: Man wird gleich kommen, das Gas anzustecken.

Tolstoi: Es ist plötzlich ganz dunkel geworden. Und warum ist es so totenstill?

Alexandra: Der Zug ist stehengeblieben. Wir halten an einer Station.

Tolstoi: Sie holt mich ein.

Alexandra: Du bist erschöpft. Streck dich hier auf der Bank aus! *(Tolstoi legt sich nieder.)* So, so. Ich decke dich zu.

Tolstoi: Ich glaube, meine Gedanken verwirren sich. – So, so. *(Er faßt Alexandras Hand.)* Mein liebes Kind! *(Er verfällt in Schlummer.)*

Sacharin *(steht in seiner Ecke auf):* Kann ich Ihnen mit etwas dienlich sein, Frau Gräfin?

Alexandra *(verwirrt):* Nein. Danke. Danke sehr.

Sacharin *(verbeugt sich):* Sacharin. Sergej Nikiforowitsch Sacharin. Kaufmann aus Woronesch. Ich habe wohl die Ehre, mit dem Grafen Leo Tolstoi zu reisen?

Alexandra: Nein! Unmöglich! Wie kommen Sie darauf?

Sacharin: Die Abendzeitungen sind voll davon, daß der Graf entflohen ist, man weiß nicht, wohin. Und ich habe das Glück, ihm hier im Waggon zu begegnen.

Alexandra: Halten Sie's geheim, ich beschwöre Sie! Mein Vater wünscht nicht —

Sacharin: Verstehe! Verstehe. Fühle mich hochgeehrt. Bin stumm wie das Grab.

Alexandra: Sie sehen, Papa ist todmüd und bedarf der Ruhe. Halten Sie, bitte, Zudringliche fern! Und wehren Sie die Leute ab, hier einzusteigen!

Sacharin: Verlassen Sie sich auf mich! Ich halte fern! Ich wehre ab.

Alexandra: Ich bin Ihnen sehr dankbar. — Wie heißt die Station, in der wir halten?

Sacharin: Astapowo. — Wenn Sie etwas nötig haben, Frau Gräfin, so rufen Sie mich nur! Sacharin. Sergej Nikiforowitsch. *(Er geht hinaus und schließt die Tür hinter sich. Man sieht ihn im Gang Leute abwehren, die in das Abteil wollen.)*

Tolstoi *(murmelt):* Ich komme nicht ans Ziel.

Alexandra: Wir stehen in einer größeren Station. Gleich fahren wir weiter.

Tolstoi: Wir sind im Kreis gefahren. Immer rings im Kreis. Immer die gleichen Wegzeichen; immer vorbei an den Weiden, die im Wind knarren. Ich werde die Poststation nicht erreichen.

Alexandra *(unruhig):* Papa, was redest du von einer Poststation? Wir fahren im Eisenbahnzug.

Tolstoi: Der Wind weht schärfer. Der Schneesturm tobt. Wir sind vom Weg abgekommen in der weißen Wüste. Das Pferd kommt durch diese Schneewehe nicht hindurch. Bind das arme, zitternde Pferd los!

Alexandra: Wach auf, Papa! Du träumst. Du phantasierst.

Tolstoi: Sie jagen mir nach mit frischen Pferden. Hörst du die Glöckchen am Kummet klingen?

Alexandra: Das ist das Glockenzeichen zur Abfahrt des Zugs, was du hörst. Was ist dir? Bist du krank? *(Ein Glockenzeichen. Der Zug fährt weiter.)*

Tolstoi: Näher! Immer näher! Die Kufen knirschen im eisigen Schnee. Die Hufe ihrer Pferde klopfen an die Wand meines Schlittens.

Alexandra: Du hörst nur das Rasseln des Zugs, der sich in Bewegung setzt. Deine Stirne glüht. Deine Hände sind brennend heiß! *(Sie betastet ihn angstvoll.)*

Tolstoi: Kalt! Kalt! Das Eis dringt immer tiefer, bis tief in die Brust. Deck mich zu! Fest, daß ich nicht erfriere!

Alexandra: Du fieberst, Papa! Um Gottes willen, du bist erkrankt!

Tolstoi: Sie hat mich eingeholt — *(Er murmelt etwas Unverständliches.)*

Alexandra *(reißt die Tür auf):* Sergej Nikiforowitsch! Helfen Sie! Mein Vater ist krank!

Sacharin: Ziehen Sie die Notbremse!

Alexandra: Die Notbremse?

Sacharin *(zeigt auf die Bremse):* Dort! Ziehen Sie stark! Daß der Zug stehen bleibt! *(Alexandra zieht die Bremse. Ein schrilles Geräusch. Der Zug bleibt ruckhaft stehen.)*

Ein Schaffner *(eilt heran):* Wer hat sich unterstanden, die Bremse zu ziehen? *(Eine Menge Passagiere sammeln sich im Gang und folgen erregt dem Gespräch.)*

Sacharin *(die Türe mit seinem Leib verstellend):* Ein Reisender ist plötzlich erkrankt. Lassen Sie den Zug zurück nach Astapowo fahren!

Der Schaffner: Das wäre noch schöner! Kann bis zur nächsten Station warten!

Sacharin: Legen Sie die Finger an die Kappe, Mensch, und gehorchen Sie! In Astapowo ist ein Bahnarzt. Fahren Sie zurück nach Astapowo!

Schaffner: Hier haben Sie nicht zu kommandieren! Es ist untersagt, die Bremse zu ziehen, außer im Fall von Räuberei und Mord.

Sacharin: Auf meine Verantwortung! Sacharin. Kaufmann aus Woronesch. Ich hafte für alles! Ich zahle alles!

Schaffner: Es ist untersagt! Es ist gegen das Reglement!

Alexandra: Mein Vater ist erkrankt, lieber Mann, und kann unmöglich weiterfahren! Mein Vater ist Graf Leo Tolstoi!

Mehrere Stimmen *(erstaunt und erregt):* Graf Tolstoi!

Schaffner *(legt die Finger salutierend an die Kappe):* Wenn Graf Tolstoi — Entschuldigen Sie! Ich lasse den Zug zurück nach Astapowo fahren. *(Er eilt weg.)*

Sacharin *(eifrig):* Sofort! Sofort!

(Die Lokomotive schrillt. Der Zug setzt sich rückwärts in Bewegung.)

Einige Tage später. Eine mehrfenstrige, kahle Stube in der Dienstwohnung des Bahnhofvorstehers von Astapowo. Zwei Türen: die eine führt nach außen, die andere, eine Glastüre, nach einem Flur. Durch die Fenster sieht man dichten Schnee draußen niederfallen. Auf einem schmalen Feldbett liegt Tolstoi, in tiefem Schlaf. Tschertkow sitzt bei ihm. An der Außentüre Tatjana und Alexandra, leise und erregt miteinander sprechend.

Tatjana: Sie läßt sich nicht länger zurückhalten.

Alexandra: Ich kann sie nicht zu ihm lassen.

Tatjana: Als sie Papas Flucht erfuhr, versuchte sie, sich im Teich zu ertränken. Sie schlug mit einem schweren Hammer gegen ihre Brust, um sich zu töten. Sie ist imstande, sich unter die Räder eines fahrenden Zuges zu werden.

Alexandra: Ich kann nicht. Ich kann nicht.

Tatjana: Sie bittet, ihm nur nahe sein zu dürfen. Sie verspricht, von ihm ungesehen, lautlos in einem Winkel zu sitzen –

Alexandra: Begreifst du nicht? Begreifst du's denn wirklich nicht?

Tatjana: Was soll ich begreifen?

Alexandra: Papa hat gefühlt, daß er nie im Leben die Kraft haben wird, sich von ihr zu befreien. Begreifst du nicht, daß er sich in den Tod flüchtet, um endlich frei zu sein?

Tatjana: Begreifst du denn nicht, welcher Qual und Verzweiflung du Mama preisgibst? Wie könnte sie es je verwinden, wenn sie von Papas Sterbebett weggewiesen wird?

Alexandra: Er hat unmenschlich darunter gelitten, daß er sein Leben nicht nach seinem Willen gestalten konnte. So soll er wenigstens seinen Tod haben, wie er ihn will! Das habe ich mir geschworen!

Tatjana: Ich bitte dich, laß sie nur für eine Weile herein!

Alexandra: Ich muß vielmehr auch dich dringend bitten, die Stube zu verlassen. Er glaubt, sein Aufenthalt ist unentdeckt. Es würde ihm die letzten Stunden vergällen, wenn er wüßte, daß ihr ihn aufgespürt habt.

Tatjana: Wie kann eine Frau so hart sein, wie du?

Alexandra: Ich habe nur die Wahl, hart gegen ihn oder sie zu sein. Ich habe meine Wahl getroffen. *(Sofja erscheint, hinter ihr Andrej, der sie zurückzuhalten sucht.)*

Sofja *(erregt):* Laßt mich zu ihm!

Tatjana: Leise, Mama!

Sofja: Leise! Ganz leise! Laßt mich, um Christi willen, zu ihm!

Alexandra *(tritt, ihr den Weg verstellend, mitten in die Tür):* Unmöglich! Du darfst nicht!

Sofja: Ich will ihn ja nur sehen, mein Kind! *(Sie blickt in die Stube.)* O Gott! Kein Kreuz! Keine Heiligenbilder und brennenden Kerzen! Er kann doch nicht wie ein Heide sterben!

Alexandra: Laß ihn in Ruhe sterben! Ich bitte dich; geh!

Sofja: Mein Platz ist bei ihm. Wir haben achtundvierzig Jahre miteinander gelebt. Wenn er nur zwei Tage von mir getrennt war, sehnte er sich schon zurück. Er sehnt sich auch jetzt nach mir, ich weiß es; er schämt sich nur, es einzugestehen. Ich werde bei ihm sitzen und seine Hände halten; und er wird aufstehen und brav nach Hause kommen, du wirst es sehen —

Alexandra: Du tust mir leid, Mama; glaub es mir! Ich darf dich aber nicht hereinlassen!

Sofja: Du denkst, ich bin dir eine Stiefmutter gewesen. Das ist nicht recht, mein Täubchen. Du warst mein Letztes, mein Spätling, mein Liebling. Laß mich, mein Seelchen, zu meinem alten, sterbenden Mann; du hast doch wildfremde Menschen zu ihm gelassen —

Alexandra: Zwingst du mich wirklich, es auszusprechen? Er zittert vor Angst bei dem Gedanken, du könntest ihn ausfindig machen. Dein Anblick würde sein Tod sein!

Sofja: Du lügst! Du giftige Viper, das lügst du! Du hast den greisen, willensschwachen Mann entführt, um ihn ganz allein zu beherrschen! Tritt sofort aus der Tür; ich befehle es dir —

Alexandra: So unbeherrscht wirst du auch mit ihm sprechen, wenn er sich nicht deinem Willen fügt. Antworte dir selbst, ob ich es dir erlauben darf!

Sofja: Ich werde flüstern! Ganz sacht und zärtlich flüstern! Ich flehe dich auf Knien an *(sie kniet nieder):* Hab Mitleid mit deiner unglücklichen Mutter! Ich küsse deine Hände, dein Kleid *(sie küßt ihre Hände).*

Tatjana: Steh auf Mama! Es ist deiner nicht würdig.

Sofja *(steht auf):* Es ist nicht würdig. Aber durch das Fenster draußen nach ihm schauen, ist nicht unwürdig, nein? Nur durch die geschlossenen Fensterscheiben in seinem Rücken: das werdet ihr mir nicht verbieten?

Tatjana *(führt sie hinaus):* Nein, das nicht. Schau durch die Scheiben!

Sofja *(abgehend, schüttelt immerzu den Kopf):* Achtundvierzig Jahre! Achtundvierzig Jahre der Liebe — *(Sie gehen hinaus. Man sieht im folgenden an dem hinter Tolstois Bett befindlichen Fenster den Kopf Sofjas erscheinen, die beständig durch die Scheiben schaut.)*

Tschertkow: Schließen Sie rasch die Tür, Alexandra! Er bewegt sich.

Alexandra *(an Tolstois Bett tretend):* Er kommt zu sich. *(Tolstoi, der einige unruhige Bewegungen gemacht hat, öffnet die Augen und richtet sich langsam auf.)* Wie fühlst du dich, Papa?

Tolstoi *(blickt beunruhigt um sich; dann heftet er seinen Blick starr auf die Flurtür):* Wohin führt diese Tür? Die Glastür!

Alexandra: Die Glastür? In den Flur.

Tolstoi: In den Flur. Wohin geht der Flur?

Alexandra: Der Flur? Ins Freie.

Tolstoi: Ich habe zwei Gesichter hinter der Glastür gesehen. Es waren Frauengesichter.

Alexandra: Das hast du geträumt. Die Außentür ist versperrt. Der Schlüssel steckt innen im Flur.

Tolstoi: Sonderbar! Ich habe sie gesehen. Wie kamen

die Gesichter an die Tür? *(Nach einer Pause, zu Tschertkow):* Was hat der Arzt gesagt? Werde ich morgen reisen können?

Tschertkow: Er ist davon überzeugt. Wenn die Besserung anhält.

Tolstoi: Ich fühle mich rüstig genug. Sonst wäre es zu spät. Sonst überrumpelt sie mich. *(Unruhig):* Wer ist hier in der Stube?

Alexandra: Nur Wladimir Grigorjewitsch und ich. Sonst niemand.

Tolstoi: Zwei Augen sehen mich an. Zwei brennende Augen. — Sag mir die Wahrheit, Sascha: Ist sie schon hier?

Alexandra: Nein, Papa. Niemand ahnt deinen Aufenthalt.

Tolstoi: Dann ist es gut. *(Nach längerem Schweigen):* Der Arzt täuscht sich. Ich werde morgen nicht reisen.

Alexandra: Dann wird es in zwei oder drei Tagen sein.

Tolstoi: Ich weiß, ich weiß: die letzte, große Reise. Und mich quält die Angst.

Alexandra: Hab keine Angst! Du wirst gesund.

Tolstoi: Nicht Angst, zu sterben. Die ist vorbei. Nur Angst, nicht recht zu sterben. Es ist uns aufgetragen, richtig zu leben und richtig zu sterben. Wie ist das? Wie weiß man das? *(Er murmelt etwas.)*

Alexandra: Was sagst du, Papa?

Tolstoi: Wie sterben die Bauern? Die wissen es, recht und schön zu sterben. Warum versteht ihr mich nicht? Warum helft ihr mir nicht?

Alexandra: Wir wollen dir helfen, o Gott! Sag nur, womit?

Tolstoi: Warum quält ihr mich alle? Helft mir! Helft mir suchen! *(Er tastet fieberhaft um sich.)*

Alexandra: Was? Wen?

Tolstoi: Ihn! Ich kann allein Ihn nicht finden! Ihn! *(Er schließt die Augen und verliert das Bewußtsein.)*

Alexandra: Er ist viel kräftiger. Ach, ich fange wieder an zu hoffen. *(Sofja klopft an die Fensterscheiben. Tschertkow legt den Finger an die Lippen. Sofja klopft stärker. Tschertkow steht erschrocken auf und geht ans Fenster.)*

Tschertkow: Still, Sofja Andrejewna! Wecken Sie ihn nicht auf! *(Sofja macht Zeichen.)* Unmöglich, Sofja Andrejewna! Unmöglich!

Tolstoi *(schlägt die Augen auf und blickt um sich):* Wo ist Tschertkow? *(Tschertkow tritt an Tolstois Bett zurück.)* Jetzt weiß ich es. Ja, jetzt weiß ich es.

Tschertkow: Was ist es, das Sie wissen, Leo Nikolajewitsch?

Tolstoi: Wir werden niemals wissen, was Gott ist. Das tut auch nicht not. Wenn wir nur wissen, was Er von uns will.

Tschertkow: Sagen Sie es! Ich schreibe es auf.

Tolstoi: Das weiß jeder in der Tiefe des Herzens. Daß wir die Liebe, die Er uns gegeben hat, in uns vergrößern. Daß wir die Kraft der Liebe beständig in der Welt vergrößern. Das ist es. Das ist es.

Tschertkow: Ja, das ist das einzige Wissen, das uns not tut.

Tolstoi: Nicht wissen. Es fühlen. Und tun, was wir fühlen. *(Nach einer Pause):* Sie dauert mich. Ich konnte nicht anders. Ich bitte sie, mir alles Böse, das ich ihr getan habe, zu vergeben. Sagen Sie's ihr!

Tschertkow: Ich werde es ihr sagen.

Tolstoi: Wie ich ihr alles Schlimme vergeben habe. Sie dauert mich aus ganzem Herzen. — *(Er schreckt auf.)* Was war das? Was war das?

Alexandra: Was hat dich erschreckt? Was hast du gesehen?

Tolstoi: Ihn. Das war er. Sie holt mich nicht mehr ein. Er hat sie überholt. Er.

Alexandra: Wer? Von wem sprichst du?

Tolstoi: Ich habe nicht mehr Angst. Er ist nicht grausam, dunkel und kalt, wenn man ihm nur nicht widerstrebt. Ja, nun begreife ich's. Nicht widerstreben. Dann ist er gütig und sanft.

Alexandra *(zu Tschertkow):* Spricht er vom Tod?

Tolstoi: Auch er ist ein Teil von Ihm. Ein Bote von

der großen Liebe. So ist es. Ein Lichtstrahl aus dem großen Licht. Nun werde ich gleich mit der unendlichen Liebe vereinigt sein.

Alexandra *(entsetzt):* Wie siehst du aus, Papa? Schau mich an! Schau mich an!

Tolstoi: Ich widerstrebe nicht mehr. — Wie Gott es will. — Ich ergebe mich.

Alexandra: Stirb nicht, Papa! Du Lieber, Einziger, verlaß mich nicht!

Tolstoi: Es ist ganz licht! — So. So. — Wie Er es will! — *(Er seufzt tief auf und sinkt zurück.)*

Alexandra *(schreit auf und wirft sich über ihn):* Papa! Papa!

Tschertkow *(tritt zu ihr und fährt ihr übers Haar):* Liebe, liebe Alexandra!

Alexandra: Was liegt an mir? Er ist gestorben, wie er es ersehnt hat. Dafür werde ich immer dankbar sein.

Tschertkow *(nach einer Pause):* Wollen Sie jetzt nicht Ihre Mutter rufen?

Alexandra: Gott verzeih ihr! Lassen Sie sie ein! *(Sie setzt sich abgewandt und stumm weinend in eine Ecke. Tschertkow geht hinaus und führt gleich darauf Sofja und Tatjana herein.)*

Sofja *(angstvoll):* Ihr laßt mich zu ihm. Lebt er nicht mehr?

Tatjana: Er lebt, Mama. Er lebt noch.

Sofja: Ich habe ihm so viel zu sagen. Er muß mich hören. Lebt er auch wirklich?

Tatjana: Sag ihm nur alles!

Sofja *(setzt sich an Tolstois Bett, nimmt seine Hände und sagt leise und stockend):* Ich bin es, Leo; deine Sofja. Du hast mich nicht verlassen, nein. Du hast gewünscht, daß ich dir nachkomme; ich bin sofort gekommen. Du bist mein ganzes Leben; ohne dich würde es nur Jammer und Trauer sein. Ich habe dich immer geliebt, immer nur dich; immer, immer — *(Sie blickt verstört auf.)* Er hört mich nicht.

Tatjana: Er hört. Sprich nur! Sprich!

Sofja: Ich begreife jetzt alles. Ich verstehe nicht, wie ich dich je nicht begreifen konnte. Ich werde ganz nach deinem Willen leben: einfach, demütig, arm — — *(Sie unterbricht sich):* Ich kann nicht alles laut sagen. Ich will es dir ins Ohr flüstern, wie einst in der Jugend, im Glück — *(Sie beugt sich zu seinem Ohr und flüstert einige Zeit.)* Hast du mich gehört, mein alter Freund? *(Sie blickt voll Angst um sich.)* Er hat mich nicht gehört!

Tatjana: Er hat sich geregt! Sei ruhig: er hat dich gehört!

Sofja: Was noch? Was noch? *(Sie schreit plötzlich auf):* Ich bin deiner unwürdig gewesen! Ich bin schuldig vor dir! *(Sie stürzt in die Knie und schlägt mit dem Kopf gegen den Bettrand.)* Vergib mir meine Schuld! Vergib mir meine unvergebbare Schuld! *(Sie steht verzweifelt auf.)* Er hat meine Reue nicht mehr gehört! Er ist gestorben — und er hat mir nicht vergeben.

Tschertkow: Er hat Ihnen aus ganzem Herzen vergeben, Sofja Andrejewna. Er hat mir aufgetragen, es Ihnen zu sagen, und Sie gebeten, auch ihm zu vergeben.

Sofja: Er hat mir vergeben! Ich danke Ihnen, mein Wohltäter *(sie verbeugt sich tief):* ich danke demütig *(sie verbeugt sich wieder):* ich danke ehrerbietig —

Tatjana: Komm hinaus, Mama! Stütz dich auf mich und komm!

Sofja *(während sie sich willenlos hinausführen läßt und die Tränen über ihre Wangen strömen):* Was war mit mir? Was war nur mit mir? Ich habe ihn geliebt! Und ich habe ihn in den Tod getrieben!

PIA CAMERON

Personen

Pia Cameron
Estella, ihre Schwester
Pablo Herrero
Villalba, Oberst in der Republikanischen Armee
Horazio Gonsalves, Pias Verlobter, Adjutant des Obersten.

Die Handlung spielt zur Zeit des spanischen Bürgerkriegs während einer Nacht im Wohnzimmer eines großen, einsam gelegenen Herrenhauses.

ERSTER AKT

Ein großes, saalartiges Zimmer in einem alten Herrenhaus. Mehrere Türen, ein breiter Kamin, hohe Büchergestelle. Auf einem Tischchen zur Seite, vor einem schwarz verhängten Bild, brennen einige Kerzen. Es ist ein später Herbstabend, und draußen fällt ein stürmischer Regen. Während der ganzen Zeit ist, fast pausenlos, dumpfer Kanonendonner vernehmbar, der aus weiter Ferne herüberdringt. Pia und Estella sitzen einander gegenüber, mit Strickarbeiten beschäftigt. Pia ist ein großes, schönes, schlankes Mädchen mit einem strengen Gesicht; sie ist ganz schwarz gekleidet. Estella ist jünger, kleiner und voller; sie trägt ein buntes Kleid. Eine Weile stricken sie stumm.

Pia *(von ihrer Arbeit aufblickend):* Geh schlafen, Estella!

Estella: Ich möchte den Ärmel noch zu Ende bringen.

Pia: Du mußt todmüde sein. Nach der letzten Nacht.

Estella *(nach einer kleinen Pause):* Wenn es nur nicht wieder so eine Nacht wird!

Pia: Du kannst ganz ruhig sein. Ich war oben, noch kurz vor dem Dunkelwerden. Ich habe den ganzen Tag keine Bewegung drüben bemerkt. *(Sie stricken eine Weile schweigend.)*

Estella *(leise):* Vielleicht kommen sie wieder.

Pia: Sie lieben es nicht, in der Nacht zu kämpfen.

Estella: Sie sind aber gestern Nacht gekommen.

Pia: Sie werden so schnell nicht wiederkommen, nachdem sie einen so unerwarteten Empfang gefunden haben.

Estella *(nach kurzer Pause):* Glaubst du, daß Horazio uns heut noch besucht?

Pia: Ich glaube es nicht. Er wird, nach dem gestrigen Kampf, den Schlaf wohl nötig haben. *(Sie stricken wieder schweigend.)*

Estella *(plötzlich lauschend):* Hörst du nichts?

Pia: Nur den Regen. Und den Sturm.

Estella: Etwas anderes. Es klingt fern. Es schwillt an und scheint näher zu kommen.

Pia: Der ferne Kanonendonner. Der hört ja nie auf.

Estella: Es ist wie das Rattern eines Motors, der sich nähert.

Pia: Horazios Motorrad? Ich glaube nicht, daß er heute kommt. *(Estella ist aufgestanden.)* Was hast du?

Estella: Ich will die Läden schließen.

Pia: Wozu? Sie wissen es ohnehin, daß das Haus bewohnt ist.

Estella: Vielleicht streifen Marodeure herum. Das Licht könnte sie anziehen.

Pia: Nun, wenn es dich beruhigt. *(Estella schließt die Fensterläden und nimmt die Arbeit wieder auf.)*

Estella: Ich höre nichts. Ich habe mich wohl getäuscht.

Pia: Geh schlafen! Der Ärmel wird heut doch nicht fertig.

Estella *(nach einer Pause, unruhig):* Wenn sie kommen! Wenn sie die geheime Leitung entdecken!

Pia: Sie werden nichts entdecken.

Estella: Sie müßten erraten, daß wir Nachrichten nach hinten geben.

Pia: Wenn Horazio kommt, werde ich ihn bitten, dich nach dem Hinterland zu nehmen.

Estella *(hoffnungsvoll):* Ja? Verlassen wir das Haus?

Pia: Du wirst es verlassen. Ich kann dich nicht brauchen, wenn du so ängstlich und schreckhaft bist.

Estella: Wenn du nicht gehst, bleibe ich auch. Du weißt es. *(Sie arbeiten eine Weile. Plötzlich fährt Estella auf):* Jetzt wieder! Ich habe es deutlich gehört. Es sind Schritte, die sich nähern!

Pia: Wie kannst du Schritte hören, bei diesem Sturm?

Estella: Es schleicht einer ums Haus! Jetzt tritt er an die Tür! *(Sie flüstert):* Heilige Mutter Gottes, bitte für uns! Heiliger Jacobus, behüte uns! Heiliger Joseph —

Pia *(scharf):* Überlaß das den Rebellen und ihren Pfaffen! Ich will das Gefasel nicht hören!

Estella *(den Tränen nahe):* Nichts darf ich, was mir ein wenig Trost gibt.

Pia *(tritt zur ihr und sagt mit weicher Stimme):* Dir liegt der Schrecken von gestern noch in den Gliedern. Komm, schlaf dich tüchtig aus! Dann hat morgen alles ein anderes Gesicht.

Estella: Kommst du nicht auch?

Pia: Ich halte nochmals oben Ausschau. Dann komme ich. *(Sie gehen durch verschiedene Türen ab. Die Bühne ist leer. Nach einer Weile wird an der Außentür geklopft. Da keine Antwort erfolgt, wird nach kurzem wieder geklopft. Dann wird die Tür vorsichtig geöffnet und Pablo tritt ein. Er ist blaß, ganz durchnäßt und ohne Rock; Hemd und Hose sind so zerlumpt und beschmutzt, daß deren Form und Farbe unkenntlich sind. Den linken Arm hält er an sich gepreßt. Er bleibt in der Nähe der Tür stehen. Pia kommt zurück und erblickt ihn; ohne im geringsten zu erschrecken, geht sie auf ihn zu.)*

Pia *(scharf):* Wer sind Sie?

Pablo: Erschrecken Sie nicht! Ich bin ohne Waffe.

Pia: Ich erschrecke nicht. Was wollen Sie? Woher kommen Sie?

Pablo: Ich habe von draußen ein Licht gesehen.

Pia: Was wollen Sie?

Pablo: Nur ein Glas Wasser. Und wenn Sie mir erlauben würden, mich eine Weile zu setzen.

Pia: Sie triefen von Regen. Treten Sie näher! *(Er tritt näher.)* Sie sind voll Blut!

Pablo: Ich bin verwundet.

Pia: Verwundet? *(In instinktivem Hilfstrieb):* Setzen Sie sich hierher ans Licht! Ziehen Sie Ihr Hemd aus!

Pablo: Bitte, nicht! Ich bin schmutzig.

Pia: Was heißt: Bitte, nicht? Können Sie's nicht selber ausziehen? Ich helfe Ihnen. *(Sie zieht es ihm aus.)* Es ist eine schwere Wunde. Wissen Sie das? Ihr Arm ist zerschmettert.

Pablo: Ich weiß es.

Pia: Halten Sie still! Ich wasche Sie ab. *(Sie hat schon ein Waschbecken und einen Schwamm geholt und wäscht die Wunde.)* Haben Sie starke Schmerzen?

Pablo: Früher waren sie stark. Jetzt sind sie erträglich.

Pia: Ich werde Sie verbinden. *(Sie holt Watte und Verbandzeug.)* Es wird sehr weh tun. Schreien Sie, wenn es allzusehr schmerzt. *(Sie verbindet ihn gewandt und rasch.)* Warum schreien Sie nicht?

Pablo: Es hat nicht sehr geschmerzt. Sie sind geschickt wie eine Ärztin.

Pia *(kurz):* Ich habe Medizin studiert. Aber nur kurze Zeit. — Nehmen Sie ein frisches Hemd! *(Sie öffnet die Tür eines Schrankes, in welchem Wäsche hochgestapelt liegt, schließt sie aber sofort.)* Nein, das nicht! *(Sie öffnet den Schrank wieder und entnimmt ihm ein Hemd.)* Nehmen Sie's! *(Sie zieht es ihm über. Er steht auf.)* Können Sie nicht ruhig sitzen?

Pablo: Ich habe mich noch nicht vorgestellt. *(Er verbeugt sich.)* Pablo Herrero.

Pia: Pia Cameron.

Pablo: Entschuldigen Sie, daß ich gekommen bin! Ich wußte nicht, daß ich in ein Trauerhaus gekommen bin.

Pia: Wie wissen Sie das?

Pablo: Sie gehen in Schwarz. Die Kerzen, die dort brennen, scheinen Totenlichter zu sein.

Pia *(abweisend):* Ich gehe in Schwarz.

Pablo *(leise):* Haben Sie einen nahen Angehörigen verloren? Einen Bruder?

Pia *(kurz):* Den Vater.

Pablo: Entschuldigen Sie! Ich wäre nicht gekommen, wenn ich es gewußt hätte.

Pia *(unwillig):* Wohin hätten Sie, mit Ihrer schweren Wunde, gehen sollen? — Haben Sie Hunger? Es ist noch ein Rest vom Abendessen übrig.

Pablo: Danke. Nur Durst.

Pia: Ich bringe Ihnen ein Glas Wein.

Pablo: Danke. Ich trinke keinen Wein. Ein Glas Wasser, bitte.

Pia: Ich mache Ihnen einen Kaffee. Der wird Ihnen wohl tun.

Pablo: Sie sind sehr gut zu mir.

Pia *(nachdem sie ihm einen Kaffee gebracht hat):* Wie sind Sie zu dieser Wunde gekommen?

Pablo: Es hat ein Kampf stattgefunden. Hier in nächster Nähe.

Pia: Unmöglich! Ich habe nichts gehört.

Pablo: Gestern Nacht.

Pia: Wo haben Sie die ganze Zeit seit gestern Nacht verbracht?

Pablo *(der sich allmählich belebt):* Als ich verwundet wurde, verlor ich das Bewußtsein. Wie ich erwachte, lag ich unter einem dichten Gebüsch, das mich verdeckte, und es war Tag. Ich wagte es nicht, mich im Licht über das offene Gelände zu bewegen. Die Schmerzen wurden so heftig, daß ich von neuem in Ohnmacht fiel. Als ich wieder zu mir kam, war es schon dunkel. Ich sah ein Licht und ging darauf zu. Dann ist es erloschen.

Pia: Sie sind ohne Rock gekommen. Wo haben Sie Ihren Rock gelassen?

Pablo: Ich muß ihn mir im Schmerz abgerissen haben. Ich weiß nicht. Oder ein Kamerad hat ihn mir abgenommen.

Pia *(plötzlich erregt):* So sind Sie achtzehn Stunden oder länger mit ihrer Wunde auf der bloßen Erde gelegen? *(Sie befühlt seine Hand.)* Sie haben Fieber. Sie müssen eine Spritze gegen Starrkrampf bekommen. Sonst sind Sie verloren.

Pablo: Das ist nicht nötig. Ich fühle, daß ich jetzt gerettet bin.

Pia: Schwätzen Sie keinen Unsinn! Davon verstehen Sie nichts. Ich werde Ihnen eine Ambulanz besorgen. Man wird Sie schnellstens nach Alhama schaffen.

Pablo: Ich möchte nicht nach Alhama geschafft werden.

Pia: Warum nicht? Es ist das nächste Feldspital.

Pablo: Wenn es Ihnen möglich wäre, mich nach Santa Fé bringen zu lassen —

Pia *(entfernt sich jäh von ihm):* Nach Santa Fé? — — Sie sind ... einer ... von den Rebellen?

Pablo *(gelassen):* Ein Rebell? Dann sind Sie also eine Rote?

Pia: Unterstehen Sie sich nicht, mich eine Rote zu nennen!

Pablo: Ich sagte es nicht herabsetzend. Unsere Leute nennen euch so. *(Er lacht.)* Ich bin ein Tölpel. Da bin ich blindlings in das Haus eines Feindes gestolpert.

Pia: Deshalb haben Sie sich schlauer Weise Ihres Rockes entledigt.

Pablo: Ich habe Sie nicht belogen. — Was nun? Jetzt jagen Sie mich hinaus?

Pia *(nach kurzem Bedenken):* Ich werde Sie nicht in das Unwetter hinausjagen. Sie können hier bleiben und sich ausruhen. Bis zum Morgen. Bis es zu regnen aufhört. Dann müssen Sie weg.

Pablo: Ich weiß nicht, ob ich fähig sein werde, den weiten Weg bis Santa Fé zu gehen.

Pia: Vor dem Morgen müssen Sie weg! Länger kann ich Sie nicht beherbergen.

(Estella tritt ein.)

Estella: Warum kommst du nicht, Pia? *(Sie erblickt Pablo und weicht erschrocken zurück.)* Wer ist der fremde Mensch?

Pia *(zu Pablo):* Meine Schwester Estella.

Pablo *(steht auf und verbeugt sich):* Pablo Herrero.

Pia: Er hat hier Zuflucht gesucht. Er ist verwundet.

Estella: Der arme Mensch! Schnell, schnell! Das Verbandzeug —

Pablo: Ihre Schwester hat mich schon verbunden.

Estella: Er hat vielleicht Hunger und Durst —

Pablo: Ihre Schwester hat mir schon einen Kaffee gegeben.

Estella: Meine Schwester kommt mir immer zuvor. Für mich bleibt nichts zu tun übrig. — Das Feuer ist ausgegangen. Sie frieren gewiß. Ich mache rasch ein Feuer an — *(Sie kauert am Kamin nieder und schichtet Holzscheite auf.)*

Pablo *(tritt zu ihr und beugt sich zu den Holzscheiten):* Darf ich Ihnen helfen?

Estella: Was fällt Ihnen ein? Rühren Sie sich nicht —

Pia: Er muß sich hinlegen. *(Zu Pablo):* Ich mache Ihnen eine Couch zurecht. *(Sie geht ins Nebenzimmer ab.)*

Estella: Was kann ich für Sie tun? Ich möchte gern für Sie etwas tun.

Pablo: Wenn Sie mit mir etwas plaudern wollten! Ich habe lang mit keiner Frau gesprochen.

Estella: Gern. Auch ich habe lang mit niemandem geplaudert. *(Sie erschrickt ein wenig.)* Aber schauen Sie mich nicht an! Ich war schon ausgezogen.

Pablo: Sie leben hier allein?

Estella: Nur Pia und ich.

Pablo: Zwei Mädchen allein? In diesem großen Haus, zwischen den Fronten?

Estella: Die Fronten sind glücklicherweise hier seit Monaten erstarrt.

Pablo: Fürchten Sie nicht, sie könnten sich wieder in Bewegung setzen?

Estella: Gewiß fürchte ich mich. Seit gestern Nacht fürchte ich mich sogar schrecklich. Die Geschosse pfiffen ums Haus. Zwei Kugeln schlugen durch die Fenster durch. Den ganzen Tag fürchtete ich, daß Nachzügler uns überfallen würden. Merkwürdig! Vor Ihnen habe ich keine Furcht.

Pablo: Dazu haben Sie auch keinen Grund. An mir ist nichts Fürchterliches.

Pia *(kommt zurück):* Die Couch ist gemacht.

Estella: Ach, bitte! Laß ihn noch eine Weile!

Pablo: Es scheint ein einsames Haus zu sein. Weit und breit bemerkte ich kein anderes.

Estella: Früher stand hier ein großes Dorf. Als der Krieg sich unserer Gegend näherte, redeten wir den Bauern zu, das Dorf zu räumen. Aber sie weigerten sich. Dann bombardierten die Rebellen das Dorf. Sie legten es in Trümmer, bis zur letzten Hütte. Viele Menschen starben; die andern flüchteten, Hals über Kopf, als Bettler —

Pablo: Wie kam es, daß dieses Haus verschont wurde?

Pia *(die sich abseits gesetzt und ihr Strickzeug wieder aufgenommen hat):* Sie führen Krieg mit den Armen.

Pablo: Wie leben Sie hier?

Estella: Oh, es gibt immer viel Arbeit. Das große Haus! Wir bestellen unsern Gemüsegarten. Wir haben einen Esel; der will versorgt sein. Wenn die Lebensmittel uns ausgehen, spanne ich in der Nacht den Esel an und hole neue Vorräte aus Alhama. Wir haben keine Zeit zum Müßiggang. Das ist gut; man kommt nicht zum Denken. Nur die Abende sind einsam. Dann stricken wir Sweater.

Pablo: Für die Soldaten?

Estella: Es ist schön, zu denken, daß die armen Soldaten in unsern Sweatern nicht frieren werden. Und dann ist's auch wieder traurig, zu denken, daß wir ihnen vielleicht das Totenkleid stricken, in dem sie sterben werden. *(Eifrig):* Ich werde auch für Sie einen Sweater stricken. *(Sie erschrickt.)* Da habe ich etwas Dummes gesagt.

Pablo: Gar nicht. Für mich ist der Krieg zu Ende. — Und Sie sind hier immer allein?

Estella: Manchmal besucht uns Horazio, wenn sein Dienst es zuläßt —

Pablo: Das ist Ihr Bruder?

Estella: Wir haben keinen Bruder. Horazio ist —

Pia: Das kann den Señor nicht interessieren.

Estella: Dann kommt auch der Oberst, doch nur selten. Oberst Villalba, der diesen Frontabschnitt kommandiert. Er war ein Freund unseres Vaters. — Freilich hatten wir auch schon unwillkommenen Besuch.

Pablo: Ich hoffe, das bin ich nicht.

Estella: Wie können Sie das denken? Sie sind unser Gast. — Einmal, in der Nacht, drangen Marodeure hier ein. Sie wollten rauben und plündern. Aber Pia trat ihnen mit solcher Festigkeit entgegen, daß sie wieder abzogen, nachdem wir sie bewirtet hatten. *(Sie lacht.)* Sie entschuldigten sich sogar, daß sie gekommen waren. Doch Pia ließ sich dann dazu bewegen, wenigstens die Fenster vergittern zu lassen.

Pablo: Ihre Schwester ist ein sehr mutiges Mädchen.

Estella: Sie ist mutig, entschlossen und willensstark.

Ich komme mir neben ihr ganz klein vor. Ich müßte mich immer nur schämen.

Pablo: Ich verstehe nicht. Warum harren Sie hier aus, in dieser Einsamkeit und Gefahr?

Estella: Es ist das Haus unseres Vaters. Pia will es nicht verlassen.

Pablo: Ich habe schon gehört, daß Ihr Vater kürzlich gestorben ist.

Estella: Kürzlich? Es ist über ein Jahr her! *(Erregt):* Schaun Sie mich nicht so an! Sie dürfen nicht glauben, daß ich um Vater nicht trauere!

Pablo: Das glaube ich gewiß nicht.

Estella: Aber ich kann nicht immer in Schwarz gehen. Ich kann nicht ewig nur in der Vergangenheit leben! Vater war ein heiterer, lebensfroher Mann. Er wäre gar nicht damit zufrieden, wenn er wüßte, daß wir uns in Trauer um ihn verzehren.

Pablo: Das wäre auch nicht natürlich.

Estella: Nicht wahr? Sie verstehen mich? — Ich begreife nicht, warum das so sein muß. Pia besteht darauf, daß alles hier so bleibt, wie es zu Vaters Lebzeiten war. Sie duldet nicht, daß das Geringste verändert wird. Vaters Anzüge und Wäsche in den Schränken, seine Papiere in den Läden, nichts darf angerührt werden —

Pablo *(zu Pia, die schweigend abseits sitzt):* Sie haben mir ein Hemd ihres Vaters gegeben.

Estella: Sie sieht es nicht einmal gern, wenn ich ein Buch aus der Bibliothek nehme. *(Eifrig):* Ich bin froh, daß Sie gekommen sind! Sie müssen lange bei uns bleiben.

Pablo: Bis zum Morgen. Dann muß ich gehen.

Estella: Nein, nein! Sie werden es gut bei uns haben. Und wir werden einen lebendigen Menschen haben, für den wir sorgen können, den wir verwöhnen dürfen, mit dem wir immer werden sprechen können. Es wird hier nicht mehr einsam und traurig sein. Sie bleiben, bis Ihre Wunde geheilt ist —

Pia: Das wird nicht möglich sein.

Estella: Wir werden den Oberst darum bitten. Er wird einen Arzt herschicken. Wenn Sie erst wiederhergestellt sind, können Sie zu Ihrem Regiment nach Alhama gehen —

Pia: Señor Herrero wünscht gar nicht, nach Alhama zu gehen.

Estella: Siehst du! Er wünscht, zu bleiben —

Pia: Er wünscht, nach Santa Fé zurückzukehren.

Estella *(schmerzlich):* Oh! Sie sind —

Pablo: Ein Rebell? Nicht jeder, der in der Armee der Rebellen dient, ist darum schon ein Rebell.

Estella: Schade! Ich hatte mich so gefreut —

Pia *(zu Pablo):* Es ist Zeit für Sie, sich hinzulegen. Sie müssen etwas Kräfte sammeln. Sie haben einen schweren Gang vor sich.

Pablo: Sie sind gut zu mir gewesen. Ich danke Ihnen. *(Er verbeugt sich und geht ins Nebenzimmer ab.)*

Estella: Wie schade! Wie schade! *(Pia ist aufgestanden und geht durch die Tür.)* Wohin gehst du?

Pia: Hinunter. Horazio verständigen.

Estella: Horazio? Ihn davon verständigen, daß der Fremde hier ist?

Pia: Das ist mein Geschäft.

Estella: Damit Horazio kommt und ihn abholt und nach Alhama bringt?

Pia: Das ist seine Sache. Es geht mich nichts an.

Estella: Wir können ihn in der Mansarde unterbringen. Dorthin steigt Horazio nie hinauf. Niemand wird wissen, daß er im Haus ist —

Pia: Ich würde es wissen. Ich kann es nicht dulden.

Estella: So laß ihn laufen! Er ist verwundet —

Pia: Verwundet oder nicht! Er ist ein Rebell!

Estella: Du hast ihm Zuflucht gewährt. Er ist kein Spion —

Pia: Das weiß ich nicht. Und es ist mir gleichgültig.

Estella: Hab Mitleid mit ihm! Liefere ihn nicht aus!

Pia: Er ist nicht der erste, den ich ausliefere!

Estella: Die zwei andern waren widerwärtige, wüste

Kerle. Man sah es ihnen an, daß sie Böses im Schilde führten —

Pia: Und der ist gut erzogen, höflich, artig, wohl auch gebildet? Um so schlimmer, daß er ein Rebell ist!

Estella: Er sieht nicht aus wie ein Rebell! Vielleicht wurde er nur gezwungen —

Pia: Gefällt er dir? Mir gefällt er nicht. Ich mache keinen Unterschied zwischen einem braven Rebellen und einem bösen Rebellen!

Estella *(stellt sich ihr in den Weg und sagt bittend):* Gib ihn nicht preis!

Pia *(geht, sie beiseite schiebend, zur Tür; mit harter Stimme):* Dazu bin ich da!

ZWEITER AKT

Einige Minuten später. Estella ist allein, in sichtbar großer Unruhe. Pia tritt ein.

Estella: Hast du ihn erreicht?

Pia: Die Regenmassen haben, wie es scheint, die Leitung beschädigt. Die Verständigung war schlecht.

Estella: Du hast nicht mit ihm gesprochen?

Pia: Endlich habe ich ihn erreicht. Aber ich weiß nicht, ob er alles, was ich sagte, begriff.

Estella *(hoffnungsvoll):* Er kommt also nicht?

Pia: Wenn ich ihn richtig verstand, nimmt er jetzt an einer Stabskonferenz teil. Er kommt. Doch erst in einer Stunde. Oder in zwei Stunden.

Estella *(geht auf die Tür zu, hinter der Pablo sich befindet):* So ist es noch Zeit, ihn zu warnen.

Pia *(steht unbewegt hinter ihr und sagt ruhig, da Estella plötzlich unentschlossen stehen bleibt):* Warum warnst du ihn nicht? So warne ihn doch!

Estella: Ich kann es nicht, wenn du dagegen bist. Ich komme gegen deinen Willen nicht auf.

Pia *(ruhig und fest):* Ich will, daß du jetzt ins Bett gehst.

Estella: Ins Bett! Ich werde wach liegen und auf jedes Geräusch horchen: wie Horazio auf seinem Motorrad heranbraust, den unglücklichen Menschen aus dem Schlaf reißt, ihn gefangen setzt und nach Alhama davonschleppt! Du kannst nicht wollen, daß das geschieht —

Pia: Es wird geschehen.

Estella: Sie werden ihn dort verhören und quälen und zu Geständnissen pressen! Vielleicht erschlagen sie ihn! Ich werde es mir nie verzeihen können —

Pia: Du hast daran keinen Teil. Ich nehme alles auf mich.

Estella *(flehend):* Pia! *(Pia macht eine abwehrende Bewegung.)* Oh, du hast ein hartes Herz!

Pia: Das habe ich. Geh! *(Estella geht, heftig bewegt, ab.*

Pia setzt sich und beginnt ruhig zu stricken. Nach einer Weile tritt Pablo ein.)

Pablo: Ich habe durch die Türritze gesehen, daß hier noch Licht ist. Sie stricken noch?

Pia: Sie sollten schlafen.

Pablo: Störe ich Sie? Ich kann nicht schlafen.

Pia: Warum nicht? Haben Sie Schmerzen?

Pablo: Sie müssen geheime Heilkräfte besitzen. Seit Sie mich anrührten, fühle ich keinen Schmerz mehr. Die Freude läßt mich nicht schlafen.

Pia: Freude? Worüber?

Pablo: Darüber, daß der Krieg für mich zu Ende ist. Und daß nur mein linker Arm zerschmettert wurde, nicht der rechte. Und über das unfaßbare Glück, daß ich überhaupt noch am Leben bin. Unsere Leute haben nämlich den Befehl, alle Verwundeten, die sie nicht rückbefördern können, zu erledigen. Damit sie dem Feind keine Informationen geben.

Pia *(empört):* Solche Befehle! Das sieht euch Rebellen ähnlich.

Pablo: Sie würden es wohl auch ohne Befehl tun, um sich der Schuhe der Toten zu bemächtigen. Sie sind auf Schuhe ganz wild. *(Nach einer Pause):* Sonderbar. Als ich glaubte, es sei zu Ende mit mir, war ich beinahe froh. Und jetzt fangen schon wieder Wünsche sich zu regen an.

Pia: Was für Wünsche?

Pablo: Viele. Der eine vor allem: ich möchte meine Mutter noch einmal wiedersehen. *(Wieder nach einer Pause; er spricht immer etwas stockend und sonderbar erregt):* Ich muß Ihnen schon begegnet sein. Ich kann mich nicht besinnen, wo.

Pia *(immer kurz und abweisend):* Nirgends.

Pablo: Sie sagten, Sie hätten studiert. In Sevilla?

Pia: In Saragossa.

Pablo: An wen erinnern Sie mich nur? — — Pia: es ist ein schöner Name.

Pia: Sie haben Fieber. Legen Sie sich hin!

Pablo: Dann ist das Fieber ein angenehmer Zustand. Ein willkommener, beglückender Zustand.

Pia: Sie täuschen sich über Ihren Zustand. Die Schmerzen werden wiederkehren. Das Fieber wird steigen. Sie werden unfähig sein, den Marsch nach Santa Fé zu machen.

Pablo *(nach einer Pause):* Das alles kommt mir so vertraut vor. Das altertümliche Zimmer, der breite Kamin, die hohen Bücherwände ... alles, bis auf die brennenden Kerzen ... ich habe es schon irgendwo gesehen.

Pia: Vielleicht in einem Traum.

Pablo: Vielleicht. *(Plötzlich):* Können Sie Griechisch?

Pia: Griechisch? Ich habe es im Gymnasium gelernt. Ich habe es vergessen.

Pablo *(lebhaft):* Sie wissen nicht, welches Reichtums Sie sich beraubt haben, als Sie's vergaßen. Ich bin klassischer Philolog. Vor dem Krieg habe ich an der Universität über die griechischen Tragiker gelesen. Ich kann sagen, ich habe in einer Welt vollendeter Schönheit und Harmonie gelebt.

Pia: Es scheint mir, Sie haben auf einem Elfenbeinturm gelebt.

Pablo *(immer lebhafter):* Sie haben keine Ahnung davon, wie reich an Erregungen, Abenteuern und Überraschungen so ein Leben auf dem Elfenbeinturm ist, wie Sie es nennen! Ich habe in einem alten Manuskript bis dahin unbekannte Verse entdeckt, die von keinem stammen können, als von Aischylos. Es ist nur ein Fragment von fünfzehn Zeilen, aber stellen Sie sich das vor! Verse aus einer verschollenen Tragödie des Aischylos!

Pia: Das bedeutet mir nichts. In einer Welt der Falangisten und des Bürgerkriegs.

Pablo: Werden Sie es mir glauben? Ich habe so entrückt in meiner Welt gelebt, daß ich nicht einmal wußte, es gebe Falangisten und Republikaner und Rote und all das. Das heißt: ich hatte natürlich davon gehört; aber ich nahm es nicht zur Kenntnis. Es drang in mein Bewußtsein nur ein wie das dumpfe Geräusch einer fernen, hohlen Brandung.

Pia *(erregt):* So? Sie nahmen nicht zur Kenntnis, daß unser unglückliches Volk nach jahrhundertelanger Knechtung zur Freiheit gekommen war? Und daß eine Bande rebellischer Generäle sich verschwor, die junge Freiheit zu erwürgen, und ihre gedungenen Mordhaufen auf uns losließ? Das hätte Ihnen Ihre griechische Harmonie gestört! Wissen Sie eigentlich, wie ungeheuerlich egoistisch Sie sind?

Pablo: Aber, Fräulein Pia! Was kann es Wichtigeres und Würdigeres geben, als sich in die Werke der großen Dichter und Philosophen zu versenken? Und deren Welt zu seiner eigenen zu machen?

Pia: Ich bin anderer Meinung. Solang es Tyrannei und Elend, Unterdrücker und Unterdrückte gibt, sind Harmonie und Ästhetik und sämtliche Werke sämtlicher Dichter nichts als ein überflüssiger, sinnloser Luxus.

Pablo: Das meinen Sie nicht im Ernst. Es kann nicht Ihr Ernst sein.

Pia: Mein voller Ernst. — Sagen Sie mir etwas anderes! Wie konnten Sie, mit Ihren erhabenen Empfindungen, die Partei der Rebellen wählen?

Pablo: Ich habe nicht gewählt. Ich wurde nicht viel gefragt. Sie wissen nicht, welcher erbarmungslose Terror bei uns herrscht.

Pia: Es gibt Männer, die sich gegen den Terror empören.

Pablo: Ich bin kein solcher. Ich hatte nur die Wahl, mich zu unterwerfen oder kurzerhand erschossen zu werden.

Pia: Ich kenne andere, die sich dem Gewissenszwang durch die Flucht entziehen.

Pablo: Das kann ich nicht. Ich muß ausharren, wo ich bin. Meine Mutter ist als Geisel in ihrer Hand.

Pia: Reden Sie sich nicht auf die Mutter aus! Sie tun es nicht Ihrer Mutter wegen. Sie tun es aus Feigheit!

Pablo *(nach einer längeren Pause):* Ich habe es schon bitter bereut.

Pia: Ja? Warum haben Sie's bereut?

Pablo: Ich habe Entsetzliches gesehen. Ich habe das Haupt der Gorgo gesehen: *(Leise):* Sie ermorden die wehrlosen Gefangenen.

Pia: Wußten Sie das nicht?

Pablo: Ich glaubte es nicht. *(Wie unter einem Zwang):* Sie befehlen ihnen, Gräber zu graben. Sie stellen sie reihenweis auf, vor den Gräbern, mit unverbundenen Augen. Dann schießen sie sie ab, einen nach dem andern, langsam, mit Lust, aus nächster Nähe, daß die Herzen aus den Leibern fliegen. — Deshalb war ich froh, als ich glaubte, daß es mit mir zu Ende sei.

Pia: Und für diese Horde von Räubern und Vergewaltigern, für diese Rotte von Gefangenen- und Geiselmördern kämpfen Sie? Schämen Sie sich nicht zu Tod?

Pablo: Man kann es nicht gerade Kämpfen nennen. Ich bin entschlossen, keinen Schuß abzugeben.

Pia: Wirklich? Und was haben Sie letzte Nacht getan?

Pablo: Ich habe in die Luft geschossen. Lieber sterben als töten. Darin gehorche ich meinem Gewissen unbedingt.

Pia: Sie gehorchen nicht Ihrem Gewissen. Sie überlisten Ihr Gewissen. Es ist nur elende Feigheit.

Pablo: So habe ich es bis jetzt nicht angeschaut. Doch Sie haben wohl recht, daß es nur Feigheit ist.

Pia *(nach einer Pause):* Wenn Sie auch feig und willensschwach sind und einen erbärmlichen Charakter haben — schweigen Sie! Sie haben einen erbärmlichen Charakter! — so haben Sie doch Intelligenz und Urteilskraft. Sie müssen einsehen, daß Sie auf der falschen Seite stehen. Daß bei uns, gegen die Sie kämpfen, das Recht ist und die Gerechtigkeit. Reden Sie!

Pablo: Ich habe Achtung vor Ihrer Überzeugung. Ich will Sie nicht verletzen.

Pia: Ich bin nicht so empfindlich. Reden Sie nur!

Pablo *(leise und widerwillig):* Auch ihr ermordet die Gefangenen.

Pia *(aufflammend):* Wir? Wir haben in Frieden gelebt. Wir wollten nichts anderes, als das bißchen Freiheit genießen. Ihr habt uns Ahnungslose überfallen und diesen entsetzlichen Krieg entzündet. Wir wünschten, ihn menschlich und schonend zu führen; ihr habt ihn grausam, barbarisch, unmenschlich geführt. Ihr habt uns eure ruchlose Methode aufgezwungen —

Pablo: Sind es darum weniger Verbrechen, weil andere dieselben Verbrechen begehen?

Pia: Wir tun es als Gegenwehr, aus bitterer Notwehr, nicht aus Lust, wie ihr! Es ist nicht das Gleiche —

Pablo: Das ist es nicht. Die Falangisten kämpfen um die nackte Macht. Sie bekennen sich zynisch zur Grausamkeit. Ihr behauptet, für ein hohes Ideal zu kämpfen.

Pia: Wir behaupten es nicht. Wir tun es.

Pablo: Aber ihr schändet das Ideal, für welches ihr kämpft. Ihr zerstört euer eigenes Ideal, indem ihr barbarisch und unmenschlich dafür kämpft.

Pia *(erregt):* Sie lügen! Sie lügen!

Pablo: Und das ist beinahe schlimmer, als kein Ideal zu haben. *(Nach einer Pause):* Wenn ich nicht das Glück gehabt hätte, auf eine humane Feindin zu stoßen, wenn's einer weniger humanen einfiele, mich nach Alhama auszuliefern —

Pia *(starrt ihn an):* Sind Sie verrückt geworden? Wem fällt das ein?

Pablo: Ich sage: wenn ... Was würden eure Leute dort mit mir tun? Sie würden mich erbarmungslos erschießen.

Pia *(geht in Erregung auf und ab; plötzlich bleibt sie stehen):* Hören Sie nichts?

Pia: Nur den Sturm und Regen. Und fernen Kanonendonner.

Pia: Das Rattern eines Motors?

Pablo: In solchen Sturmnächten steigen die Flieger nicht auf.

Pia: Ein Motorrad, das sich nähert. Hören Sie's?

Pablo: Erwarten Sie jemanden?

Pia: Wen soll ich erwarten? Haben Sie keine Angst! Ich

schaue nach. *(Sie geht hinaus. Nach einer Weile tritt Estella ein und blickt ängstlich um sich.)*

Estella *(verlegen):* Ich wollte nur fragen, wie Sie sich fühlen.

Pablo: Danke, Fräulein Estella. Sehr wohl.

Estella: Gut, daß ich Sie allein treffe. Wo ist meine Schwester?

Pablo: Sie ist eben hinausgegangen.

Estella *(tritt ganz nah zu ihm und flüstert schnell):* Gehen Sie weg! Sie wissen nicht, wo Sie sind.

Pablo: Ich bin hier bis zum Morgen in Sicherheit. Ihre Schwester hat es mir zugesagt.

Estella: Gehen Sie schnell! Mehr kann ich nicht sagen — *(Pia kommt zurück.)*

Pia: Es war nichts. *(Sie erblickt Estella, fährt auf, aber beherrscht sich sofort):* Was machst du hier?

Estella: Ich ... ich wollte nur ... Ich hörte eine Tür gehen. Ich glaubte, jemand sei gekommen.

Pia: Niemand ist gekommen. Das war nur ich. Geh jetzt! *(Estella geht ab.)* Ein kleines, dummes Ding. Voll von Einbildungen und Ängsten. Was hat sie Ihnen gesagt?

Pablo: Ich denke, sie wollte mich vor irgendetwas warnen.

Pia: Warnen? Wovor? Und Sie glauben ihr?

Pablo: Ich habe ihr geantwortet: Ich fühle mich bei Ihnen sicher.

Pia: Sie haben ihr richtig geantwortet.

Pablo *(nach einer Pause, lebhaft):* Jetzt weiß ich, an wen Sie mich erinnern! An meine Mutter.

Pia: An Ihre Mutter?

Pablo: Die ist auch herb und schroff, genau wie Sie. Tief in ihrem Innern aber verbirgt sich eine scheue, zarte, wunderbare Wärme.

Pia *(abweisend):* Was wissen Sie von mir? Sie kennen mich nicht.

Pablo: Ich weiß nur wenig von Frauen. Sie aber habe ich gleich erkannt. Wir müssen miteinander verwandt sein. — Haben Sie noch eine Mutter?

Pia: Sie starb, als ich ein Kind war.

Pablo: Deshalb sind Sie wohl so schroff und streng geworden.

Pia *(widerwillig):* Ich war es nicht immer. Als mein Vater lebte, war ich es nicht.

Pablo: Ich habe es schon bemerkt, daß Sie Ihren Vater vergöttern.

Pia *(plötzlich belebt, da sie von ihrem Vater spricht):* Ich werde einen solchen Menschen nicht wiederfinden. Er war einer der angesehensten Ärzte in Madrid. Er gab alles auf und zog sich hierher zurück, um den armseligen Bauern nützlich zu sein. Er kaufte ihnen Geräte; er baute ihnen eine Schule. Er war ihr Berater, ihr Helfer, ihr Freund. Er war der Vater aller. Damals verstand ich das nicht. Ich wollte ihn für mich allein haben. Ich ging weg, an die Universität, und ließ ihn hier allein —

Pablo: Das werfen Sie sich nun unablässig vor. Darum sind Sie auch so unersättlich in Ihrer Trauer. *(Nach einer Weile):* Es fällt mir ein, ich habe Sie noch nicht lächeln gesehn.

Pia *(wieder abweisend):* Ich habe es verlernt, zu lächeln.

Pablo: Sie sind sehr schön. Sie würden noch schöner sein, wenn Ihr inneres Licht auf Ihrem Gesicht erschiene, Ihr heimlicher Glanz in einem Lächeln sich widerspiegelte —

Pia *(schroff):* Ich will solche Reden nicht hören! Ich habe einen Verlobten.

Pablo *(eifrig):* Das freut mich. Das freut mich.

Pia *(erstaunt):* Was freut Sie denn?

Pablo: Daß Sie glücklich sind. Er ist gewiß ein ausgezeichneter Mensch, wenn Sie sich mit ihm verlobten.

Pia: Das ist er. Er ist ein ganzer Mann. Er lebte in Burgos, als die Rebellen sich der Stadt bemächtigten. Er hat sich nicht dem Terror unterworfen. Er bedachte sich keinen Augenblick, wohin er gehöre, und fragte nicht, ob er seine Eltern als Geiseln zurückließ. Früher war er ein leidenschaftlicher Pazifist und er verabscheute den Krieg. Nun ist er ein leidenschaftlicher, harter Soldat. Er ist in allem leidenschaftlich; Sie werden es selber sehen —

Pablo: Wie soll ich es sehen? Ich werde ihn nicht kennenlernen.

Pia: Nein, Sie werden ihn nicht kennenlernen. Er studierte an der Musikakademie. Er war ein hochbegabter Geiger, und man sagte ihm eine glänzende Laufbahn voraus. Seit dem Kriegsbeginn hat er keine Geige mehr angerührt. Er hat sich vorgenommen, nicht eher wieder zu spielen, als bis wir gesiegt haben und die Freiheit wiederhergestellt ist —

Pablo: Jetzt begreife ich, wie sehr Sie mich verachten müssen.

Pia *(schroff):* Ich verachte Sie nicht und ich achte Sie nicht. Sie sind mir gleichgültig. *(Unwillig über sich selbst, weicher):* Erzählen Sie mir von Ihrer Mutter!

Pablo: Ich bin ihr einziges Kind. Seit ich zurückdenke, waren wir bis jetzt nie getrennt. Wir lebten so glücklich zusammen, daß ich kaum je ein Bedürfnis nach einer anderen Frau empfand. Ich weiß, daß keine an meine Mutter heranreicht —

Pia: Ich kann mir vorstellen, daß sie Sie gründlich verwöhnt hat.

Pablo: Ich sagte Ihnen schon, sie ist herb und verschlossen. Wir denken und fühlen in gleicher Weise. Wir verstehen einander so völlig, daß es keiner Worte zwischen uns bedarf. Nur in einem verstehe ich sie nicht. Meine Mutter ist nämlich fromm.

Pia *(verächtlich):* Fromm?

Pablo: Nicht, daß sie zur Messe oder zur Beichte rennt. Aber sie glaubt mit ihrem ganzen Wesen an eine allgütige Allmacht, von der sie sich gelenkt fühlt in allem, was sie tut, in der sie sich geborgen weiß. Das gibt ihr eine unerschütterliche Sicherheit. Sie werden das verstehen, Fräulein Pia; auch Sie sind fromm —

Pia: Ich? Wenn ich an eine Allmacht glauben müßte, würde ich denken, daß sie grausam und bös ist.

Pablo: Was Sie mit Ihren bewußten Gedanken denken, das ist nicht wichtig. Ihre Treue und Ihre Trauer, auch

Ihre Empörung, noch ihr Unglauben ... all das steigt aus einer tiefen Frömmigkeit herauf —

Pia *(heftig):* Schweigen Sie! Sie wissen nicht, was Sie reden!

Pablo *(ohne auf sie zu achten, nach einer Pause):* Heute habe ich, zum erstenmal, meine Mutter verstanden.

Pia: Heute? Warum gerade heute?

Pablo: Daß mich das dichte Gebüsch vor den Kameraden verbarg ... daß ich den Weg gerade zu Ihrem Hause fand ... daß ich gerade Sie hier fand ... das war das Werk einer gütigen Lenkung. Der Glauben meiner Mutter hat auch mich gerettet. Ich fühle sie immer mit mir. Sie ist auch jetzt bei mir —

Pia *(ist aufgestanden und geht in wachsender Erregung durchs Zimmer; plötzlich ruft sie):* Die Kerzen sind niedergebrannt! *(Sie tritt an den Tisch, zündet neue Kerzen an und spricht dazu in äußerster Intensität):* Niemals vergessen! Immer daran denken!

Pablo *(der sie beobachtet):* Was haben Sie eben vergessen?

Pia: Immer daran denken, zu jeder Stunde jedes Tags, daß mein Vater erschlagen wurde! Rebellenunmenschen, ihr habt ihn mir erschlagen! Weil er hochherzig und edel und voll Liebe war, darum war er für euch ein Roter! Darum habt ihr ihn gemordet! Am ersten Tag der Rebellion ... in diesem Haus ... hier, wo die Kerzen brennen ... und ich war fern —

Pablo *(leise):* Verzeihen Sie mir, daß ich zu den Rebellen gehöre!

Pia: Niemals vergessen, nicht im Wachen, nicht im Schlaf, was ich mir zugeschworen habe! Ich habe gelobt, seinen Tod zu rächen! Ihn an jedem Rebellen, dessen ich habhaft werde, zu rächen, unterschiedslos, mitleidslos —

Pablo: Sie haben Ihr Gelöbnis gebrochen. Sie haben mir mitleidig die Wunde verbunden.

Pia: Als ich nicht wußte, daß Sie ein Rebell sind!

Pablo: Als Sie's erfuhren, haben Sie mich nicht hinausgejagt. Seien Sie gepriesen dafür, daß Sie es gebrochen haben.

Pia *(heftig):* Gehen Sie weg! Augenblicklich! Ich will Sie nicht mehr sehen!

Pablo: Sie haben mir Ihr Wort gegeben, mich bis zum Morgen zu beherbergen. Bis es zu regnen aufhört.

Pia: Ich nehme mein Wort zurück. Gehen Sie! *(Sie öffnet die Tür.)*

Pablo: Es regnet noch in Strömen. Ich halte Sie beim Wort.

Pia *(schließt die Tür):* Wie Sie wollen. Schreiben Sie sich's selber zu! *(Sie setzt sich und fährt fort zu strikken.)*

Pablo *(der ihr ruhig gegenüber sitzt, nach einer Pause):* Ist es Ihnen schon passiert, daß etwas, das nur in Ihrer Vorstellung existierte, ungeahnt Leben gewann? Ich drücke mich undeutlich aus. Daß eine Gestalt, die nur in Ihrer Phantasie lebte, in voller Körperlichkeit, als ein lebendes, atmendes Wesen, plötzlich Ihnen vor Augen stand?

Pia: Nein. Das passiert nur Phantasten, wie Sie es sind.

Pablo: Ich bin heute der Antigone begegnet.

Pia *(starrt ihn an):* Wem sind Sie —?

Pablo: Wenn Sie auch Ihr Griechisch vergessen haben, werden Sie sich noch der Antigone erinnern. Unter allen Geschöpfen der Dichter war sie immer meine Lieblingsgestalt. Und heute bin ich ihr begegnet.

Pia *(in äußerster Spannung):* Meinen Sie mich?

Pablo: Ich habe sie geliebt, wie einen lebendigen Menschen, den ich seit jeher kannte. Allein schon um des einen Satzes willen, den sie gesprochen hat: Nicht mitzuhassen, mitzulieben bin ich da.

Pia *(steht auf und sagt kurz):* Sie phantasieren im Fieber. Ich überlasse Sie Ihren Phantastereien.

Pablo: Dürfte ich Sie um ein Glas Wein bitten?

Pia: Nein. Sie sind schon berauscht, auch ohne Wein.

Pablo: Bitte. Ich habe jetzt ein unbezwingliches Bedürfnis nach einem Glas Wein.

Pia *(bringt ihm ein Glas Wein):* Es ist das Letzte, was ich für Sie tue. Gute Nacht! *(Sie geht gegen die Tür.)*

Pablo *(hat das Glas Wein getrunken, sitzt ruhig und sagt plötzlich):* Ich werde diese Nacht nie vergessen.

Pia *(stehen bleibend, halblaut):* Ich auch nicht.

Pablo *(mit verhaltener Begeisterung):* Diese Nacht ... in der aus der Wildnis von Haß, Groll und Rachsucht das Erbarmen wie eine wunderbare Blume aufsproß ... in der, mitten im Krieg, in Zerstörung und Verwüstung, zu fernem Kanonendonner, wir zwei Feinde wie zu einer Friedensfeier zusammentrafen ... wie Freunde von altersher ... wie Geschwister ... diese gepriesene, gesegnete Nacht —

Pia *(unwillig, ihm zuzuhören, und doch unfähig, sich loszureißen, hält sich die Ohren zu):* Fiebergeschwätz! Fiebergefasel!

Pablo: Dieser Nacht werden die Menschen noch gedenken, wenn alle wilden, wüsten Taten dieses Kriegs längst ausgelöscht und vergessen sind. Auch wenn niemand außer uns beiden je von ihr erfährt, wird von dieser Nacht ein stilles, helles Licht ausgehen, das noch späten Geschlechtern strahlen wird. Denn in dieser Nacht wurde eine Legende geboren ... und wir waren beglückt, ihrer Geburt beizuwohnen. Sie, Fräulein Pia, haben heute eine Legende geschaffen ... Sie sind selber zu einer Legende geworden ...

Pia: Sie sind verrückt geworden! Kein Zweifel: völlig verrückt!

Pablo *(hingerissen):* Wissen Sie was? Wissen Sie was? Jetzt ... jetzt sollten alle Glocken im Lande läuten und Kinderchöre sollten jubelnde Psalmen singen ... wie in der Verkündigungsnacht ... wie in der Weihenacht! Hören Sie's? Einen fernen, gewaltigen Gesang ... von Frieden und Versöhnung ...

Pia: Nichts! Nichts als Ihr wahnsinniges Gestammel!

Pablo: Dann sind es unsere Herzen, die so still und mächtig singen ...

Pia *(mit einem wilden, elementaren Ausbruch):* Ich hasse Sie! Ich hasse Sie!

Pablo *(still lächelnd):* Nein, Fräulein Pia. Sie hassen mich nicht.

Pia *(aus der die Worte hemmungslos hervorstürzen):* Warum sind Sie gekommen? Meine Welt war klar geordnet und fest gefügt, bevor Sie kamen. Ich kannte meinen Platz in der Welt. Ich kannte meine Bestimmung, meine Gesetze und Aufgaben. Bedenken und Zweifel waren mir fremd. Ich weiß nun nicht aus noch ein! Ich weiß nicht mehr, was oben und unten ist, was recht und unrecht, was gut, was böse! Hätte ich Sie nie gesehen! Sie haben etwas in mir zerbrochen, das nie wieder heilt. Sie haben mir meine Welt zerschlagen! Ich hasse Sie —

Pablo: Sie kennen sich selber nicht. Sie sind unfähig, zu hassen.

Pia *(wild):* Eine Antigone, nicht? Daß Sie es wissen! Ich bin eine Partisanin, und dieses Haus ist ein Beobachtungsposten! Ich hocke hier wie die Spinne im Netz und laure darauf, daß eine Beute sich in meinem Gewebe verstrickt, um sie zu verschlingen. Ich liege tagelang oben auf dem Dach, das Auge am Feldstecher, um eure Bewegungen zu beobachten und sie nach hinten zu melden. Wenn gestern Nacht hundert Menschen oder mehr erschlagen wurden, so war's, weil ich euern Vorstoß voraussah und dafür sorgte, daß ihr in einen Hinterhalt gerietet!

Pablo: Kann sein. An mir haben Sie in selbstlosem Mitleid gehandelt.

Pia: Ja? Ja? Habe ich? Ich habe Ihnen hinterlistig Zuflucht gewährt, um Sie zu verderben! Ich habe insgeheim meinen Verlobten davon verständigt, daß Sie hier in der Falle sitzen. Er wird kommen, Sie gefangennehmen und nach Alhama schleppen — und in diesem Augenblick ist er mit seinem Motorrad bereits unterwegs —

Pablo *(nach einer Pause):* Ich glaube Ihnen nicht.

Pia: Sie werden es bald fühlen! Jetzt kennen Sie mich. Verwünschen Sie mich! Verfluchen Sie mich! Schütten

Sie Ihre Verwünschungen über mich aus! — Warum schweigen Sie? Ich will, daß Sie gegen mich toben —

Pablo *(nach einem langen Schweigen):* Sie tun mir leid.

Pia: Ich tue Ihnen leid? Haben Sie nicht begriffen? Ich habe Sie verraten! Ich habe Sie ausgeliefert —

Pablo *(wieder nach einer Pause):* Sie werden es bereuen. Sie tun mir leid.

Pia: Ich habe schon zwei andere ausgeliefert. Man hat sie erschlagen — und ich habe es nicht bereut!

Pablo: Sie bereuen es schon.

Pia: Das Motorrad! Hören Sie's? Das ist Horazio! — Versuchen Sie's nur, ihn mit Ihren Gesängen von Harmonien und Legenden zu verwirren! Er ist nicht schwach wie ich —

Pablo: Ich möchte jetzt nicht an Ihrer Stelle sein. Gott erbarme sich Ihrer!

Pia *(herrisch):* Gehen Sie in das Zimmer dort! Warten Sie, bis man Sie ruft! *(Pablo geht schweigend ab. Sie wirft den Kopf zurück und sagt trotzig und fest):* Ich bereue es nicht!

DRITTER AKT

Wenige Augenblicke später. Pia und Horazio, der eben eingetreten ist.

Pia: Du kommst spät.

Horazio: Ich konnte nicht früher kommen. Die Stabskonferenz hat so lang gedauert.

Pia: Du bist nicht gern gekommen, ich sehe es. Du begrüßt mich nicht wie sonst.

Horazio *(auf sie zugehend, um sie zu umarmen):* Verzeih!

Pia *(ausweichend):* Laß! Es ist nicht mehr das gleiche.

Horazio: Bitte, verzeih! Ich habe eine schwere Sorge. — Warum hast du mich gerufen?

Pia: Hast du nicht verstanden, was ich dir sagte?

Horazio: Ich glaubte zu verstehen, daß ein fremder Mensch sich hierher verirrt hat, und daß du wünschtest, ich möchte mit ihm sprechen. Wer ist der Fremde?

Pia: Das scheint mir nicht mehr so wichtig, wenn du eine schwere Sorge hast. Was ist es?

Horazio: Der Oberst ist äußerst erbittert darüber, daß wir gestern keine Gefangenen eingebracht haben. Es war sein ausdrücklicher Befehl gewesen, Gefangene zu machen. Die Bande nahm so unerwartet Reißaus, daß wir sie kaum verfolgen konnten. In der dicken Finsternis war es nicht möglich, eines einzigen habhaft zu werden.

Pia: Hat der Oberst Gefangene so dringend nötig?

Horazio: Er hat den Verdacht, daß das gestern ein Erkundungsvorstoß vor der Einleitung einer großen Offensive gewesen ist. Um sich darüber Gewißheit zu schaffen, braucht er Gefangene, die wir verhören können. Er hat deshalb beschlossen, daß wir morgen einen Gegenstoß in die feindlichen Linien machen.

Pia: Und das bekümmert dich so sehr? Sonst beklagtest du dich darüber, daß ihr immer müßig liegt.

Horazio: Es ist ein verzweifeltes Unternehmen. Es wird

nicht ohne große Verluste abgehen. Du weißt, wie ängstlich er darauf bedacht ist, seine Leute zu schonen. So zornig habe ich ihn nie gesehen.

Pia: So bin ich froh, daß ich deine Sorge ein wenig erleichtern kann. Der Fremde, der sich hierher verirrte, ist einer von den Rebellen.

Horazio *(erregt):* Ein Rebell? Wo ist er? Nicht mehr hier? Du hast ihn entschlüpfen lassen?

Pia: Ich habe ihn zurückgehalten, bis du kommst. Er ist hier. Du kannst ihn verhören.

Horazio: Das hast du großartig gemacht! *(Er tritt zu ihr und umarmt sie.)*

Pia *(etwas bitter):* Ja, jetzt umarmst du mich.

Horazio: Großartig, Pia! Der Oberst wird sehr zufrieden sein. — Wo ist der Kerl?

Pia: Wart einen Augenblick! Er ist schwer verwundet.

Horazio: Das ist gleichgültig.

Pia: Er hat Fieber. Ich weiß nicht, ob er imstande ist, dir Rede zu stehen.

Horazio: Er wird schon!

Pia: Er ist keiner von der gewohnten Gattung. Ich verstehe nicht, wie er unter die Rebellen geriet. Er ist klassischer Philolog und lehrte früher an einer Universität —

Horazio: Hast du vielleicht Mitleid mit ihm?

Pia: Hast du schon häufig bemerkt, daß ich mit einem Rebellen Mitleid hatte? Ich wollte dir nur sagen, wes Geistes Kind er ist.

Horazio: Rebell ist Rebell.

Pia: Du sollst so mitleidslos mit ihm verfahren, wie er es verdient! *(Sie öffnet die Tür.)* Kommen Sie herein!

Horazio: Willst du uns nicht allein lassen? Das ist kein Geschäft für Frauen.

Pia: Ich habe ihn in deine Hand gegeben. Ich will zugegen sein. *(Pablo tritt ein. Er ist gegen früher verändert. Obwohl er bleich ist und sich mühsam aufrecht zu halten scheint, ist in seinem Gesicht und seiner Haltung ein Ausdruck von Trotz und Entschlossenheit.)*

Horazio: Setzen Sie sich! — Wie heißen Sie?

Pablo: Pablo Herrero.

Horazio: Von welchem Regiment? Ihr Rang?

Pablo: Infanterist im 14. Infanterieregiment.

Horazio: Das 14. Infanterieregiment nimmt die Stellungen zwischen Santa Fé und Boroda ein. — Antworten Sie! Wir wissen es.

Pablo: Warum fragen Sie dann?

Horazio: Sie haben Fieber, nicht? Sie sind außerstande, überlegte Antworten zu geben?

Pablo: Ich bin dazu imstand. Ich habe kein Fieber.

Pia *(auf Horazios Blick):* Er hat hohes Fieber. Er leugnet es, um zu prahlen.

Horazio: Sie haben am gestrigen Vorstoß teilgenommen?

Pablo: Ja.

Horazio: Warum wurde der Vorstoß unternommen?

Pablo: Wir hatten Befehl, vorzugehen. Mehr weiß ich nicht.

Horazio: Bis wohin? Sollten Sie das Terrain rekognoszieren und sich dann zurückziehen? Oder eine bestimmte Linie, wenn Sie sie erreichten, halten?

Pablo: Das weiß ich nicht.

Horazio: Ich rate Ihnen, anders zu antworten, als: Das weiß ich nicht. Waren Truppen bereitgestellt, die Ihnen nachrücken sollten?

Pablo: Das weiß ich nicht.

Horazio: Sie werden sich eine Meinung darüber gebildet haben, zu welchem Zweck der Vorstoß erfolgte. Was ist Ihre Meinung?

Pablo: Ich habe keine Meinung. Sie müssen das unsere Offiziere fragen.

Horazio *(nach einer Pause):* Ich höre, Sie haben früher an einer Universität gelehrt. Habt ihr einen solchen Überfluß an Intelligenz, daß bei euch Universitätsprofessoren als gemeine Infanteristen dienen? Wie ist es möglich, daß Sie kein Offizier sind?

Pablo: Ich hatte nicht den Wunsch, Offizier zu werden.

Horazio: Ich verstehe. Sie sind kein Falangist. Sie wurden nur durch Terrorandrohung gezwungen, in die Rebellenarmee einzutreten? Noch keiner, der je in unsere Hände fiel, will ein Falangist gewesen sein.

Pablo: Ich bin freiwillig eingetreten.

Pia: Sie haben vorhin ganz anders gesprochen!

Pablo: So habe ich vorhin gelogen.

Horazio: Wenn Sie ein Lügner sind, so lügen Sie vielleicht auch jetzt. Wie können Sie's beweisen, daß Sie kein Offizier sind?

Pablo: Ich kann es nicht beweisen. Glauben Sie, was Sie wollen!

Pia: Er hat sich, bevor er kam, wohlweislich seines Rocks und seiner Kappe entledigt.

Horazio: Ich bin überzeugt, daß Sie ein Offizier sind. Und daß Sie weit mehr wissen, als Sie vorgeben. — Sie wurden gestern verwundet?

Pablo: Ja.

Horazio: Euere Leute lassen keine Verwundeten auf dem Kampfplatz zurück. Sie geben ihnen den Fangschuß. Wie kommt es, daß Sie zurückgelassen wurden? Wie kommt es, daß Sie überhaupt noch am Leben sind?

Pablo: Ich habe mich das selber gefragt.

Pia: Er steht unter einem besonderen Schutz. Daß seine Kameraden ihn nicht erledigten, daß er den Weg gerade zu diesem Hause fand, war das Werk einer gütigen Lenkung.

Pablo *(der stets vermeidet, sie anzublicken, verächtlich):* Schämen Sie sich! Das habe ich Ihnen im Vertrauen gesagt.

Horazio: Ich werde es Ihnen beantworten. Sie wurden zu einem bestimmten Zweck zurückgelassen. Mit einem bestimmten Auftrag.

Pablo: Mit welchem Auftrag?

Horazio: Mit welchem Auftrag? Mit dem Auftrag, zu spionieren!

Pablo: Sie glauben das selber nicht. Dazu hätte man sich nicht einen Verwundeten ausgesucht.

Horazio: Werden Sie nicht frech! Gerade einen Verwundeten. Um sich unauffällig Eintritt zu verschaffen. Um an das Mitleid zu appellieren. Und das ist Ihnen gelungen!

Pablo: Was konnte ich hier schon ausspionieren?

Pia: Was? Daß dieses Haus, das ihr verschontet, ein Beobachtungsposten ist. Daß die Bewohner des Hauses, die ihr für eure Parteigänger haltet, Partisaninnen sind und ihre Beobachtungen nach Alhama melden. Aber Sie werden keine Gelegenheit haben, Ihr Wissen an Ihre Auftraggeber weiterzugeben.

Pablo: Ich kann nur wiederholen: Schämen Sie sich!

Horazio: Wozu diente der gestrige Vorstoß? Wird eine Offensive vorbereitet?

Pablo: Das weiß ist nicht.

Horazio: Das hat der blödeste Soldat im Gefühl. Er merkt es an den verschiedensten Zeichen. Die Mannschaft wird plötzlich mit Höflichkeit behandelt. Man sucht sie in gute Stimmung zu bringen. Die Kost wird gebessert. Man spendiert Alkohol. Wurde Ihnen Schnaps verabreicht?

Pablo: Ich trinke nicht.

Horazio: Aber die andern trinken. Und sie schwätzen, wenn sie trinken. Wenn eine Offensive bevorsteht, schwätzen sie von nichts anderem. Worüber haben Ihre Kameraden gesprochen?

Pablo: Ich habe auf das Geschwätze nicht gehört.

Horazio: Wurden die Lücken Ihres Regiments aufgefüllt? Wurden frische Reserven herangebracht?

Pablo: Ich habe es nicht bemerkt.

Horazio: Zum Teufel! Sind Sie denn stumpfsinnig?

Pia: Er ist blind. Er sieht das nicht, was ist, und was nicht ist, das sieht er. In mir hat er eine befreundete Seele gesehen.

Horazio: Meine Geduld ist nicht unerschöpflich. Sind verstärkte Trainzüge eingetroffen? Ist Artillerie eingetroffen?

Pablo: Ich habe es nicht gesehen. Es hat mich nicht interessiert.

Horazio: Sie sehen nichts. Sie hören nichts. Nichts interessiert Sie. Womit haben Sie Ihre Zeit verbracht?

Pablo: Ich habe im Plato gelesen.

Horazio *(verblüfft, zu Pia):* Ist es möglich, daß ein solcher Mensch existiert? *(Nach einer Pause):* Es gibt ein untrügliches Zeichen dafür, daß eine Offensive in Vorbereitung ist. Dann tauchen Abteilungen von Mauren an der Front auf. Die Mauren werden bei jeder Offensive als Sturmtruppen vorangetrieben. Haben sich Mauren in den vorderen Linien gezeigt?

Pablo: Mauren?

Horazio: Mauren! Spielen Sie nicht den Naiven! Die Mauren verstecken sich nicht. Jedes Kind erkennt sie von weitem: an ihren grünen Turbanen. Haben Sie die grünen Turbane der Mauren erblickt?

Pablo: Nein.

Horazio: Heißt das, daß keine Mauren an der Front erschienen sind? Antworten Sie!

Pablo *(kurz):* Ich antworte nicht mehr.

Horazio *(seine Ruhe mühsam bewahrend):* Bauen Sie nicht zu sehr auf meine Gutmütigkeit! Es gibt Mittel, Sie zum Antworten zu bringen. Zwingen Sie mich nicht, diese Mittel anzuwenden! Sie könnten für Sie peinlich unangenehm sein —

Pia *(ihn unterbrechend):* Sei still! Hast du's gehört?

Horazio: Was soll ich hören?

Pia: Ein Schluchzen. — — *(Sie öffnet die Tür, aus welcher früher Estella gegangen ist.)* Ich habe mich geirrt. Ich glaubte, Estella . . .

Horazio *(der seine Ruhe wiedergewonnen hat):* Sie sind ein intelligenter Mensch. Wir werden uns verständigen. — Eine Zigarette?

Pablo: Ich rauche nicht.

Horazio: Bring ihm ein Glas Wein, Pia!

Pablo: Ich werde nicht trinken.

Horazio: Ich spreche offen mit Ihnen. Wir sind in hoffnungsloser Minderzahl. Uns stehen nicht gemietete Gladiatoren zur Verfügung: Maurenclans, Fremdenlegionäre, italienische Soldknechte, um sie bedenkenlos ins Feuer zu jagen. Wir sind eine Volksarmee. Das Leben jedes unserer Volkssoldaten ist ein uns anvertrautes, unersetzliches Gut — Sie verstehen?

Pablo: Ich verstehe.

Horazio: Wir hegen den Verdacht, daß eine großangelegte Offensive geplant ist. Wenn wir uns nicht heute darüber Gewißheit schaffen, müssen wir morgen einen Gegenstoß in euere Linien machen. Das würde vielleicht einigen Hunderten unserer Leute das Leben kosten. Sie haben es in Ihrer Macht, diesen Hunderten das Leben zu retten.

Pablo: Indem ich auf der andern Seite Tausende preisgebe.

Horazio: Wir sind nicht grausam aus Prinzip. Wir kämpfen für eine bessere Ordnung, in welcher für Grausamkeit kein Platz mehr sein wird. Solang wir aber Krieg führen, sind wir gezwungen, unsere Grundsätze hintanzusetzen. Machen Sie sich keine Illusionen! Wenn es sein muß, schrecken wir auch vor der äußersten Grausamkeit nicht zurück —

Pablo: Ich weiß es. Ihr erschießt die Gefangenen.

Horazio: Wissen Sie's? Umso besser! Ich gebe Ihnen mein Wort, daß Sie nicht erschossen werden. Es wird Ihnen kein Haar gekrümmt werden, wenn Sie die verlangte Aussage machen —

Pablo: Ich gebe die Kameraden nicht preis.

Horazio: Die Kameraden? Diese gedungenen Bravi, diese Rebellenknechte und Mordsklaven sind Ihre Kameraden?

Pablo: Kameraden aus Zwang. Aber dennoch Kameraden. Ich werde sie nicht verraten.

Horazio *(seine Haltung verlierend, schreit):* Faschist! Sie haben die Maske abgeworfen. Sie sind ein überzeugter, verhärteter Falangist! Sie kennen mich noch nicht! Wenn Sie nicht sofort eine unzweideutige Antwort geben, Sie verdammter, verfluchter Faschist —

Pia *(unterbricht ihn):* Laß mich mit ihm sprechen! — Sie haben mir gesagt, daß Sie die Falangisten hassen und den Sieg unserer Sache wünschen —

Pablo: Ich habe das nicht gesagt.

Pia: Nicht gerade mit diesen Worten! Aber das ist Ihr Gefühl. Sie sind an die Empörer nicht gebunden. Den Rechtsbrechern nichts schuldig —

Pablo: Ich habe den Eid geleistet.

Pia: Gezwungen! Sie wissen, daß ein erzwungener Eid nicht bindet. — Treten Sie über zu uns! Sie werden sehen, daß es uns mit unseren Idealen ernst ist. Wir haben Achtung vor dem Geist. Wir werden Sie zu nichts nötigen. Sie werden volle Freiheit genießen. Der Oberst wird es mir bewilligen, wenn ich ihn darum bitte. Sie werden frei sein, Ihre Studien fortzusetzen, in Ihrer eigenen Welt zu leben —

Pablo: Strengen Sie sich nicht an! Es wird Ihnen nicht gelingen, mich in Versuchung zu führen.

Pia: Wir verlangen von Ihnen nur diesen einen Dienst. Wir bitten Sie darum. Für Sie ist es ein Leichtes, ihn zu leisten; für uns ist er unbezahlbar. Wir werden Ihnen dankbar sein —

Pablo *(verächtlich):* Sie wollen mich nur entwürdigen. Um Ihr eigenes Gewissen zu entlasten.

Pia *(leise und nicht ohne Wärme):* Sie wünschten, Ihre Mutter noch einmal zu sehen —

Pablo: Meine Mutter wünscht nicht, daß ich mich selbst besudle. Sie würde es vorziehen, mich nicht wiederzusehen.

Pia: Sie ziehen es vor, für Menschen, die Sie verachten, für eine Sache, die Sie verabscheuen, sich aufzuopfern?

Pablo *(kurz und fest):* Ich opfere mich nicht auf. Aber eher mich als andere!

Pia *(in fassungslosem Staunen, halb zu sich selbst):* So sind Sie? Nicht feig? Nicht erbärmlich? *(Sie tritt ganz nahe zu ihm und sagt leise):* Retten Sie sich! Um meinetwillen! Ich würde es sonst bereuen —

Horazio: Genug! Zum letzten Mal: haben sich Mauren an der Front gezeigt?

Pia *(wieder hart):* Sind grünbeturbante Mauren an der Front erschienen? Ja oder nein?

Pablo *(plötzlich in heftiger, sich steigender Erregung):*

Ich weiß es nicht! Ich weiß es nicht! Wenn ich es wüßte, würde ich's nicht sagen!

Horazio: Sie wissen es also?

Pablo: Schießen Sie mich nieder! Jetzt gleich! Am Ende werden Sie mich doch erschießen!

Pia: Sie wissen es! Sagen Sie, was Sie wissen!

Pablo: Ich weiß es! Machen Sie mit mir, was Sie wollen! Ja, ja! Ich weiß es! Aber Sie werden es von mir nie erfahren! Ich hasse Sie!

Pia: Jetzt wissen Sie nicht, was Sie im Fieber reden. Ich habe Sie gewarnt, daß das Fieber steigen wird.

Pablo *(außer sich):* Frohlocken Sie! Triumphieren Sie! Sie haben mich so weit gebracht, daß ich Sie hasse. Nicht, weil ich sterben soll. Mir liegt am Leben nichts mehr. Aber daß Sie mich aufgenommen haben und meine Wunden verbanden und Wein mir reichten und ein Bett mir boten, nur um mich als Schlachtopfer aufzubewahren — — Nehmen Sie das Hemd zurück! Ich will Ihren Verband nicht länger — *(Er beginnt, am Verband zu zerren.)*

Pia: Rühren Sie den Verband nicht an! Sonst müßten wir Sie festbinden.

Pablo: Daß Sie, die mir wie ein Engel des Erbarmens erschien, die ich wie eine rettende Lichtgestalt begrüßte, mir zur Verderberin wurden — Zerstörerin! Vernichterin! Dunkle Todesgöttin! Hier bin ich! Geben Sie mir den Tod — —

Horazio: Sag selbst, ob so ein Mensch Mitleid verdient! *(Er reißt seinen Revolver hervor und richtet ihn gegen Pablo.)* Hund! Ich schieße dich nieder!

Pia *(schlägt seine Hand nieder und ruft schnell):* Schieß nicht! — Der Oberst wüßte dir wenig Dank, wenn du ihn des kostbaren Gefangenen berauben würdest.

Horazio: Du hast recht. Er wird es verstehen, ihm den Schnabel zu öffnen. *(Zu Pablo):* Mitkommen.

Pia: Du siehst, in welchem Zustand er ist. Er wird die Fahrt auf dem Motorrad über die holprige Straße nicht überstehen. Er wird in Fieberdelirien verfallen und unersetzliche Tage lang vielleicht unfähig sein, eine Aussage zu machen.

Horazio *(gegen die Tür):* Ich telephoniere um einen Wagen.

Pia: Die Verständigung ist erbärmlich. Besser, du holst selber eine Ambulanz und schaffst ihn im bestgefederten Wagen nach Alhama. Ein so seltenes Kleinod ist wert, mit der zartesten Behutsamkeit angefaßt zu werden —

Horazio *(nach kurzem Bedenken):* Wenn er aber versucht, indessen durchzubrennen?

Pia: Der fiebergeschüttelte Schwächling? Ich sperre ihn ein. Die Fenster sind vergittert.

Horazio *(legt den Revolver auf den Tisch):* Für alle Fälle.

Pia: Ich hafte für ihn.

Horazio: Ich bin mit der Ambulanz bald zurück. *(Er geht ab. Pia und Pablo stehen schweigend und regungslos einander gegenüber. Man hört das Rattern des abfahrenden und sich entfernenden Motorrads. Sobald das Geräusch verstummt ist, beginnt Pia zu sprechen, ohne sich von der Stelle zu rühren.)*

Pia: Sie wissen, was Ihnen in Alhama bevorsteht.

Pablo: Ich kann es mir vorstellen.

Pia: Fühlen Sie sich kräftig genug, den Marsch nach Santa Fé zu machen?

Pablo: Es steht Ihnen schön, mich zu verhöhnen.

Pia: Die Not gibt übermenschliche Kräfte. Wenn Sie alle Ihre Kraft zusammennehmen, um der Folterung und Erschießung zu entgehen, wären Sie fähig, den Weg nach Santa Fé zurückzulegen?

Pablo *(zum erstenmal kurz sie anblickend):* Was wollen Sie von mir? Sie wollen nichts Gutes.

Pia: Die Nacht geht zu Ende. Der Regen hat aufgehört. Ich halte Sie nicht länger.

Pablo *(stammelnd):* Sie ... Sie ... geben mich frei?

Pia: Ich habe Sie ausgeliefert. Meine Aufgabe ist es jetzt, Sie zu retten. Gehen Sie!

Pablo: Wozu? Er wird mir nachjagen und mich einholen.

Pia: Er wird Sie nicht einholen. Ich bürge Ihnen dafür, daß er Sie nicht verfolgt.

Pablo: Ich bin zu schwach, um Santa Fé zu erreichen. Ich werde unterwegs zusammenbrechen und zugrunde gehen.

Pia: Aber eine Strecke des Weges werden Sie imstand sein, zurückzulegen? Die letzte, kurze Wegstrecke? *(Sie öffnet die Tür und ruft hinaus):* Estella! *(Estella tritt sofort ein.)*

Estella: Horazio ist weg. Er hat ihn nicht mitgeschleppt?

Pia: Ich habe es gewußt, daß du noch wach und angezogen bist. Bist du bereit, Señor Herrero auf die Straße nach Santa Fé zu bringen?

Estella *(fassungslos):* Ob ich —? Ob ich —? Ich habe es geahnt. Du bist gut. Ich habe es immer gewußt.

Pia: Laß das jetzt! Ich habe dich gefragt, ob du bereit bist.

Estella: Und ob ich bereit bin! Ich bringe ihn nach Santa Fé.

Pia: Bist du von Sinnen? Damit sie dich gefangennehmen? Du bringst ihn an die Wegkreuzung, wo die Straße nach Santa Fé abzweigt. Nicht weiter, so daß du außer der Schußlinie bleibst. Von dort hat er weniger als zwei Kilometer, bis er die Vorposten erreicht.

Estella: An die Straßenkreuzung. Ich spanne den Esel an.

Pia: Aber unbedingt bis an die Straßenkreuzung, damit er den Weg nicht verfehlt. *(Sie lächelt plötzlich.)* Er ist ein Tölpel. Er wäre imstande, nochmals blindlings in ein feindliches Haus zu stolpern.

Estella *(eilfertig):* Schnell! Schnell! Kommen Sie! *(Sie geht ab. Pablo bewegt sich nicht.)*

Pia: Warum gehen Sie nicht? Jeder Augenblick ist kostbar.

Pablo: Ich will nicht, daß Sie sich für mich einer Gefahr aussetzen.

Pia: Ich liebe die Gefahr. Machen Sie sich keine Sorge um mich! Ich bin noch jeder Gefahr Herr geworden.

(Pablo rührt sich nicht.) Wenn Sie zögern, gelangen Sie nicht mehr nach Santa Fé.

Pablo *(ruhig):* Ich bin jetzt sicher, daß ich Santa Fé erreichen werde.

Pia: Gehen Sie endlich! Nein, warten Sie! Die Nacht ist eiskalt. Nehmen Sie einen Rock! Und einen Mantel! *(Sie entnimmt schnell dem Schrank einen Rock und einen Mantel und hilft Pablo, sie anzuziehen.)*

Pablo: Es ist der Rock und Mantel Ihres Vaters.

Pia: Ich glaube, mein Vater würde jetzt ... zum erstenmal ... mit mir zufrieden sein.

Pablo: Ich weiß nicht, wie ich Ihnen danken soll, Fräulein Pia. Sie geben mir das Leben wieder.

Pia *(lächelnd):* Sie haben mir mehr gegeben. Sie haben mir mich selbst zurückgegeben.

Pablo: Und für noch etwas habe ich Ihnen zu danken. Sie haben mir ein Lächeln geschenkt. — Ich hoffe, es ist nicht das letztemal, daß ich Sie sehe.

Pia: Wir werden uns nicht mehr wiedersehen. Aber ich bin froh, daß Sie gekommen sind.

Pablo *(geht gegen die Tür):* Gott lohne es Ihnen! Ich kann es nicht. *(Er tritt plötzlich zu ihr und küßt sie.)*

Pia *(tief errötend und verwirrt):* Sie sind nicht besser als alle andern. Sie sehen in mir nur das Weib.

Pablo: Ich habe Sie wie eine Schwester geküßt. Eine Mutter wird für Sie beten. Jeden Lebenstag, den Gott ihr gibt, wird meine Mutter für Sie beten. *(Er verbeugt sich sehr tief vor ihr und geht ab.)*

Pia *(steht regungslos und lauscht auf das Geräusch des abfahrenden Wagens. Sowie es still geworden ist, geht sie entschlossen zu dem kleinen Tisch, auf welchem die Kerzen brennen, löscht sie aus und sagt mit fester Stimme):* Nicht mehr daran denken!

VIERTER AKT

Etwa eine halbe Stunde später. Das Zimmer ist etwas verändert. Im Kamin brennt ein Feuer. Der Tisch ist gedeckt; angezündete Kerzen und Blumen stehen darauf. Pia ist in verhaltener Erregung und spricht mit Estella, die eben erst eingetreten ist.

Pia: Du bist sicher, daß er auf der richtigen Straße ist?

Estella: Ich wartete an der Kreuzung, bis er im Dunkel verschwand. Er kann den Weg nicht mehr verfehlen.

Pia: Hat er noch etwas gesagt?

Estella: Als er ausstieg, schien es, als wolle er noch etwas sagen. Doch dann sagte er es nicht. Er lächelte nur.

Pia: Und du glaubst, daß er durchhalten wird, um bis nach Santa Fé zu kommen?

Estella: Ich zweifle nicht daran. Er schritt tapfer aus. In einer halben Stunde trifft er bei den Vorposten ein.

Pia: Eine halbe Stunde ist lang.

Estella *(in überströmender Freude sie umarmend):* Er ist gerettet! Wir haben ihn gerettet, Pia!

Pia: Er ist noch nicht gerettet. Horazio kommt zurück.

Estella: Das hatte ich vergessen! O Gott! Horazio wird ihn verfolgen. Er schleppt ihn zurück oder er schießt ihn nieder! Oder er selber wird von den Vorposten erschossen!

Pia: Er darf ihn nicht verfolgen! Ich werde ihn zurückhalten.

Estella: Wie willst du das?

Pia: Ich weiß es nicht. Ich weiß nicht. Ich weiß nur, daß ich es muß.

Estella *(lauschend):* Mir scheint, er kommt schon.

Pia *(unwillkürlich die Hände faltend):* Noch nicht! Bitte, noch nicht! — Er kommt zu früh. Vorhin ist er zu spät gekommen.

Estella: Das Motorrad! Jetzt höre ich's deutlich.

Pia: Er kommt auf dem Motorrad? Nicht mit der Ambulanz? Geh jetzt, Estella!

Estella: Kann ich dir nicht irgendwie beistehen?

Pia: Das kannst du nicht. Oder vielleicht doch. Wenn du glaubst, daß sie helfen können, so ruf deine Heiligen an!

Estella: Ich werde alle Heiligen anrufen. Die halbe Stunde lang werde ich nicht aufhören, sie zu beschwören. *(Sie geht ab. Das Motorrad ist draußen vorgefahren. Pia, in großer Erregung, stellt eine Uhr auf den Tisch. Nach einer Weile tritt Horazio ein.)*

Pia: Du kommst allein? Ohne Ambulanz?

Horazio: Ich habe es dem Oberst gemeldet. Er ist über unsern Fang beglückt. Er will nicht, daß der Gefangene der geringsten Gefährdung ausgesetzt wird. Eine Ambulanz schien ihm noch nicht sicher genug.

Pia: Wie soll der Gefangene nach Alhama kommen?

Horazio: Der Oberst kommt selber her, um ihn hier zu verhören. So wichtig ist es ihm. Er hat noch einige Anordnungen zu treffen und hat mich vorausgeschickt. In weniger als einer halben Stunde wird er hier sein.

Pia: In einer halben Stunde! So haben wir eine halbe Stunde für uns!

Horazio: Wo ist der Gefangene?

Pia: Wo soll er sein? Er ist in Sicherheit. — Schenk mir diese halbe Stunde, Horazio! Eine halbe Stunde des Glücks. Ich hatte schon gefürchtet, ich würde sterben müssen, ohne glücklich gewesen zu sein.

Horazio *(etwas betreten):* Sterben? Was redest du von Sterben? — Ich will nach dem Menschen sehen.

Pia: Sprich jetzt nicht von dem entsetzlichen Menschen! Er hat mir den Tod ins Haus gebracht.

Horazio: Hat der unverschämte Kerl es gewagt, dich zu bedrohen?

Pia: Nicht, wie du denkst. Er war sicher, dem Tod entronnen zu sein, als er dieses Haus betrat. Und nun ist er gerade hier dem Tod in die Arme gelaufen. Seitdem kann ich an nichts denken als an den Tod. Ich fühle ihn vor mir, über mir, überall —

Horazio: Was ist in dich gefahren? Ich erkenne dich nicht wieder.

Pia: Denk nicht, daß es nur eine Laune ist! Vielleicht bombardieren sie das Haus, und ich werde unter den Trümmern begraben. Oder du wirst morgen in einem Kampf getötet —

Horazio *(äußerst befremdet):* Wie kannst du das wissen? Wer hat es dir gesagt?

Pia: Nur eine glückliche halbe Stunde, Horazio! Eine halbe Stunde ist so kurz. Ich werde dich vielleicht nie mehr um etwas bitten. Du würdest es später bereuen, wenn du mir diese halbe Stunde nicht geschenkt hättest —

Horazio: Ich sehe, du hast die Totenlichter gelöscht. Und du hast den Tisch festlich gedeckt.

Pia: Ich will vergessen, daß mein Vater ermordet wurde, daß ich mir zugeschworen habe, ihn zu rächen, daß es Rebellen und Krieg und Vernichtung gibt! Jetzt keine Republikanerin sein, keine Partisanin, nur ein Mensch sein, eine Frau und glücklich sein —

Horazio: Nicht jetzt, Pia. Erst muß der Gefangene seine Aussage machen.

Pia: Jetzt! Jetzt! Versprich mir, daß auch du an nichts denken wirst, nicht an den Krieg, nicht an den Gefangenen, noch den morgigen Tag, nur an mich! Nur noch fünfundzwanzig Minuten, Horazio! Bis der Zeiger dort *(sie zeigt auf die Uhr)* die Zehn erreicht! Dann kommt der Oberst, dann kommt der Krieg zurück, dann ist wieder Haß und Schrecken und Unheil — (*Sie bricht ab.)* Wir wollen jetzt heiter sein.

Horazio: Heiter! Wenn wir das könnten!

Pia: Du hast zwei Nächte lang nicht geschlafen. Du bist müde. Komm, setz dich! Wir wollen trinken —

Horazio: Laß das, Pia! Mir ist nicht nach Trinken.

Pia *(die schon zwei Gläser mit Wein gefüllt hat):* Auf das Vergessen, Horazio! Auf das Glück!

Horazio *(hebt sein Glas):* Auf den Sieg!

Pia: Auf den Frieden!

Horazio: Den siegreichen Frieden!

Pia: Frieden! Nur Frieden! Frieden um jeden Preis!

Horazio *(sein Glas absetzend):* Wie meinst du das?

Pia: Nicht fragen! Nicht denken! Aus dieser halben Stunde ist der Krieg verbannt.

Horazio: Er läßt sich nicht verbannen. Er dringt in jede Minute ein. Die Kanonen — du hörst sie. Sie verstummen nie.

Pia: Wir werden sie zum Schweigen bringen.

Horazio: Wie können wir's?

Pia: Wenn wir's wollen, ist für uns kein Krieg. — — — *(Nach einer Pause):* Wir sind lange nicht mehr so beisammen gewesen, Horazio.

Horazio: Mach mir keinen Vorwurf, Pia! Ich bin in jeder freien Stunde zu dir gekommen.

Pia: Auch wenn du bei mir warst, warst du abwesend. Und wenn du fern warst, hast du nicht an mich gedacht.

Horazio: Ich habe immer an dich gedacht.

Pia: Du hast an mich gedacht, ob ich meine Pflichten als Partisanin erfülle, die Bewegungen des Feindes beobachte, meine täglichen Meldungen erstatte. Ob es mir wohl oder weh tat, daran hast du nicht gedacht.

Horazio: Ob es dir weh . . .? Tat es dir weh?

Pia: Und daß ich in Einsamkeit und Traurigkeit lebe und mich in schrecklichen Gedanken verzehre und in diesem Totenhaus unglücklich bin —

Horazio: Bist du unglücklich? Du hast es mir nie gesagt.

Pia: Bist du denn glücklich?

Horazio: Ich habe meine Aufgaben. Ich frage mich nicht, ob ich glücklich bin.

Pia: Du bist es nicht. Man ist im Haß nicht glücklich. *(Sie schüttelt die Gedanken ab.)* Aber wir wollten heiter sein —

Horazio: Die Heiterkeit will sich nicht einstellen. *(Nach einer Pause):* Du hast etwas gesagt, das mich erschreckt hat.

Pia: So vergiß es! Dann habe ich es nicht gesagt.

Horazio: Du sagtest: Frieden um jeden Preis. Hast du den Glauben an unsern Sieg verloren?

Pia: Was nützt uns der Sieg, wenn wir den innern Frieden verloren haben?

Horazio: Was nützt uns der Frieden, wenn wir die Freiheit verloren haben?

Pia: Ach, die Freiheit, Horazio! Was für eine Freiheit ist das, wenn wir Sklaven geblieben sind? Sklaven des Hasses —

Horazio: Um Gotteswillen, Pia! Glaubst du nicht mehr an das Ideal, für welches wir kämpfen!

Pia: Ich glaube an das Ideal. Aber ich frage mich, ob wir auf die rechte Weise dafür kämpfen.

Horazio: Wenn wir nicht erbittert und schonungslos kämpfen, können wir nicht siegen.

Pia: Aber so schänden wir das Ideal, für welches wir kämpfen. Wir zerstören unser eigenes Ideal, indem wir barbarisch und unmenschlich dafür kämpfen.

Horazio: Was? Was? So hast du früher nicht gedacht.

Pia: Ich hatte viel Zeit in meiner Einsamkeit, nachzudenken. *(Nach einer Pause):* Es war sehr heroisch von dir, daß du dir gelobtest, die Geige nicht mehr anzurühren.

Horazio: Wenn wir gesiegt haben, werde ich wieder spielen.

Pia: Du wärest aber weniger unglücklich, wenn du die Musik in dir nicht erstickt hättest. Ich erinnere mich, daß es eine griechische Legende gibt. Es heißt von Orpheus, daß er mit seiner Musik die wilden Tiere zähmte.

Horazio: Wie kommst du auf solche Gedanken?

Pia: Ich habe mein Griechisch vergessen. Ich bedauere, daß ich's vergessen habe. Aber ich glaube mich zu erinnern, daß es Orpheus war.

Horazio: Es war wohl der klassische Philolog, der dir diese Gedanken eingegeben hat. *(Er steht auf.)* Ich will nach ihm sehen.

Pia *(hart):* Geh! Weide dich am Anblick des unglücklichen Menschen! Du kannst nicht eine halbe Stunde lang ohne Haß sein.

Horazio *(setzt sich und sagt, nach einer Pause, nieder-*

geschlagen): Es ist nicht Haß. Ich muß es dir bekennen. Es ist Angst.

Pia: Angst? Kennst du Angst?

Horazio: Als du mich um eine glückliche halbe Stunde batest, bin ich erschrocken. Gerade jetzt, auf der Fahrt hierher, hatte ich genau den gleichen Wunsch empfunden.

Pia: Das ist schön, daß wir zur gleichen Zeit den gleichen Wunsch empfanden. Das macht dir Angst?

Horazio: Als der Oberst uns eröffnete, daß wir morgen einen Gegenstoß machen müßten, wurde ich von Angst gepackt. Du weißt, ich habe nichts sehnlicher gewünscht, als eine solche Aktion. Und dennoch wurde ich von Angst gepackt.

Pia: Warum nur? Warum?

Horazio: Es muß eine Ahnung sein. Ein Vorgefühl. Bei der Aktion morgen werde ich den Tod finden.

Pia *(in größter Erregung):* Du darfst nicht so denken! Solche Gedanken fordern den Tod heraus. Sie rufen ihn herbei. Versprich mir, daß du das nicht mehr denken wirst!

Horazio *(mit schwachem Lächeln):* Es ist unsinnig, ich weiß es selber. Der Gefangene wird seine Aussage machen. Die Aktion wird nicht stattfinden.

Pia: Auch wenn er nicht die Aussage macht; auch wenn die Aktion geschieht ... versprich es mir! Ich würde keinen ruhigen Augenblick mehr finden. Ich würde immer das Gefühl haben, ich hätte dich in den Tod getrieben, ich wäre schuld an deinem Tod —

Horazio: Du? Wie denn du? *(Er blickt sie an.)* So sehr bangst du um mich?

Pia: Weißt du es nicht? Hast du daran gezweifelt?

Horazio: Ich zweifle nicht. Und ich fühle keine Angst mehr.

Pia: Und wirst auch keine mehr fühlen? — Dann will ich es dir sagen: Ich freue mich, daß du sie gefühlt hast.

Horazio: Du freust dich darüber? Ich habe geglaubt, du würdest mich eher verachten.

Pia: Ich hatte gefürchtet, du seist schon so hart, so

selbstsicher, so heroisch geworden, daß du für solche Empfindungen, die wir Schwächere haben, unangreifbar bist. Daß du Angst fühlen kannst, bringt dich mir nur näher, macht dich mir noch lieber ... *(Sie sieht, daß er in Gedanken versunken ist.)* Nichts Trauriges denken!

Horazio: Laß mich denken! Nur einen Augenblick. *(Nach einer kurzen Pause, eifrig):* Du sollst nicht länger unglücklich sein, Pia. Ich habe zu wenig daran gedacht. Du wirst das Haus verlassen, in welchem du unglücklich bist. Die Fronten werden in Bewegung kommen und das Haus wird bombardiert werden. Ich nehme dich ins Hinterland. Du wirst auch dort unserer Sache dienen können, als Krankenpflegerin oder auf andere Weise —

Pia: Ja, ja. Jetzt denkst du so an mich, wie ich es mir wünschte.

Horazio: Und noch etwas. Wir wollen heiraten. Wir haben nicht recht daran getan, es bis nach unserm Sieg hinauszuschieben. Vielleicht ist uns nicht mehr viel Zeit gegeben. Die Frist, die uns verbleibt, wollen wir zusammen sein und glücklich sein. Und ich werde auch wieder Geige spielen —

Pia *(umarmt ihn):* Horazio! Jetzt ist kein Krieg mehr.

Horazio: Wirklich. Ich höre die Kanonen nicht mehr.

Pia: Für uns ist es Frieden. — Sprich nicht, Horazio! Halt mich fest! *(Nach einer langen Pause, in welcher sie sich umarmt halten):* Ich muß dir ein Geständnis machen. Jetzt wirst du's verstehen. Und wenn nicht verstehen, wirst du's verzeihen.

Horazio: Verzeihen? Was hätte ich zu verzeihen?

Pia: Ich habe dich hintergangen. Ich habe dich getäuscht. Noch jetzt, in dieser Minute, hintergehe ich dich.

Horazio *(lächelnd):* In dieser Minute?

Pia: Es tut mir leid, daß ich dich betrogen habe. Ich schäme mich dessen. Ich mußte es tun, um einen armen Menschen zu retten.

Horazio: Welchen armen Menschen?

Pia: Den Gefangenen. Ich habe ihn losgelassen.

Horazio *(sich jähe von ihr losmachend):* Den Gefangenen? Bist du wahnsinnig geworden? Den Gefangenen?

Pia: Ich habe ihm die Freiheit gegeben.

Horazio: Dem Rebellen? Dem Faschisten? *(Er reißt die Tür des Nebenzimmers auf.)* Wo ist er?

Pia: Er ist nicht mehr hier. Er ist weit weg.

Horazio: Weg? Nicht mehr hier? Ich hole ihn zurück! *(Er stürzt gegen die Ausgangstür.)*

Pia: Ich habe ihn im Wagen bis an die Straßenkreuzung geschafft. In diesem Augenblick ist er in Santa Fé eingetroffen.

Horazio: In Santa Fé? Das sagst du mir erst jetzt? In Santa Fé?

Pia: Er hat eine halbe Stunde nötig gehabt, um nach Santa Fé zu gelangen. Die halbe Stunde ist um.

Horazio: Dazu hast du die halbe Stunde gebraucht? Meine Wachsamkeit einzuschläfern —

Pia: Ich habe dir weh getan. Es tut mir selber weh. *(Leise):* Verzeih es, wenn du kannst! *(Ein Wagen fährt draußen vor.)*

Horazio: Der Oberst! Was wirst du ihm sagen?

Pia: Die Wahrheit.

Horazio: Und du glaubst, daß er es verstehen wird? *(Er öffnet die Tür vor dem eintretenden Oberst Villalba. Dieser geht schnell auf Pia zu.)*

Villalba: Sie haben uns einen unschätzbaren Dienst erwiesen, liebe Pia.

Horazio: Herr Oberst! Es ist etwas Unvorhersehbares geschehen —

Villalba: Wo ist der Gefangene? Bringen Sie ihn herein!

Horazio: Etwas Schreckliches ist geschehen. Der Gefangene ist nicht mehr hier.

Villalba: Nicht hier? Was heißt das? Wo ist er denn?

Horazio: Er ist entflohen.

Villalba: Der Gefangene? Was? Wie konnte er fliehen?

Horazio: Ich weiß es nicht.

Villalba: Entflohen? Und ich finde Sie hier?

Horazio: Es war zu spät, ihn zu verfolgen.

Villalba: Zu spät? Sie sind vor einer halben Stunde hier angelangt! — Darüber später. Kommen Sie! Wir setzen ihm nach.

Pia: Setzen Sie ihm nicht nach, Herr Oberst. Er ist bereits in Santa Fé angekommen.

Villalba: Wie wissen Sie das?

Pia: Ich selber habe ihn freigelassen.

Villalba: Sie? Sie? Das haben Sie gewagt?

Pia: Ich habe ihn bis an die Straßenkreuzung gebracht. Ich habe dafür gesorgt, daß er sicher nach Santa Fé gelangt.

Villalba: Das sagen Sie so ruhig? Sie wissen nicht, was Sie da getan haben. Das Leben von Hunderten unserer Leute hing von seiner Aussage ab.

Pia: Ich habe es gewußt.

Villalba: Und trotzdem ihn freigelassen? Warum haben Sie's getan?

Pia *(nach kurzem Schweigen):* Ich fürchte, Sie werden es nicht verstehen, Herr Oberst.

Villalba: Sie haben ein Verbrechen begangen. Sie sollten alles daran setzen, es mir verständlich zu machen.

Pia *(nach einer längeren Pause, leise):* Er hat eine Mutter.

Villalba *(auffahrend):* Treiben Sie Scherz mit mir? Haben Sie das etwa nicht gewußt?

Pia: Gewußt habe ich es. Aber ich habe es früher nicht empfunden.

Villalba: Die armen Jungen, die wir morgen in den Tod schicken müssen, die haben keine Mütter?

Pia: Daran habe ich nicht gedacht. Sie waren fern, und ich kenne sie nicht.

Villalba: Nur an die Mutter des Feindes haben Sie gedacht?

Pia: Er hat mir nichts Böses getan. Er war nicht mein Feind.

Villalba *(nach kurzem Nachdenken):* Sie wurden von Mitleid überwältigt? Ja?

Pia: Ich glaube nicht, daß es Mitleid war. Nein, Mitleid mit ihm habe ich nicht gefühlt.

Villalba: Nicht? Dann verstehe ich's nicht.

Pia: Ich habe es gewußt, daß Sie es nicht verstehen werden, Herr Oberst.

Villalba: Nicht so trotzig, Señorita –

Horazio *(der schon mehrmals zum Reden angesetzt hat):* Wenn es deine Absicht war, ihn zu befreien, warum hast du mich hergerufen?

Pia: Damals war ich noch unerweckt.

Horazio: Und er hat dich erweckt? Die kurze Zeit, bevor ich kam, hat ihm genügt, dich zu erwecken?

Pia: Er hat nicht daran gedacht, mich zu erwecken. Aber ich bin durch ihn erwacht.

Horazio: So war's Komödie, als du die halbe Stunde von mir erbatest? Diese halbe Stunde erlogenen Glücks?

Pia: Es war verzweifelter Ernst. Ich wollte ihn retten. Doch dich wollte ich nicht verlieren.

Horazio: Du hast dich in ihn verliebt! Das ist die Lösung des Rätsels. Sinnlos verliebt!

Pia *(schroff):* Das ist eure letzte Weisheit. Eine Frau muß sich verlieben. Sonst ist sie zu einer entschlossenen Handlung nicht fähig.

Villalba: Sie sind mir die Antwort auf meine Frage noch schuldig.

Pia: Ich habe es getan, weil ich es mußte. Ich kann es nicht anders sagen.

Villalba: Ich hoffe, Sie besinnen sich auf eine bessere, wenn Sie vor dem Kriegsgericht stehen.

Pia: Ich habe keine andere.

Villalba: Es wäre auch gleichgültig. Das Urteil des Kriegsgerichts kann nicht zweifelhaft sein.

Pia *(plötzlich von Angst gepackt, mit jagenden Worten):* Ich habe Ihnen bisher immer gehorcht! Ich habe mich freiwillig als Partisanin gemeldet und alle Ihre Befehle ausgeführt. Ich werde es wieder tun. Ich werde es noch williger und eifriger tun, jeden Dienst, außer diesem. Setzen Sie mich als Patrouillengängerin ein! Lassen Sie mich als Krankenschwester Dienst tun, in einem Feldspital, im offenen Feuer! Aber stellen Sie mich nicht vor das Kriegsgericht –

Villalba: Ich kann meine Pflicht nicht leichtfertig verletzen, wie Sie —

Pia *(gehetzt):* Ich habe Ihnen andere ausgeliefert, ohne Bedenken und Schwanken. Dieser hat bei mir Zuflucht gesucht. Er war schwer verwundet. Er war mein Gast. Er gab sich vertrauensvoll in meine Hand. Es hat mich überfallen mit unwiderstehlicher Gewalt. Ich konnte ihn nicht preisgeben, daß er gefoltert und erschossen würde —

Villalba: Sie haben aber Hunderte der Unsern preisgegeben!

Pia *(verzweifelt um sich blickend, stürzt auf Horazio zu):* Sprich du für mich! Vergiß jetzt, daß ich dich tief verletzt habe! Denk daran, daß ich dich liebe und daß wir glücklich gewesen sind! Ich habe dich geliebt, auch als ich dich hinterging. Auch wenn du mich wegstößt, werde ich nicht aufhören, dich zu lieben — — — *(Horazio schweigt. Sie stürzt zur Tür.)* Estella! Estella! *(Estella tritt ein.)* Sie stellen mich vor ein Kriegsgericht, Estella! Sie wollen mich erschießen, Estella, weil ich den unglücklichen Menschen befreit habe —

Estella: Das hast nicht du getan! *(Zu Villalba):* Ich habe es getan, Herr Oberst!

Villalba: Sie? Wie konnten denn Sie —?

Estella: Sie hat Horazio herbeigerufen, um den Verwundeten auszuliefern. Ich habe gebettelt und gewinselt, bis ich sie erweichte. Ich habe sie mit meinem Mitleid angesteckt —

Pia: So war es nicht!

Estella: So war es! Nur so! Ich habe ihn im Wagen an die Straßenkreuzung gebracht —

Pia: Weil ich es ihr befahl! Sie hat nie einen Willen neben dem meinen gehabt.

Estella: Ich bin die Schuldige, nicht sie! Nicht sie, mich stellen Sie vor das Kriegsgericht —

Pia: Um diesen Preis will ich es nicht!

Horazio *(schnell vortretend):* Gestatten Sie mir, ihre Schuld abzutragen, Herr Oberst! Wenn es eine Schuld ist ...

Villalba: Wenn? Sie zweifeln daran?

Horazio: Es ist kein Wunder, daß eine hochherzige Frau sich gegen eine so grausame Aufgabe empörte, mit der wir sie belasteten, gegen ihre Natur und Empfindung. Ein Wunder ist es eher, daß sie sie so lang, ohne sich zu empören, erfüllte —

Villalba: Sie haben sich noch eben ganz anders geäußert.

Horazio: Das war aus verwundeter Eitelkeit. Ernennen Sie mich zum Kommandanten der Kolonne, die morgen die Aktion ausführt! Ich bringe Ihnen statt des einen Gefangenen zehn andere zurück —

Villalba: Wird das mir die unschuldigen Menschen wiedergeben, die morgen sterben werden?

Horazio: Das läßt sich nicht mehr abwenden. Wenn aber einer für ihre großmütige Unbesonnenheit zahlen muß, lassen Sie mich es sein! Ich werde von dieser Aktion nicht zurückkehren. Doch Sie werden die Gefangenen, die Sie brauchen, haben —

Pia *(vor Villalba niederstürzend):* Haben Sie Erbarmen, Herr Oberst!

Villalba: Erbarmen? Denken Sie, ich hätte kein Erbarmen? Beruhigen Sie sich! Stehen Sie auf! Ich glaube, Sie zu verstehen ... Stehen Sie nur auf!

Pia: Sie stellen mich nicht vor das Kriegsgericht?

Villalba: Obgleich ich nicht verstehe, warum Sie es getan haben, denken Sie nicht, daß ich die Schönheit Ihrer Tat verkenne! Sie haben in kühner Freiheit der Eingebung des Augenblicks gehorcht. Sie haben sich in stolzem Aufschwung über Gebot und Gesetz hinweggesetzt. Ich kann es Ihnen nachfühlen. Ich wünschte, es wäre mir gestattet, ebenso zu handeln —

Pia: Wenn Sie so denken, werden Sie mich nicht vors Gericht stellen. Sie werden verstehen, daß es kein Verbrechen war, was ich getan habe —

Villalba: Ich bin bereit, um Ihretwillen meine Pflicht zu vergessen. Ich stelle Sie nicht vor das Kriegsgericht.

Pia: Ich bin frei? *(Sie umarmt Estella.)* Frei, Estella! Frei!

Villalba: Frei? Das habe ich nicht gesagt. Wenn Sie

auch eine schöne, tapfere Handlung getan haben, Sie vergessen, daß Sie durch diese Tat uns unermeßlichen Schaden zufügten. Man wird nach Ihnen fahnden und Sie verfolgen. Sie müssen fliehen, sofort, obwohl ich nicht weiß, wohin. Solang es Krieg ist, werden Sie genötigt sein, im Unterschlupf zu leben, in Jammer und Zittern. Wenn wir siegen, wird Ihr Elend nicht zu Ende sein. Nur wenn der Feind siegt, wird es Ihnen erlaubt sein, ins Leben zurückzukehren. Sie werden für den Sieg des Feindes beten müssen —

Pia: Das nicht! Das nicht!

Villalba: Das haben Sie nicht bedacht. Und noch etwas anderes haben Sie nicht bedacht. Daß ich gezwungen bin, statt Ihrer Horazio vor das Kriegsgericht zu stellen.

Pia *(in wachsender Verwirrung):* Horazio? Nicht ihn! Warum ihn?

Villalba: Er hat sich einer schweren Pflichtverletzung schuldig gemacht. Es wäre seine Aufgabe gewesen, für die Sicherung des Gefangenen Sorge zu tragen. Als er ihn nicht mehr hier fand, war es seine Schuldigkeit, augenblicklich die Verfolgung aufzunehmen —

Pia: Er wußte es nicht, daß der Gefangene geflohen war. Ich habe ihm vorgetäuscht, er wäre noch hier. Ich habe ihn irregeführt, ihn verführt —

Villalba: Und er ließ sich verführen? — Ich verstehe auch das. Ich verstehe nur zu gut, daß er Ihrer Verführung erlag. Aber die andern werden es nicht verstehen. Er hat die Meldung, daß ein Rebell hier gefangen ist, mir in Anwesenheit meiner Kommandeure erstattet. Die harten Gesellen werden kein Verständnis dafür haben, daß ein Soldat der Freiheit sich durch eine Frau von seiner Aufgabe ablenken ließ. Sie werden stürmisch seine Bestrafung fordern, und ich muß sagen, mit Recht. Daran haben Sie nicht gedacht, daß Ihre stolze, hochherzige Tat unselige Folgen für andere haben müßte —

Pia *(verzweifelt):* Das will ich nicht! Ich will es nicht!

Villalba: Ob Sie es wollen oder nicht, es wird sich unaufhaltsam so vollziehen. Horazio wird für das büßen, was Sie getan haben. Aber Sie werden das Leben behalten —

Pia: Ich will nicht, daß andere für mich leiden. Ich will nicht ein schuldbelastetes, besudeltes Leben.

Estella: Um Gottes willen, schweig! *(Zu Villalba):* Sie weiß nicht, was sie in der Verwirrung redet. Sie redet sinnlos —

Pia: Sie sollen meinetwegen nicht Ihre Pflicht verletzen, Herr Oberst.

Villalba: Schweigen Sie, wie Estella Ihnen rät! Kein Wort mehr!

Pia *(fest):* Ich will zu dem stehen, was ich getan habe. Ich bitte Sie, mich vor das Kriegsgericht zu stellen.

Villalba: Jetzt glaube auch ich, daß Sie in sinnloser Verwirrung reden. Sie können das nicht wollen.

Pia: Ich will es mit klaren Sinnen und aus innerstem Herzen.

Villalba *(leise):* So soll es geschehen. *(Nach einer langen Pause):* Haben Sie Wünsche, die ich Ihnen erfüllen könnte?

Pia: Ziehen Sie niemanden zur Rechenschaft als nur mich! Horazio hat keinen Anteil an meiner Tat.

Villalba: Davon bin ich überzeugt.

Pia: Schützen Sie ihn vor sich selbst! Dulden Sie nicht, daß er im ersten Schmerz etwas Verzweifeltes tut!

Villalba: Ich werde nicht zugeben, daß er morgen an der Aktion teilnimmt. Ich kann ihn nicht entbehren.

Pia: Nehmen Sie sich Estellas an! Sie ist ein halbes Kind. Sie ist dem Leben nicht gewachsen. Ich habe Mutterstelle an ihr vertreten.

Villalba: Ich habe es nicht vergessen, daß Ihr Vater mein Freund war. Ich werde für sie sorgen und über sie wachen. — — Für sich selber wünschen Sie nichts?

Pia: Ich habe keine Wünsche und keine Sorgen mehr. *(Leise):* Nur noch Angst.

Villalba: Ich werde tun, was in meiner Macht liegt, um Ihre Angst zu verkürzen. Was geschehen muß, soll schnell geschehen.

Pia *(tritt zu Estella):* Leb wohl, Estella!

Estella: Kein Lebewohl! Ich will nicht leben, wenn du nicht lebst.

Pia: Du wirst leben, um meinetwillen. Damit ein Zeuge dieser Nacht übrig ist. Damit sie nicht in Vergessenheit versinke —

Estella: Wenn du schuldig bist, bin ich es auch. Ich gehe mit dir nach Alhama, vor Gericht —

Pia: Willst du, daß ich jammernd und schreiend vor das Gericht trete? Adieu, Liebes! *(Estella umarmt sie krampfhaft und geht, leise schluchzend, beiseite. Pia wendet sich zu Horazio und sagt mit einem schwachen Lächeln):* Nun werden wir doch nicht heiraten, Horazio. Ich wäre gern deine Frau geworden und mit dir glücklich gewesen.

Horazio: Ich bin deiner nicht wert. Ich hätte dich nicht glücklich gemacht.

Pia: Du wirst einst noch glücklich werden. Ich wünsche es dir aus ganzem Gemüt —

Horazio: Ich glaube nicht, daß ich je glücklich werde, nach dieser Nacht. Aber ich will mich bestreben, besser zu werden ... das verspreche ich dir ... etwas menschlicher ...

Pia *(am Ende ihrer Kraft):* Geht jetzt! Geht schnell! Aus Erbarmen geht! Denn sonst ... denn sonst — *(Horazio faßt Estella leise an und geht schweigend mit ihr hinaus.)*

Pia *(nach einer Pause):* Ich danke Ihnen, daß Sie, was Sie tun mußten, so menschlich getan haben, Herr Oberst.

Villalba: Ich habe es mit wundem Herzen getan. Es ist mir, als opfere ich mein eigenes Kind.

Pia: Und verzeihen Sie mir, daß ich so schwach war, um mein Leben zu betteln.

Villalba: Umso mehr haben Sie sich meine Bewunderung erworben. Wenn ich eine Tochter hätte, ich wünschte sie mir so, wie Sie sind.

Pia: Sie sind mir in dieser Nacht wie ein Vater gewesen.

(Sie blickt ringsum und sagt nach einer Pause): Nun ist alles gesagt. Gehen wir! *(Sie geht gegen die Tür.)*

Villalba *(hält sie auf):* Sie nehmen Ihr Geheimnis mit sich. Können Sie es mir nicht enthüllen, was Sie dazu trieb, diese Tat zu tun?

Pia *(senkt den Kopf und schweigt einige Zeit; dann sagt sie ganz leise):* Nicht mitzuhassen, mitzulieben bin ich da.

FRANZISKUS

Personen

Franziskus von Assisi, Stifter des Ordens der Minoriten
Clara, seine Schülerin, Stifterin des Ordens der Clarissinnen
Ugone, Kardinal von Ostia
Elia, Generalvikar des Minoritenordens
Bernardo, Silvestro, Leo, Masseo, Benvenuto, Rinieri – Minoritenbrüder
Spoletino, ein Bürger von Assisi
Grappa, ein Bürger von Aix, aus Assisi gebürtig
Maddalena Rizzi, eine Frau aus Perugia
Gioconda Petrucci, eine Frau aus Assisi
Benedetto

Die Handlung spielt in und bei Assisi, im Jahre 1226.

ERSTER AKT

Eine schmale, aus nackten Lehmwänden bestehende Zelle. Elia ist allein. Kardinal Ugone tritt nach einer Weile ein; er ist als einfacher Pilger gekleidet.

Ugone: Gelobt sei Jesus Christus!

Elia: In Ewigkeit. Amen. — Tritt ein, Bruder Pilger! *(Er erkennt den Kardinal.)* Euere Eminenz! Bereits angekommen! Im Pilgerkleide?

Ugone: Morgen werde ich in der Kathedrale das feierliche Hochamt abhalten und im Saale des Bischöflichen Palastes als Kardinallegat, vom gesamten Episkopat Umbriens umgeben, dem Konzil der Minderbrüder beiwohnen. Heute bin ich als Pilger nach Assisi gekommen, um mich unerkannt unter die festliche Menge zu mischen.

Elia: Ich begrüße Eure Eminenz, den hohen Schirmherrn unseres Ordens, im Namen des Bruders Franziskus und aller Brüder, die sich hier versammeln — *(Er beugt sich und küßt die Hand des Kardinals.)*

Ugone: Erhebt euch, Bruder Elia! — Ich habe, durch die Gassen schlendernd, die Brüder beobachtet, die aus allen Reichen der Christenheit zu diesem Konzil herbeigeeilt sind, und fünfzehn Sprachen gezählt, in denen sie sich unterredeten. Wunderbar ist der Segen Gottes mit dem Orden der Minoriten gewesen, seit Bruder Franziskus vor zwei Jahren sich in seine Klause auf dem Alverner Berge zurückzog und die Statthalterschaft des Ordens eueren Händen übergab. — *(Er blickt sich um.)* Ist das euere Behausung, Bruder Elia? Diese nackten Lehmwände, kein Tisch noch Stuhl, nur ein Kruzifixus und eine Strohschütte als Lager —

Elia *(lächelnd)*: Die Behausung, die dem Minderbruder zusteht, der das Gelübde der Armut abgelegt hat.

Ugone: Keineswegs dem Generalvikar eines mächtig sich ausbreitenden Ordens zusteht, während die Generale anderer Orden zu Rom weiträumige Fürstenhäuser bewohnen. — Ich bin euch vorhin auf euerem Bettelgang gefolgt, wie ihr mit gesenkter Stirn, die hölzerne Schale ausstreckend, von Tür zu Tür um ein wenig trockenes Brot betteltet —

Elia: Die tägliche Pflicht des Mönchs, der nach der Regel des Bruders Franziskus lebt.

Ugone: Es ist bekannt, daß kein Ordensbruder der Regel mit solcher Strenge gehorcht, wie der Generalvikar des Ordens. — Wann trifft Bruder Franziskus in Assisi ein?

Elia: Wir erwarten ihn am Abend. Ein frommer Wohltäter unserer Brüderschaft sandte ein gesatteltes Maultier nach dem Alverner Berge, das Bruder Franziskus herabbringen sollte. Er bestand darauf, die weite Wanderung zu Fuß — barfuß, Eminenz — zurückzulegen.

Ugone: Es freut mich, zu hören, daß er so rüstig ist.

Elia: Die Brüder, die zuletzt ihn sahen, haben uns traurige Botschaft gebracht. *(Mit tiefer Bewegung):* Euere Eminenz nennt sich seinen Freund. Ihr werdet mitempfinden, was uns alle bewegt. Zwanzigjährige, ununterbrochene Anstregung, übermäßige Andacht und Fasten haben seine Kräfte vor der Zeit aufgezehrt. Er siecht dahin —

Ugone: Das ist uns in Rom nicht unbekannt geblieben. Deshalb wurde ich in besonderer Mission zu diesem Konzil gesandt. — Ich habe mit aufmerksamem und zärtlichem Auge den Wandel des Franziskus beobachtet, seit dem Tage, da er, vor dem Bischofsgericht von seinem Vater verklagt, diesem alles zurückstellte, was er von ihm empfangen hatte, Geld und Goldschmuck und seidene Kleider, und nackt, wie der Herr ihn geschaffen hat, sich in die Arme Christi warf. Mit gerührter Verwunderung habe ich seine erstaunlichen Taten verfolgt, wie er, ein freiwilliger Armer, anfing, mit der Rechten Brot für sich zu erbetteln, mit der Linken Steine für Gott, mit denen er verfallene Kirchlein ausbesserte; die Aussätzigen in ihren Lagern und Höhlen aufsuchte, den wilden Wolf zähmte, den Vögeln predigte, und mit seinen ersten Jüngern die wundervolle Morgenzeit unseres heiligen Christentums in dieser gesunkenen Welt erneuerte. Seit unser Heiland am Kreuz verblich, ist keiner, so glaube ich, so getreu in den Spuren des Herrn gegangen, wie er.

Elia: Das fühlt niemand so wie wir, denen er Vater und Freund, Lehrer und Führer, alles, alles auf Erden ist!

Ugone: Mitunter will es mir fast scheinen, als sei er, durch eine unbegreifliche Kraft des Geistes, ganz und gar Christo ähnlich geworden. — Wenn ich auch nur ein eitles Weltkind bin, mit frohen Sinnen die Pracht meines Palastes genieße, mich der Üppigkeit meiner Gärten am Tiberufer erfreue und in Macht und Würden kahl und fett geworden bin, glaubt nicht, Bruder Elia, daß ich für die Schönheit unempfindlich bin, die in der Demut und der schrankenlosen Hingabe gelegen ist! Es dämmert manche Abendstunde herauf, in der mich eine schmerzliche Sehnsucht ergreift, den violetten Purpur des Kardinals abzutun, und Kutte und Strick des Minoritenbruders anzulegen —

Elia: Das ist nicht der Weg, der Euerer Eminenz vorgezeichnet ist. Ihr werdet dereinst, wie Bruder Franziskus prophezeite, auf den päpstlichen Thron erhöht, die Geschicke der Christenheit regieren.

Ugone: Wenn Gottes Ratschluß mich zu dem höchsten Amt beruft, das ich nicht ersehne, werde ich willig meine Stirne unter die Tiara beugen. Das reinste Glück aber widerfuhr mir in jener Stunde, da der Heilige Vater mich zum Protektor des Minoritenordens bestimmte. — *(Nach einer Pause):* Um so tiefer bin ich betrübt, daß ich hierher geschickt wurde, weniger, um zu loben, als zu mahnen und zu rügen.

Elia *(erschrocken):* Gott verhüte es! Worin habe ich in der Leitung des Ordens gefehlt?

Ugone: Euch trifft kein Vorwurf! — Es ist jetzt Kriegszeit, Bruder Elia. Die Kirche Christi, ihr wißt es, wird ringsum von Rotten wütender Feinde berannt. Die Albigenser haben die Languedoc erobert; die Waldenser überschwemmen die Provence und das Piemont; die

Österreichische Erstaufführung von „Pia Cameron“, Theater der Courage, 1964 (Wien). Kolhammer — Fuchs — Bernard

▲
◄ „Franziskus", mit Walther Reyer als Franziskus und Verena Wengler als Clara

„Saul", Erstaufführung Habinah, Tel-Aviv, 7. Mai 1949.
Hebräische Fassung von Dr. Jacob Horowitz.

gottverfluchten Katharer reißen Provinz nach Provinz aus dem geheiligten Leib der Kirche: wie das gekrönte Tier der Apokalypse, das aus sieben Mäulern lästert, ist die scheußliche Häresie aus dem Abgrund gestiegen und erschüttert den Fels, auf dem Petri Stuhl gegründet ist.

Elia: Darum hat die göttliche Vorsicht Bruder Franziskus erweckt, daß er ein Streiter für den Glauben sei.

Ugone: Das haben auch wir lange geglaubt. — In diesem tödlichen Krieg müssen wir alle unsere Heerscharen mustern und unsere Aufgebote in die tobende Schlacht entsenden. Die Brüder des Dominikus kämpfen bereits in der vordersten Linie mit dem Donner ihrer Predigt und dem Feuer ihrer Tribunale. Im Lager der Minoriten ist alles still.

Elia: Bruder Dominikus hat einen Orden der Predigermönche gestiftet. Bruder Franziskus hat uns aufgerufen, durch Wandel und Beispiel zu bekehren.

Ugone: Dieser unscheinbare, stille Mann, der sich auf seinem Berge wie hinter Wolken verbirgt und mit seinem Ruhme weithin die Christenheit erfüllt, ist eine gewaltige Macht geworden. Er muß sich entscheiden, ob er seine Scharen als eine Legion in die Phalanx schicken will oder mit den Ketzern Frieden, vielleicht sogar ein Bündnis schließt. — Es ist euch bekannt, Bruder Elia: er hat einen Ketzer in den Orden aufgenommen.

Elia: Ach, Eminenz —

Ugone: Einen vermaledeiten Katharer, der die Göttlichkeit Christi leugnete und von der Inquisition zum Scheiterhaufen verdammt wurde! Er hat ihn Bruder Benvenuto, den willkommenen Bruder, getauft und ihn den vertrautesten Schülern zugesellt, die seine Einsiedelei auf dem Berge teilen —

Elia: Er hat es aus reinstem, einfältigem Herzen getan, aus der Fülle seiner Liebe, die alle Verfolgten und Reuigen umfängt —

Ugone: Das leugne ich nicht. Er trotzt aber nicht nur der wiederholten Mahnung, den Ketzer aus dem Orden auszustoßen. Er weigert sich auch, trotz vielfacher Aufforderung, dem Orden endlich an Stelle der alten, unbestimmten Regel eine gültige, klare und vollständige zu verleihen.

Elia: Nicht aus Widerspruch oder Ungehorsam! Er ist überzeugt, daß die ganze Regel, die uns not tut, klar und lückenlos in den Geboten des Evangeliums und unserer drei Gelübden enthalten ist.

Ugone: Wir teilen diese Überzeugung nicht. Auch jener Petrus Waldus und seine Armen von Lyon haben züchtige Gelübde geschworen und sind dennoch meuterische Ketzer geworden. — Weil denn nur eine hauchdünne Wand die Ketzerei von der Frömmigkeit scheidet, und weil wir in diesem Krieg der Zuverlässigkeit der Minoritenbrüder sicher sein müssen, hat auf päpstlichen Befehl das Kollegium der Kardinäle die Regel entworfen, die für den Orden die bindende Kraft des Gesetzes haben wird. *(Er übergibt Elia ein Papier.)* Hier ist sie.

Elia *(blickt hinein und erschrickt):* Dauernde Niederlassungen? Klöster? Klosterkirchen und Klostergebäude im Besitz des Ordens? Besitz: das widerspricht unserm Gelübde der vollkommenen Armut!

Ugone: Der einzelne Bruder wird auch in Zukunft arm und besitzlos sein.

Elia: Es widerspricht! Es widerspricht! *(Er liest weiter.)* Gliederung des Ordens nach unten und oben? Unbedingter Gehorsam gegen die Oberen, die von den Bischöfen ernannt werden? Das ist gegen das Gebot und den Geist des Bruders Franziskus!

Ugone: Es ist der Wille des Papstes, daß diese Regel zum Gesetz wird.

Elia: Niemals wird Bruder Franziskus diese Regel anerkennen, die eine Entstellung der seinen ist!

Ugone: Deshalb werdet ihr, Bruder Elia, morgen im offenen Konzil sie annehmen!

Elia: Ich?

Ugone: Ihr, als der von Franziskus bestellte, vom Heiligen Stuhl bestätigte Generalvikar des Ordens!

(Silvestro und Rinieri treten ein.)

Silvestro: Bruder Elia — *(Er erblickt den Kardinal.)* Euere Eminenz möge verzeihen, daß wir stören!

Elia *(ohne Silvestro zu gewahren):* Ich? Ich? Die Regel des Franziskus duldet keine Abweichungen —

Silvestro: Wir sind bereit, aufzubrechen, Bruder Elia.

Elia: Wie?

Silvestro: Du hast uns geheißen, Bruder Franziskus von seiner letzten Raststatt bei der Brunnenkapelle an der Heerstraße einzuholen. Hast du noch einen Auftrag für uns?

Elia: Nein. Ja. Später! Ich bitte dich, Bruder Silvestro, komm später wieder! *(Silvestro und Rinieri ab.)*

Elia: Nehmt das Papier zurück! Es brennt wie Höllenfeuer in meinen Händen!

Ugone: Studiert es, Bruder Elia! Studiert es fleißig, damit ihr es morgen richtig begründet und verteidigt!

Elia: Ich soll die Regel, die ich beschworen habe, durchlöchern? Meinen Vater, der mich erweckt hat, der mich erwählt hat und mir vertraut, verraten?

Ugone: Ihr sollt vielmehr sein Werk retten. — Beruhigt euch, Bruder Elia! — Antwortet mir: glaubt ihr in Wahrheit, daß die Minoritenbrüder fähig sind, nach der vollen Strenge der alten Regel Christo zu dienen?

Elia: Ich glaube es in reiner Wahrheit und mit meiner ganzen Seele!

Ugone: Ja, einige wenige. Die ersten sechs oder acht Jünger vielleicht, die von der heiligen Glut des Franziskus angesteckt wurden. Aber die Hunderte und Tausende, die dem Orden seither beigetreten sind? Und die Zehntausende armseliger, unwissender Menschen, die ihm zuströmen werden, dereinst, nach des Franziskus Tode, in kommenden Jahrhunderten, in die seine große Gestalt nur wie eine ferne, verschwimmende Legende hinüberdämmert?

Elia: Ich glaube, daß das Feuer, das Bruder Franziskus entzündet hat, so gewaltig, so unermeßlich ist, daß es noch in späten Jahrhunderten brennen wird.

Ugone: Nein, Bruder Elia; ihr kennt die Welt besser als Franziskus, der nur den Himmel kennt. Die schöne Freiheit der ersten Schüler wird sich bei den folgenden in Zügellosigkeit verwandeln; die Begeisterung zur Hoffart entarten; die Demut zur Trägheit und Selbstgefälligkeit erschlaffen. Die Menschen sind nicht so gebildet, daß sie eine ungemessene Selbstverantwortung zu tragen vermögen; wessen sie bedürfen, ist eine gezügelte Freiheit, eine gedämpfte Frömmigkeit und vor allem eine strafende Gewalt, die sie scheuend fürchten. Deshalb muß der Minoritenorden sich bedingungslos dem Befehl und der Ordnung der Kirche unterwerfen.

Elia: Sind wir nicht zugleich selige Söhne des Franziskus und gehorsame Diener der Kirche gewesen?

Ugone: Gewiß, gewiß. Uns, den Häuptern der Kirche, ist aber nicht aufgegeben, für die Seligkeit einiger Auserwählter zu sorgen; uns ist das Heil der namenlosen Massen über die Jahrhunderte hin anvertraut. — Ihr setzt mich in Erstaunen, Bruder Elia. Wir hatten Gründe, zu erwarten, in euch einen Bundesgenossen zu finden.

Elia: Gegen Franziskus? In mir?

Ugone: Ihr habt, als sein bevollmächtigter Statthalter, den Brüdern erlaubt, ein Unterkleid, Schuhe und Dekken zu besitzen. Ihr habt ihnen gestattet, die Vorräte, die sie auf ihrem Bettelgang einsammeln, für die folgenden Tage aufzubewahren.

Elia: Den Brüdern in den rauhen nördlichen Ländern, in denen das halbe Jahr Regen und Schnee niederströmen, mußten Erleichterungen gewährt werden. Viele erkrankten, die die Regel wörtlich befolgten.

Ugone: Ich tadle euch nicht, daß ihr den Brüdern einen bescheidenen Besitz zubilligtet, entgegen der Regel des Franziskus, die die vollkommene Armut befiehlt. Ihr habt ihnen nicht nur erlaubt, sondern sie aufgefordert, in dauernden Gruppen zusammenzuleben, und für diese Gruppen Obere bestellt —

Elia: Um die neuen, unerprobten Brüder durch das gemeinsame Leben in der Andacht und gegenseitigen Liebe zu befestigen —

Ugone: Aber so habt ihr selber den Grundstein zu den Klöstern gelegt, gegen deren Erbauung ihr euch empört. — Habt ihr euch nie gefragt, wann der Segen Gottes sich so sichtbar auf den Orden niederließ? Das war gerade dann, als ihr durch eure Neuerungen die ursprüngliche Regelstrenge mildertet.

Elia: Ich werde morgen vor der versammelten Brüderschaft mich schuldig bekennen und jene Milderungen widerrufen.

Ugone: Im Gegenteil. Ihr werdet alle Neuerungen der verbesserten Regel verkünden. Sanctus Paulus, der berufen war, unseren Christenglauben unter die Völker zu tragen, mußte die Lehre des Herrn erläutern, erweitern und verengen. Seid ruhmvoll dem Franziskus, was Sanct Paul Christo war!

Elia: Ich begehre keinen andern Ruhm, als sein schlichter Schüler zu sein. — Er ist schwach und siech geworden! Er hat vielleicht nicht mehr viele Lebenstage vor sich. Verschiebt erbarmend diese Neuerungen, bis er nicht mehr unter uns ist!

Ugone: Damit in Zukunft Minoriten auftreten, die die Regel für unterschoben erklären? Nein, deshalb muß Franziskus selber sie billigen. *(Nach einer Pause):* Und der Ketzer muß morgen im Konzil aus dem Orden ausgestoßen werden.

Elia: Das nicht! Nur das: um des Blutes unseres Herrn willen, fordert das nicht!

Ugone: Das fordert die Kirche unbedingt als Zeichen der Unterwerfung.

Elia: Eher wird Bruder Franziskus alle Qualen aller Märtyrer erleiden, als eine Seele verstoßen, die sich ihm anvertraut hat.

Ugone *(nach einer Pause):* Dann hat der Orden der Minoritenbrüder zu existieren aufgehört.

Elia: Wie? Erkläret, Eminenz —

Ugone: Der Papst hat die im Consistorium versammelten Kardinäle mit Trauer gebeten, ihren Rat und ihr strenges Gewissensurteil auszusprechen. Der Kardinal-Erzbischof von Pisa warf sich auf die Knie nieder, bevor er sein Votum abgab; der Kardinal-Bischof von Velletri gab es unter Tränen ab; der Heilige Vater selbst zog sich in seine Gemächer zurück und fastete einen Tag, nachdem er seinen Beschluß verkündet hatte.

Elia: Was — was wurde beschlossen?

Ugone: Den großen Bann stehenden Fußes über den Orden der Minoriten auszusprechen, die einzelnen Brüder in die Klöster anderer Orden zu verbannen, die Widerspenstigen dem Tribunal der Inquisition zu überantworten —

Elia: Nein! Das können die Väter der Kirche nicht wollen!

Ugone: Das Gesetz will es; nicht wir! — *(Er zieht ein gesiegeltes Pergament hervor.)* Hier in dieser schmalen, gesiegelten Bulle ist, wie in der unheilvollen Büchse der Antike, Jammer, Klage, unendliches Wehe eingeschlossen. Wenn ich dieses rote Siegel löse, steigen aus diesem Pergament schwarze Gefängnismauern empor, düstere Ketzergerichte treten zusammen, flammende Scheiterhaufen erleuchten weite Märkte —

Elia: Verbrennen? Bruder Franziskus als Ketzer verbrennen?

Ugone: Er ist vielleicht immer ein Ketzer gewesen und hat es nicht gewußt.

Elia: Er, der wie keiner, seit der Heiland am Kreuze starb, in den Spuren Christi gegangen ist? *(Ugone schweigt.)*

Elia: Ein Ketzer? Franziskus, der ganz und gar Christo ähnlich geworden ist?

Ugone: Es ist besser, Bruder Elia, über gewisse Dinge nicht allzu tief zu grübeln. — Ich habe es in eure Hände gelegt. Eure Einsicht wird entscheiden, ob er als Ketzer verbrannt und jede Spur seines Erdenwandels ausgetilgt wird, oder ob er, als Heiliger in den höchsten Himmel versetzt, ein Tröster und Fürbitter, unsterblich fortlebt.

Elia *(glühend):* Ein Heiliger: Ihr habt es ausgesprochen! Als Heiligen soll ihn die ganze Christenheit erkennen!

Ugone: Es wird unsere Kampfscharen mächtig stärken, wenn ein Heiliger, den wir mit leiblichen Augen sahen, mitten unter ihnen streitet. Zur ewigen Glorie eures Ordens: macht ihn zum Heiligen, indem ihr gegen ihn kämpft!

Elia: Habt Erbarmen mit mir! Erlegt nicht mir dieses Amt auf!

Ugone *(sich zum Gehen wendend):* Euch, Bruder Elia; nur euch! — Studiert die Regel und betet, daß euch Erleuchtung werde! Ich werde euch segnen, mein Bruder, wenn ihr das Rechte erwählt! *(Er geht ab; nach einer Weile treten Silvestro und Rinieri ein.)*

Silvestro: Wir sind bereit, jetzt aufzubrechen. *(Er tritt nahe an Elia heran.)* Gib mir einen Schlag, Bruder Elia!

Elia: Einen Schlag? Warum?

Silvestro: Ich bitte dich um einen derben Schlag auf meine Backe. Ich habe einen bösen Gedanken gedacht.

Elia *(Silvestros Backe leicht berührend):* Was hast du gedacht?

Silvestro: Als ich dich von der Regel sprechen hörte, stieg der böse Gedanke in mir auf, du wolltest sie durch Neuerungen verfälschen. Ich werde dagegen kämpfen, daß ein Jota von der strengen Regel hinweggenommen, oder ihr hinzugesetzt wird.

Elia: Ja, Bruder Silvestro! Kämpfe schonungslos—

Silvestro: Das mußte ich dir sagen. — Hast du eine Botschaft an Bruder Franziskus?

Elia: Sag ihm, es wird kein friedliches Konzil, zu dem er herabkommt! Nicht wie die anderen, als wir uns in brüderlicher Freude zu Andacht und Meditation versammelten —

Silvestro: Es hat mir sogleich mißfallen, daß dieses Konzil mit unziemlichem Prunk im Bischöflichen Palast zusammentritt, anstatt wie sonst, unten bei Santa Maria degli Angeli, unter offenem Himmel, auf blühenden Wiesen —

Elia: Ich war zu schwach, mich der Forderung des Kardinals zu widersetzen. — Und sage Bruder Franziskus, daß er Bruder Benvenuto nicht zu dem Konzil bringe —

Silvestro: Bruder Benvenuto ist ein untadeliger Minoritenbruder geworden.

Elia: Fleh ihn auf den Knien an, ihn nach dem Alverner Berg zurückzuschicken! Nein, weiter weg, in die Provence zurück, woher er kam —

Silvestro: Wozu es ihm sagen? Er wird es nicht tun.

Elia: Das aber sage ihm: er möge nicht an mir zweifeln! Sag ihm nichts als dies: ich bitte ihn, an mir nicht zu zweifeln!

Silvestro: Ich werde es ihm sagen. *(Er blickt Elia fest an.)* Aber ich werde hinzufügen: Ich zweifle an dir! *(Er und Rinieri gehen ab. Elia, allein gelassen, steht eine Weile unbeweglich; plötzlich wirft er sich vor dem Kreuz nieder.)*

Elia: Hilf mir die Bürde tragen, mein Herr und Heiland! Sie ist für mich zu schwer!

Ein Bergsattel, über den die nach Assisi führende Straße geht. Unter hohen Platanen eine kleine Kapelle. Zu beiden Seiten der Straße eine Menge Volks, Arme und Kranke, jedes Standes und Alters; unter ihnen Maddalena und Gioconda. Silvestro und Rinieri stehen etwas abseits. Spoletino tritt auf, im Gespräch mit Grappa.

Spoletino: Nun lebt wohl, Signor Grappa, und kehrt glücklich heim nach Aix! Ich mache hier Halt, um Bruder Franziskus zu erwarten.

Grappa: Nein, sprecht, Signor Spoletino! Was ihr mir eben sagtet, will mir nicht in den Kopf. Dieser Bruder Franziskus ist ein Sohn meines Schulkameraden und Geschäftsfreundes, des Tuchhändlers Pietro Bernardone, der mich häufig in Frankreich besuchte?

Spoletino: Des Tuchhändlers Pietro Bernardone, der Frankreich so liebte, daß er seinen Sohn Franziskus benannte, und nun seit vielen Jahren tot ist.

Grappa: Bei seinem letzten Besuche, ich erinnere mich, beklagte er sich über seinen mißratenen Sohn, der es sich in den Kopf gesetzt hatte, mit den vornehmen Herren vom Adel zu wetteifern, und was der Vater mühsam im Handel erwarb, leichtsinnig für kostbare Gewänder und Ritterausrüstung verschwendete. Und dieser unkluge Sohn des Bernardone ist derselbe Franziskus, von dessen Ruhm Italien widerhallt?

Spoletino: Wir selber konnten es anfangs nicht glauben, daß ein Gottesmann gerade aus unserm kleinen Assisi hervorgegangen wäre. Wir klatschten Beifall, wie zu einer Posse, als er, den wir nur gekannt hatten, wie er im Laden die Elle führte und mit törichten Kumpanen lärmende Gelage feierte, plötzlich, in einen Sack gehüllt, vor der Kirchenpforte Buße tat, und wir eiferten die Straßenjungen an, die ihn unter Rufen: „Ein Narr! Ein Narr!" mit Steinwürfen durch die Gassen verfolgten. Aber als er, zu den Verfolgungen sanft lächelnd, unverdrossen fortfuhr, zu betteln und die Bresthaften zu pflegen, ahnten wir allmählich, daß hier etwas Unbegreifliches geschehen war.

Maddalena *(zu Gioconda, die neben ihr steht):* Ist es auch wirklich wahr? Er hat die Macht, Krankheiten zu heilen, von denen die Ärzte nicht erretten können?

Gioconda: Glaubt es, liebe Frau! Gott verweigert ihm nichts, worum er Ihn recht herzlich bittet.

Maddalena: Ich bin von Perugia gekommen, mit meinem kranken Kind. Vier Kinder sind mir gestorben; nur dieses letzte ist mir geblieben —

Grappa: Und all das Volk, das ihm hierher entgegengegangen ist, erwartet von ihm Heilung und Wundertaten?

Spoletino: Alle Leidenden flüchten zu ihm. Ich selbst, seit der Schlag, der mich rührte, mir den rechten Arm lähmte: Mixturen, Salben, Heilbäder, was habe ich nicht schon alles vergebens versucht? Er ist meine letzte Hoffnung.

Silvestro: Warum bist du so blaß, Bruder Rinieri?

Rinieri: Ich fürchte mich vor der Kraft seines Auges. Er wird es in meinem Herzen lesen, daß der Böse mich versuchte und ich das Ordenskleid und den heiligen Orden verfluchte —

Silvestro: Fürchte dich nicht! Größer noch als die Kraft seines Auges ist die Kraft seines verzeihenden Herzens.

Ein Mann *(schreit auf):* Ein Aussätziger! *(Eine erregte Bewegung in der Menge.)*

Ein anderer: Er hat nicht die Rassel gedreht! *(Durch die auseinanderstiebende Menge sieht man einen Mann in Lumpen, der verdeckt hinter den andern gestanden ist und nun eilends flieht.)*

Mehrere Stimmen *(erregt):* Verfolgt ihn! Steinigt ihn!

Silvestro *(den Leuten beschwichtigend entgegentretend):* Nicht! Nicht, liebe Leute! Bruder Franziskus ist ein Freund der Aussätzigen. *(Die Menge beruhigt sich allmählich.)*

Grappa: Sonderbar! Sehr sonderbar! Auch bei uns in der Provence traten barfüßige Kuttenmänner auf, mit ungeschnittenen Haaren und Nägeln; sie geißelten ihre Lenden und verkündigten mit großem Geschrei das

Nahen des Jüngsten Tages. Wenn sie sich aber heiser geschrieen hatten, kehrten sie bei einem verängstigten Reichen ein, fraßen und soffen und schliefen ihren Rausch aus. Es waren nur besessene Schwärmer gewesen.

Spoletino: Er ist nicht besessen, nein. Und er schreit nicht. Er ist sehr still.

Gioconda: Jetzt kommen sie den Hügel herab!

Maddalena: Welcher ist es? Der hohe Mann, der kräftig und breit den anderen vorangeht? Gewiß der: es ist etwas wie Majestät um die hohe Gestalt —

Gioconda: Das ist Bruder Bernardo von Quintavalle, der der Erstgeborene unter den Jüngern des Franziskus heißt. Er war der reichste Mann in Assisi, verteilte seine Habe unter die Armen und folgte dem Franziskus, als dieser noch verlacht und verachtet war.

Maddalena: Dann jener Jüngere, dessen Gesicht wie strahlend ist von Freudigkeit? Den meine ich, der den Abgezehrten, Gebückten an seiner Seite liebevoll unter der Schulter stützt.

Gioconda: Der Junge ist Bruder Leo, der Freund und Liebling des Franziskus, den er nie verläßt. Der andere, den er stützt, ist Bruder Franziskus.

Maddalena: Wie das Herz mir sinkt! Der Kleine, Weißhaarige, der nur mühsam die Füße zur Erde setzt? Der alte Mann mit dem schwarzen Sonnenschutz vor den Augen —?

Gioconda: Er ist kaum vierzig Jahre alt. *(Inzwischen sind die Minoriten, etwa acht Brüder, geführt von Bernardo, angekommen. Unter ihnen Masseo und Benvenuto. Franziskus, von Leo gestützt, scheint ganz erschöpft zu sein. Die Menge drängt sich, unter Ausrufen, an ihn heran.)*

Bernardo: Tretet beiseite, liebe Christen, und gönnt dem Bruder Franziskus eine kleine Rast! Er ist von der langen Wanderung ermattet.

Maddalena *(schreit, während die Menge sich etwas zurückzieht, auf):* Hilf, Bruder Franziskus! Hilf!

Bernardo: Sprecht ihn nicht an! Bruder Franziskus ehrt den Freitag durch Fasten und Schweigen.

Maddalena: Rette mein Kind! Hilf, Gottesmann, einer unglücklichen Mutter!

Franziskus *(der, von Mattigkeit überwältigt, auf einen Stein niedergesunken war, steht auf und wendet sich ihr zu):* Groß ist einer Mutter Leid. — Laß! Laß sie, Bruder Bernardo! Eine Unglückliche trösten, ist schönere Freitagsehrung als Schweigen und Fasten. — Was willst du, meine Schwester?

Maddalena: Ich habe dir mein krankes Kind von Perugia gebracht. Fünf Kinder habe ich geboren; vier habe ich begraben; dieser Knabe ist mein letztes — *(Sie hebt das Kind zu ihm empor.)*

Franziskus: Ein feines Kind! Ein schöner, lieblicher Knabe!

Maddalena: Du hättest ihn kennen sollen, als er, noch gesund, mit den großen, strahlenden Augen lachte! Jetzt ist er an der gleichen Krankheit erkrankt, an der seine kleinen Brüder starben, und die Ärzte geben ihm nur noch einige Wochen Leben. Das kann Gott nicht wollen, daß auch das letzte Kind mir stirbt! Ich werde keines mehr gebären —

Franziskus: Gott weiß besser, was uns frommt, als wir, auch wenn wir es nicht begreifen. Vielleicht war es diesem feinen Knaben bestimmt, ein böser Mensch zu werden, ein Betrüger oder Mädchenverführer oder Straßenräuber, dem die eigene Mutter fluchen müßte. So aber wird er immer in deinem Herzen fortleben als ein liebliches Kind. — Wie heißt du, du Gute?

Maddalena: Maddalena. Maddalena Rizzi aus Perugia.

Franziskus: Was für eine erhabene Patronin du hast! Erinnere dich an den Schmerz, der die heilige Magdalena, sieben Schwertern gleich, durchfuhr, als sie den teueren Heiland am Kreuze hängen sah, unter rostigen Nägeln blutend! Und an den Sturm ihrer Seligkeit, als sie ihn wieder erblickte, aus felsigem Grabe auferstanden, von der Glorie des göttlichen Vaters erstrahlend! Denk es, liebe Seele, wie groß die Freude sein wird, wenn du deine Kleinen im Paradies der unschuldigen Kindlein einst wiederfindest, unter den buntgeflügelten Engelknaben, die die silbernen Trompeten blasen —

Maddalena: Ja, ja! Wie schön!

Franziskus: Wenn dann der Große Vater sich vor dir vom Thron erhebt und spricht: Sitz zu Meiner Rechten nieder, Meine Tochter, im Meinem ewigen Himmelreich! Die Tränen, die du um deine Kindchen weintest, haben die Flammen des Fegefeuers für dich ausgelöscht —

Maddalena: Ach, Bruder Franziskus! Ich will gerne hundert Jahre in den Qualenflammen des Fegefeuers brennen —

Franziskus: Wie? Was sagst du?

Maddalena: Mag er ein Bösewicht werden, ein Verführer oder Räuber, wenn er mir nur am Leben bleibt! Tu ein Wunder! Gib ihm noch dreißig Jahre oder zwanzig, nur daß ich vor ihm sterbe —

Franziskus: Ich bin ein geringer, ohnmächtiger Mensch, und kann keine Wunder tun. Sieh, wie die Sonne jetzt untergeht! An jedem Abend, wenn sie untergeht, will ich zu Gott beten: Erbarm Dich Deiner Magd Maddalena Rizzi und laß ihr ihr Kind! Nimmst Du es aber zu Dir, erbarm Dich ihrer und gib ihr Trost —

Maddalena: Ich werde mich kasteien, wachen und fasten, daß Gott das Kind mir lassen muß —

Franziskus: Tu das! Wache und faste, Mutter, solang dein Kind bei dir ist! Geht es aber zu Gott, sei fröhlich und iß und trink, wie der große König David tat, als sein Lieblingskind starb. Und komm immer zu mir, sooft das arme Herz dich drängt! *(Zu Gioconda, die sich herangedrängt hat):* Wer bist du, du Liebe?

Gioconda: Gioconda Petrucci. Die Frau deines Jugendfreundes Taddeo Petrucci.

Franziskus *(freudig in die Hände klatschend):* Taddeo Petrucci! Wie bei diesem Namen meine Jugend vor mir auflebt! Das waren schöne Tage, als wir übermütige

Gesellen uns zu Gastmahl und Tanz versammelten, und Taddeo die Oboe blies und ich die Viola d'amore strich! Und als wir singend und fackelschwingend unsere stürmischen Kavalkaden durch die hallenden Gassen ritten, daß die Bürger erschreckt aus dem Schlafe fuhren –

Gioconda: Du nennst deine Jugend schön? Taddeo beklagt und bereut die seine.

Franziskus *(heiter):* Wie werde ich je meine Jugend verleugnen? Und wie wir im prächtigen Harnisch dem Kreuzheer zuzogen und von gewaltigen Rittertaten träumten! Gott hatte es anders beschlossen! Er wollte, daß ich Sein armer Ritter würde –

Gioconda: Taddeo ist seit langem in schwarzen Trübsinn versunken. Er verzeiht sich den Backenstreich nicht, den er dir einst gab, bei jenem Mahl der Spötter, als du, in einem groben Sack, Asche im Haar, unter die Zecher tratest –

Franziskus: Aber das war ja gut! Der Backenstreich war gut! Es war die erste Prüfung, die ich bestand, und gab mir Vertrauen, mich schwereren zu unterziehen. Großen Dank bin ich meinem Freund Taddeo schuldig –

Gioconda: Er trägt den Strick deines dritten Ordens am bloßen Leib und tut Werke der Buße. Ach, Bruder Franziskus! Er haßt mich, weil er als verheirateter Mann nicht Konfeß tun kann in deinem Minoritenorden! Komm und sprich mit ihm! Gib mir meinen Mann zurück –

Franziskus: Ich werde kommen! Gleich morgen werde ich kommen! Ich werde seine Hand halten und von den alten Tagen sprechen und mit ihm lachen und – und – – Ich – *(Er schwankt und greift nach seinem Herzen.)*

Bernardo: Du bist bleich geworden! Du wankst –

Leo: Du stürzst! Was hast du?

Franziskus: Nichts, nichts, ihr Guten! Eine Mahnung – die zweite –

Leo *(ihn niedersetzend):* Sitz! Sitz, du Lieber! Was für eine Mahnung?

Franziskus *(lächelnd):* Daß ich sterblich bin! Der Bruder Esel, mein Leib —

Leo: Dein Herz pocht wild! Ach, still nur! Schweig!

Franziskus *(immer lächelnd):* Er hat mir lange willig gedient. Nun ist er alt, und etwas störrisch geworden.

Bernardo: Ich habe dich beschworen, die mühsame Reise auf dem Maultier zu machen!

Leo: Wie du uns erschreckt hast, Vater!

Grappa *(zu Spoletino):* Warum sprecht ihr ihn nicht an?

Spoletino: Seht ihr denn nicht? Er ist selber krank und trägt sein Leid, das vielleicht größer als meines ist, mit lächelnder Geduld. Ich will es von ihm lernen.

Franziskus *(hat Silvestro erblickt, geht, von Leo vergebens zurückgehalten, ihm entgegen und verbeugt sich vor ihm):* Gegrüßt, Bruder Silvestro! Alle Brüder in dir gegrüßt! Sind viele zu dem Konzil zusammengekommen?

Silvestro *(sich vor ihm verbeugend):* Gegrüßt, Bruder Franziskus! Alle Brüder grüßen dich ehrerbietig durch mich. Von Nord und Süd sind sie herbeigeströmt; aus dem heißen Spanien, dem rauhen Schottland, von den wilden Preußen. Bischöfe und Prälaten, auch Kardinal Ugone ist in Assisi eingetroffen.

Franziskus *(freudig):* Kardinal Ugone, mein Wohltäter und teuerer Freund! Und Brüder von den Schotten und Preußen!

Silvestro: Die Straßen sind mit Palmblättern bestreut, Fahnen und Teppiche aus den Fenstern gehängt. Die Bürger rüsten sich, dich mit brennenden Fackeln zu empfangen, und die Kirchenglocken werden läuten, wenn du deinen Einzug hältst.

Franziskus: Fahnen und Glocken! O Gott! Was für ein schönes Konzil das werden wird!

Silvestro *(nach einer Pause):* Es ist viel die Rede von der Regel, über die auf dem Konzil verhandelt werden soll. Man munkelt von Neuerungen —

Franziskus: Erklär mir, Freund: verhandelt? Die Regel ist abgeschlossen und gut. Sie bedarf keiner Neuerungen.

Silvestro: Von Neuerungen, Abweichungen. Es heißt, der Kardinal sei zum Konzil abgesandt, um Neuerungen zu verlangen –

Franziskus *(unterbricht ihn):* Ich habe alles in die Hände Bruder Elias gelegt. Er wird es schon zum Besten führen.

Silvestro: Bruder Elia neigt selber Neuerungen zu –

Franziskus: Ich habe dir schon geantwortet: Bruder Elia wird alles zum Besten führen.

Silvestro *(etwas heftiger):* Dann nimm Bruder Benvenuto nicht mit dir zum Konzil! Schick ihn sogleich nach dem Alverner Berge zurück; nein, weiter weg; nur weit von dir –

Franziskus: Was redest du? Bruder Benvenuto ist mir bis hierher gefolgt; er wird mich auch zum Konzil begleiten.

Silvestro: O Bruder Franziskus! Als unser Heiland in Jerusalem einzog, wurde er mit Palmen, Rosen und lautem Hosiannah begrüßt. Der Weg aber führte ihn nach Golgatha!

Franziskus: Wäre das mir bestimmt! Wenn du wüßtest, welche Freude du mir verkündigt hättest! – *(Auf Rinieri deutend):* Wer ist der junge Bruder, den du mir gebracht hast!

Silvestro: Bruder Rinieri. Er trat erst vor einigen Monaten in den Orden ein. Höre mich, Bruder Franziskus! Rüste dich zu einem Kampf –

Franziskus *(Rinieri betrachtend):* So jung! So zart! Wir andern genossen unsere Jugend in vollen Zügen, ehe wir die Nichtigkeit der Sinnenfreuden erkannten. Schwer muß es sein, in so jungen Jahren schon von Gott ergriffen zu werden.

Rinieri: Sieh mich nicht an, Vater Franziskus! Ich bin nicht wert, deinem Orden anzugehören!

Franziskus: Ach ja! Ach ja! Da muß das Ordenskleid wuchtend lasten wie ein Mantel aus Blei, und der

Strick die Hüften pressen wie ein eiserner Reifen. Die Versuchung muß groß sein, die rauhe, häßliche Kutte von den sehnsuchtsheißen Gliedern zu streifen —

Rinieri *(sich vor ihm niederwerfend):* Du weißt alles; du siehst alles, Vater Franzisus! Der Böse hat mich versucht, du weißt es, so daß ich die fromme Kutte mir vom Leib riß und sie mit Füßen trat. Ich schrie laut nach den weltlichen Kleidern —

Franziskus *(hebt ihn auf):* Steh auf! Sursum cor, Bruder Rinieri! Und erinnere dich, wenn der Böse dich wieder versucht, daß ich dich liebe! Ja, daß ich dich ganz besonders liebe, mein junger Bruder —

Bernardo *(ist inzwischen zu Silvestro getreten):* Bruder Elia, sagst du, neigt Neuerungen zu?

Silvestro: Er hat Milderungen bereits eingeführt!

Bernardo *(zu Franziskus):* Höre, ich bitte dich, Bruder Silvestro an!

Silvestro: Verlaß dich nicht auf Bruder Elia! Tritt auf und schlag die Neuerungen nieder —

Franziskus: War's das, was Bruder Elia dich hieß, mir zu sagen?

Silvestro: Er hieß mich, dir zu sagen, du mögest nicht an ihm zweifeln. Ich aber sage dir! zweifle an ihm —

Franziskus: Bruder Silvestro! Bruder Silvestro! Du bist eifrig im Glauben, in der Treue und der Nachfolge. Du wärst ein vollkommener Minderbruder, wenn du eifrig auch in der Liebe wärst.

Silvestro *(leise):* Ich bin ein unwürdiger Bruder. Verzeih mir —

Franziskus: Geh zurück und antworte Bruder Elia: Ich vertraue ihm. Nur diese Worte: Bruder Franziskus vertraut dem Bruder Elia.

Silvestro: Kommst du nicht selbst —?

Franziskus: Es ziemt dem Minoriten nicht, bei Fackelglanz und Glockenklang einzuziehen. — Zündet ein kleines Feuer an dort unter den Platanen, daß wir dran lagern und schlafen! Aber zertretet mir die Blümlein nicht!

Bernardo: Bruder Franziskus dankt euch für eure Liebe, Christenleute! Kehrt heim und laßt ihn ruhen! *(Die Menge beginnt, sich schweigend zu entfernen, während die Mönche ein kleines Feuer entzünden. Auch Silvestro und Rinieri gehen ab.)*

Benvenuto *(tritt währenddessen an Grappa heran und streckt ihm seine Bettelschale entgegen):* Im Namen Jesu Christi: ich bitte dich um ein wenig Brot für Bruder Franziskus!

Grappa: Brot? Wie? Habt ihr die weite Wanderschaft ohne Wegzehrung angetreten? Hier ist Schinken, Käse und Wein aus meiner Reisetasche —

Benvenuto: Gib ein wenig Brot und bestreue es mit etwas Staub! Bruder Franziskus ißt nur staubbestreutes Brot, um immer gemahnt zu werden, daß er vom Staub genommen ist und zum Staub zurückkehrt.

Grappa: Nimm hier Brot! Und gib mir deinen Segen, frommer Bruder, für die schwere Wegfahrt, die vor mir liegt!

Benvenuto: Die geweihten Priester segnen; nicht wir. Wir sind selber des Segens nur allzu bedürftig.

Grappa: Sonderbar! Unbegreiflich! — Lebt wohl, Signor Spoletino! Ich werde es in Aix erzählen, daß ich in Assisi echte Gottesleute getroffen habe. Von jetzt an rühme ich mich mit Stolz: Auch ich bin in Assisi geboren! *(Er geht ab. Nur Franziskus und die Mönche sind zurückgeblieben. Es ist halb dunkel geworden. Wie sich die Menge zerstreut hat, steht Clara da, die bisher unbemerkt hinter den andern gestanden ist. Sie trägt das Ordenskleid und einen dichten Schleier.)*

Franziskus *(bemerkt sie und geht freudig auf sie zu):* Schwester Clara! Du Nächste meiner Seele! Und du stehst schüchtern hinter allen zurück —

Clara: Vater Franziskus! Daß ich dich endlich wiedersehe!

Franziskus: Ich habe dich erwartet. Du bist noch immer gekommen, wenn mein Herz dich rief.

Clara: Wie mager du geworden bist und blaß! O sprich! Sprich! Wie hast du die langen Jahre auf dem Berg gelebt?

Franziskus *(eifrig):* Du ahnst nicht, welche Weisheit und welchen Frieden die Brüder dort oben sich erkämpft haben! Bruder Bernardo — er muß nur den heiligen Namen Christi vor sich hinsprechen, so wird er in Verzückung von der Erde entrückt, und sein Geist durchschweift die Himmelsräume.

Clara: Und du selbst?

Franziskus: Und Bruder Masseo! Bruder Masseo ist schon so sehr ein Bewohner des Paradieses geworden, daß er die Sprache der Menschen beinahe vergessen hat. Er schweigt immer; nur manchmal gibt er einen tiefen, gurrenden Laut von sich, wie das Lachen der Wildtaube im Wald; dann wissen wir: jetzt unterredet sich Bruder Masseo mit einem Heiligen oder Patriarchen. Und Bruder Benvenuto, den sie einen Ketzer nennen! Er ist so schlicht, so treu, daß ich ihn fast am meisten liebe; das heißt: Bruder Leo zunächst; ach, ich tue Unrecht, sie verdienen alle meine gleiche Liebe —

Clara *(lächelnd):* Wie ich dich daran erkenne, Vater Franziskus: daß du stets preisendes Lob für alle andern, und kein Wort für dich selber hast!

Franziskus *(schüttelt traurig den Kopf):* Was soll ich von mir sagen? Ich bin von Frieden und Weisheit immer noch himmelweit entfernt. *(Eifrig):* Doch ihr, meine Schwestern vom zweiten Orden, wie lebt ihr alle? Schwester Angelica, die stets so willig und eifrig war, und nur dem einen Gelüste erlag, die Weintrauben mit den Lippen frisch von der Rebe zu naschen?

Clara: Sie kämpft tapfer gegen ihre Schwachheit an. Im Herbst hängt sie ein großes Traubenbüschel in ihrer Zelle auf und gestattet sich, täglich nur zwei Beeren zu pflücken.

Franziskus: Und Schwester Beata, so krank und still, singt sie noch immer so schön?

Clara: Je kränker sie wird, desto ergreifender wird ihr Gesang. Wenn sie bei der Morgenmesse das Sanctus anstimmt, ist es, als steige ein Chorlied von Engeln empor. — Ach, Vater Franziskus, eine schwere Sorge hat mich zu dir getrieben!

Franziskus: Sorge? Seit wann kennt meine vertrauende Schwester Sorgen?

Clara: Vor einiger Zeit visitierte uns Kardinal Ugone und betrachtete mit Teilnahme die Zellen aus Schilf und Weidengeflecht, die wir uns rings um Sankt Damian errichtet haben. Beim Abschied sagte er, die Prüfungszeit der Schwesternschaft sei nun vorüber, und versprach, uns bald, von Mühsalen und Bettelgängen befreit, in einem festen Kloster anzusiedeln. Nach seiner Abreise fanden wir in einer Fensternische der Kapelle zwei große Beutel, dick mit Gold gefüllt —

Franziskus: Gold? Gold?

Clara: Da freuten sich die Schwestern und malten sich, einander überbietend, aus, wie sie ein steinernes Klosterhaus erbauen wollten, Sankt Damian zu einer stattlichen Kirche erweitern, einen eigenen Garten bestellen, von eigenen Weinbergen ernten —

Franziskus: Du befahlst ihnen streng, das Gold sofort dem Kardinal zurückzustellen?

Clara: Ich sagte nur: „Bruder Franziskus würde sehr traurig sein, wenn er euch jetzt hörte." In der Nacht gingen sie nach Assisi hinauf und streuten das Gold auf den Schwellen der Armenhütte aus. — Wenn aber die Versuchung wiederkäme! Die Frauen sind schwach; sie sind der Mühsal müde geworden und lechzen nach Lohn —

Franziskus: Wirf deine Sorgen auf Gott, Schwester! — Setz dich mit mir auf diesen Stein! Zeig mir dein liebes Gesicht, das ich durch fünfzehn Jahre nicht gesehen habe! *(Lächelnd):* Vor einem alten Mann darfst du den Schleier schon heben! *(Clara hebt den Schleier. Er faßt ihre Hand.)* Schwester Clara! Anima clarissima et Christiana! O wie unendlich Vieles habe ich dir zu erzählen, das ich noch keiner Seele anvertraute! *(Sie schweigen eine Zeitlang.)*

Clara *(leise):* Ich habe alles gehört, was du mir erzählt hast. O Vater Franziskus, du hast mir nichts Neues anvertraut. *(Nach einer Pause):* Vor drei Tagen, in der Abenddämmerung, fühlte ich dich mir so innigst nahe.

Aber ich wurde nicht froh; eine schwere Trauer bedrückte mein Herz. Da wußte ich: mein Freund, der Menschen Freund, der Freund der Vögel, der Blumen und Sterne, wird nicht lange mehr unter uns weilen!

Franziskus: Schwester meiner Seele, die du alles mitempfindest, über Berge und Täler hinweg, was mir widerfährt: vor drei Tagen, gerade im dämmernden Abend, habe ich die erste Mahnung empfangen!

Clara: Da machte ich mich auf und bettelte von Haus zu Haus um Flachs, um dir daraus ein neues Kleid zu weben. Ach, sie gaben so gerne und reichlich —

Franziskus: Ist diese Kutte nicht gut genug, die ich bald zwanzig Jahre trage?

Clara *(schüttelt ernst den Kopf):* Du mußt in einer neuen Kutte zum Himmel gehen. Es ist meine erste Bitte an dich: Versprich mir, nicht eher zu gehen, als bis ich dir das neue Kleid bringe!

Franziskus *(lächelnd):* Du wirst mich aber nicht betrügen, wie jene Griechenfrau, von der ich in der Jugend las? Von Freiern bedrängt, sagte sie zu, einen Gatten zu wählen, sobald ihr Hochzeitsgewand gewoben sei; in der Nacht aber trennte sie heimlich auf, was sie bei Tag eifrig gewoben hatte.

Clara: Bei Tag und Nacht werde ich spinnen und weben! Mit Seufzern und Tränen webe ich's dir —

Franziskus: Warum mit Tränen, da ich endlich zu dem Vater gehe, nach dem ich mich gesehnt habe, mein Leben lang? — *(Nach einer Pause):* Ja, web das Kleid mit fließenden Tränen! Was ich am heißesten erfleht habe, blieb mir versagt: die Passion meines Herrn Christus.

Clara *(stürzt leidenschaftlich ihm zu Füßen):* Geh nicht nach Assisi hinab! Kehr sofort nach dem Alverner Berge zurück und stirb in Frieden!

Franziskus: Wie denn? Warum?

Clara: So wahr ich alles vorausempfinde, was dich trifft: sieh die Vaterstadt nicht wieder! Ein Vorgefühl, das ich nicht überwinden kann, sagt mir: dir wird in Assisi die Passion bereitet!

Franziskus: Dann web das Kleid mit Freudigkeit, und

allen Herzensjubel und alles Herzenslachen wirke hinein! Denn dann hätte ich verdienstloser Mann den allerwunderbarsten Lohn empfangen. *(Nach einer Pause):* Die Sterne blitzen auf, und der Talgrund füllt sich mit Nebel an. Geh, meine Schwester; der Weg ist weit nach Sankt Damian.

Clara: Laß mich noch eine kleine Zeit verweilen! Ich werde dich nur noch einmal wiedersehen. *(Nach einer Pause):* Mein Vater! Mein Freund! Wie unendlich Vieles habe ich dir zu gestehen, das niemals gesagt werden wird! *(Sie schweigen eine Zeitlang.)*

Franziskus: Wie unendlich Schönes, Freundin, hast du mir jetzt erzählt: von Treue und Liebe und lebenslanger Hingabe! *(Nach einer Pause):* Nun geh und kehre bald zurück, und bring mein Totenkleid mit! Die Sehnsucht verzehrt mich, den Vater zu sehen und Seinen göttlichen Sohn. *(Clara küßt erschüttert seine Hände und geht.)*

Benvenuto *(tritt, nach einer Weile, an Franziskus heran):* Der Freitag ist zu Ende. Hier ist Brot. Hier ist Trinkwasser vom Quell. Laß mich dir die staubbedeckten Füße waschen!

Franziskus: Es ist noch nicht Zeit. Ich werde es dir sagen, Bruder Benvenuto, wenn die Stunde naht, mir den letzten Liebesdienst zu tun.

Benvenuto: Ich werde dir keinen Dienst mehr tun können in kommenden Tagen. Erlaub mir, nach dem Berg zurückzukehren, nein, weiter fort, weit weg –

Franziskus: Kleinmütig, Bruder Benvenuto? Ich habe mich vor Gott zu dir bekannt: fürchtest du, ich werde dich vor den Menschen verleugnen? – Legt euch schlafen, Brüder! Nur du, Bruder Leo, sitz noch eine Weile mit mir am Feuer! *(Man sieht die andern ein Gebet verrichten und allmählich unter den Platanen einschlafen. Es ist Nacht geworden.)*

Franziskus: Wie dunkel es ist, und still! Nur der Nachtwind geht durch die Zweige der Platanen. – Hörst du's lachen?

Leo: Wie die wilde Taube im Hochwald lacht.

Franziskus: Jetzt unterredet sich Bruder Masseo mit einem Heiligen. — *(Mit jäher Freude):* Denk es, Bruder Leo: Brüder von den rauhen Schotten und den wilden Preußen! Was für ein wunderbares Werk Gott durch mich vollbracht hat! *(Nach einer Pause, niedergeschlagen):* Ach, Bruder Leo! Alt geworden bin ich; grau ist mein Haar geworden, und noch immer ist mein Herz von Hochmut erfüllt! *(Er legt sich auf den Rücken.)* Setz deinen Fuß auf meine Brust und sprich, zur Züchtigung meines Hochmuts, die Worte nach, die ich sagen werde!

Leo: Gern, Bruder Franziskus. Was soll ich sagen?

Franziskus: So sprich zu mir als ein Richter und Züchtiger: O Franzisce! Eitler, unverbesserlicher Franzisce! Du Sack voll Hochmut! Wanst, geschwellt von Hoffart und Überheblichkeit! Vergänglich wie Wegesstaub; wie dürres Laub, das der Winterwind zerstiebt, ist alles, was du vollbracht hast! — Sprich, Bruder Leo!

Leo *(setzt den Fuß auf Franziskus und sagt nach einer Pause):* O Franzisce! Du lautere Quelle der Demut! Du Spiegel der Vollkommenheit! Ein wunderbares, unvergängliches Werk hat Gott durch dich, du Demütiger, vollbracht!

Franziskus: Wie redest du? Wiederhole, im Namen des heiligen Gehorsams, genau meine Worte: Franzisce! Ungetreuer, nichtsnutziger Knecht! Du bist so voll Makel, Lastern und Schwären, daß Gott die Tore Seines Himmels vor dir verschließt —

Leo *(wieder nach einer Pause):* Franzisce! Getreuer, fehlloser Knecht! Gott hat Seine Freude an dir, du reiner Nachfolger Christi, und trägt dich, noch im Fleisch gefangen, in Sein seliges Paradies —

Franziskus: Du Lügner! Du schlimmer Schalk! Wie wagst du's, im Namen des heiligen Gehorsams aufgerufen, meine Worte zu verdrehen?

Leo: So möge ich Erbarmen finden in meiner letzten Stunde, wie ich den festen Willen hatte, deine Worte genau zu wiederholen! Gott hat sie mir aus dem Mund genommen und andere auf meine Lippen gelegt.

Franziskus: Wenn ich es glauben könnte, Bruder Leo, du Schäfchen Gottes! Welche Freude, wenn ich hoffen dürfte, kein unnützer, verworfener Knecht gewesen zu sein! — *(Nach einer Pause):* Nun schlafen alle. Auch Bruder Masseo hat seine Disputation mit dem Heiligen beendet. *(Nach einer Pause, in tiefster Erregung):* Bruder Leo! Vielleicht werde ich der Kreuzigung des Herrn gewürdigt in einer nahen Zeit — o mir bangt, und ich zage —

Leo: Bruder Franziskus! Was? Was sagst du, du Lieber?

Franziskus: Nichts, nichts! Geh zur Ruhe und bete! Ja, bete mit deinem letzten Gedanken, daß ich dann in mir die Liebe Christi fühle! *(Leo geht und legt sich nieder. Franziskus sitzt eine Zeitlang und blickt ins Feuer. Er wird immer unruhiger, plötzlich fährt er zusammen.)* Wer naht mir im Dunkel der Nacht? Was faßt mich Angst, daß der Schweiß mir aus den Poren bricht? Bruder Leo, schläfst du schon? *(Er springt auf und stürzt zu den Schlafenden.)* Bruder Bernardo! Bruder Masseo! Könnt ihr schlafen, wenn diese fürchterliche Angst mich schüttelt? *(Er kniet.)* O du, der du zu Gethsemane in Todesnot aufschriest: Vater! Laß den Kelch an mir vorübergehen!, bitte den Vater, daß Er mir Stärke gebe, den Kelch zu leeren! *(Er geht wieder ans Feuer und sitzt still. Plötzlich schreckt er auf):* Wer ist bei mir?

Benedetto *(steht in seinem Rücken im Dunkel):* Ich! Ich sah dein kleines Feuer in der Finsternis. Hast du für einen Frierenden einen Platz an deiner Feuerstelle?

Franziskus: Tritt näher, fremder Gast, und setz dich ans Feuer! Wer bist du?

Benedetto *(tritt näher; sowie er in den Lichtkreis tritt, sieht man, daß er in zerrissene Fetzen gekleidet ist und blutige Lappen um Kopf und Hände trägt. Er spricht mit heiserer Stimme):* Ein Stinkender!

Franziskus *(weicht etwas zurück):* Wer?

Benedetto: Ein Verpesteter! Verstehst du nicht? Ein Geächteter, den jedermann mit Knüppeln niederwerfen darf wie einen Wolf, wenn er seine aussätzige Gegenwart nicht durch das Rattern seiner Rassel anzeigt. *(Er dreht seine Rassel.)*

Franziskus: Weck die Schläfer nicht auf! — Deine Stimme ist rostig geworden in der tiefen Einsamkeit. Erzähl, wer du bist!

Benedetto *(mit heiserem Lachen):* Meine Eltern haben mich über dem Taufstein Benedetto benannt; Maledictus hätten sie mich taufen sollen! — Ich war ein Ritter von stolz klingendem Namen; trug bei Turnieren die Farben meiner Dame zum Sieg; zog in funkelndem Panzer mit dem Kreuzheer nach dem Morgenlande, und die Fräulein priesen mich hoch wegen meiner braunen Ringellocken und der duftenden Zartheit meiner milchweißen Haut. Wenn ich jetzt aus einem Waldtümpel saufe wie ein verdurstendes Vieh, zeigt mir der trübe Spiegel einen kahlen Schädel mit weggefressener Nase und angenagten Lippen: denkst du, daß die feinen Fräulein mich noch zu ihrer Lust im Bett begehren?

Franziskus: Das ist's nicht, was du sagen willst. Sprich die Worte aus, die aus deinem langen Schweigen stürzen wollen!

Benedetto *(nach einer Pause):* Ich hatte ein Weib. Ich liebte sie und verließ sie, als die erste schwarze Beule in meinem Fleisch aufbrach. Nach vier Jahren der Verbannung packte mich eine unbesiegbare Sehnsucht, sie wiederzusehen. Ich sprang in die Büsche, als sie im fröhlichen Jagdzug, den weißen Falken an ihr schmales Handgelenk gekettet, an mir vorübersprengte; sie erblickte mich, und erkannte mich nicht. Sie pfiff der Meute; und die Hunde stürzten wildheulend auf mich los und hetzten mich aus meiner eigenen Gemarkung: meine eigenen Hunde, die ich mit meinen Händen täglich gefüttert, gekämmt und gestreichelt hatte.

Franziskus *(leise, wie in Scham):* Du hast viel gelitten, unglücklicher Ritter. Gott wird dein unendliches Leid mit unendlichem Trost vergelten.

Benedetto *(lacht scharf):* Wird Er? Ja? Wird Er die tiefen Gruben, die der Eiter in mein Gebein höhlte, füllen, und junges Fleisch drüber wachsen lassen, und weiße, schimmernde Haut erblühen? Wird Er die Lippen mir ründen über den entblößten Zähnen, und Wohlgeruch in meinen Mund legen, daß ich Weib und Kind wieder küssen kann? Dazu hat Er nicht die Macht, der allmächtige Gott —

Franziskus *(in steigender Erregung):* Lästere nicht! Auch für dich ist Christus gestorben! Du weißt es im Herzen: auch dir, mein Bruder, hat er durch seinen Tod das Paradies aufgetan!

Benedetto: Fühl erst, gleich mir, wie das ist: gehetzt sein wie ein reißender Wolf; heimlos wie ein Vatermörder; eine Pest dem Weib, das du liebst; ein stinkender Greuel dir selbst — dann nenn dich meinen Bruder! Du bist vor meinen eitrigen Lappen zurückgewichen, und hast vor meinem unflätigen Atem das Gesicht weggewendet, du Bruder —

Franziskus: Ich bin schuldig vor dir. Keinem menschlichen Wesen habe ich so viel zu danken wie einem Aussätzigen. Als ich, hoch zu Roß, in klirrender Rüstung auszog, mit den Kreuzfahrern das Grab des toten Heilands zu erlösen, begegnete ich einem Aussätzigen in blutigen Lumpen, der mich im Namen Christi anrief. Da stieg ich vom Pferde und kehrte um, und suchte den Weg des lebenden Heilands zu gehen.

Benedetto *(mit einem Aufschrei vor ihm niederstürzend):* So rette mich! Rette mich! Nimm die grauenhafte Pest von meinem Leib!

Franziskus *(vor Mitleid außer sich, stammelnd):* Du tust mir leid, Bruder Aussätziger! Du tust mir in tiefster Seele leid, mein Bruder Benedetto!

Benedetto: Im Namen Jesu Christi: Gib mir meine Jugend wieder und meinen reinen Leib! Wenn du ein Gesegneter bist: schließ mit deinen Händen meine Wunden und gib mir mein makelloses Fleisch zurück!

Franziskus: Ich kann nicht! Das kann ich dir nicht geben! Ich will dir alles geben, was ich habe. Nimm das

Brot! Nimm das Wasser! Verzeih mir, daß ich sonst nichts besitze —

Benedetto *(höhnisch):* Sonst nichts? Brot? Nicht Brot ist's, wonach ich hungere! *(Nach einer Pause):* Mich friert in meinen zerfetzten Lumpen. Du hast ein unzerrissenes Gewand, das vor Regen und Nachtfrost schützt —

Franziskus *(zieht sofort die Kutte aus und reicht sie ihm):* Nimm es! Nimm die Kutte, daß sie dich wärme!

Benedetto *(nach einer Pause):* Die Kutte wärmt nicht. Du hast einen warmen, unzerstörten Leib. Gib mir deinen Leib!

Franziskus: Wie? Wie soll ich —?

Benedetto: Wärm mich mit deinem Leib! Mich friert nach einem Menschen. Umarm mich! Näher! Ganz nah zu mir! *(Franziskus umarmt ihn schweigend.)*

Benedetto *(nach einer Pause):* Küß mich! Küß mich auf den Mund! *(Franziskus küßt ihn.)* — — Wie? Was für Tropfen netzen meine Backen wie warmer Sommerregen? Du weinst über mich? Keiner hat über mich geweint; keiner hat mich geliebt —

Franziskus *(stammelnd):* Ich habe dich lieb. Ich habe dich von Herzen lieb, mein geschändeter, geächteter Bruder!

Benedetto *(nach einer Pause, in tiefem Staunen):* Was wird es in mir tief innerlich so hell und warm? Mir ist, als schließen sich die Höhlen meiner Wunden, und junges Fleisch wächst drüber, und weiße, schimmernde Haut erblüht —

Franziskus *(verzweifelt):* Ich kann das Übel nicht von dir nehmen, du Armer! Ich will Gott bitten, die Pest statt deiner tragen zu dürfen, deine Wunden und Beulen in meinem Fleisch —

Benedetto *(nach einem Schweigen, leise):* Ich will das Leid, das Gott über mich verhängt hat, nach Seinem Willen geduldig tragen. — *(Erschüttert):* Wer bin ich, daß du mich so geliebt hast?

Franziskus *(leise, mit tiefem, verhaltenem Jubel):* Du bist der Bote Gottes, den Er mir gesandt hat —

Benedetto: Ich Stinkender? Ich Lästernder?

Franziskus: Der königliche Bote des göttlichen Vaters, durch den Er mir verkündigt, daß Er mir die Passion meines Herrn Christus gewährt!

ZWEITER AKT

Der große Saal im Bischofspalast in Assisi. Eine hohe Tribüne ist für das Episkopat errichtet; rings um die Tribüne brennende Fackeln und Kirchenfahnen. Eine lange Reihe von Bänken, von denen nur die vordersten sichtbar sind und deren Fortsetzung seitlich gedacht ist. Eine breite Eingangstür, und eine kleinere an der Seite. An der Stirnwand ein großes, altertümliches Kruzifix. In der Mitte des Saals ein kleines Pult. Die Minoriten treten allmählich ein, sammeln sich in Gruppen und sprechen leise. Unter ihnen Bernardo, Silvestro, Benvenuto, Masseo und Rinieri.

Elia steht allein, abseits von den andern; Bernardo tritt zu ihm.

Bernardo: Bruder Franziskus bittet dich, das Konzil zu eröffnen.

Elia: Ich muß vorher mit ihm sprechen, Bruder Bernardo. Ich muß.

Bernardo: Er sitzt, seit er in der Frühdämmerung heimlich die Stadt betrat, im Haus des Taddeo Petrucci, tröstet ihn, beschwört die Jugendtage herauf und erzählt ihm Märchen. Er wird ihn nicht eher verlassen, als bis er die Schwermut aus seinem Herzen gescheucht hat.

Rinieri *(zu Silvestro):* Wie ergreifend das alles ist, Bruder Silvestro! Der feierliche Saal mit der geschmückten Tribüne, den brennenden Kerzen und Kirchenfahnen! Die Hunderte Brüder, die sich ernst versammeln — und ich darf dabei sein!

Elia *(tritt zu Silvestro):* Hast du Bruder Franziskus gebeten, mir vor dem Konzil ein Gespräch zu schenken?

Silvestro: Er antwortete, das tue nicht not. Er sagte die gleichen Worte wie gestern: Ich vertraue ihm.

Elia *(tritt zurück):* Er vertraut mir. *(Er erblickt Benvenuto):* O Gott! Und er hat Bruder Benvenuto doch zum Konzil mitgebracht!

Rinieri *(zu Silvestro):* Die Bischöfe, in festlichen Ornaten zu Ehren unseres Ordens! Das Tragkreuz und der Weihrauchkessel werden dem Kardinal vorangetragen. Jetzt erscheint er selbst. — *(Die Bischöfe haben indessen auf der Tribüne Platz genommen. Ugone setzt sich vorn in die Mitte der Tribüne.)*

Elia *(zu Ugone):* Gewährt mir einige Worte, Eminenz —

Ugone: Ich habe gestern alles gesagt und meinen Worten nichts hinzuzufügen. *(Er holt die Bulle mit dem herabhängenden roten Siegel hervor und legt sie sichtbar vor sich hin, auf die Brüstung der Tribüne.)*

Silvestro *(tritt zu Bernardo):* Sei fest, Bruder Bernardo! Keine Abweichungen! Keine Milderungen!

Elia *(für sich allein stehend):* Gib mir Kraft, mein Heiland! Ich brauche Kraft —

Bernardo: Nehmt euere Sitze ein, Brüder!

Ugone: Was steht ihr in euch versunken, Bruder Elia! Eröffnet das Konzil! *(Elia fährt zusammen, sammelt sich und tritt an das Pult. Die Minoriten haben sich gesetzt. Es herrscht völlige Stille.)*

Elia: Im Namen des Vaters, des Sohnes und des Heiligen Geistes: Das Konzil der Brüder des Minoritenordens in diesem Jahr des Herrn 1226 ist eröffnet. *(Er schlägt ein Kreuz.)* Wir bitten zu Gott, daß der Geist der Weisheit und Eintracht über dieser Versammlung walte. *(Alle Minoriten stehen auf und beten leise.)* Als Generalvikar des Ordens in Bruder Franziskus' Auftrag und Stellvertretung begrüße ich den Legaten des Heiligen Stuhles zu unserem Konzil, den Herr Kardinal Ugone von Ostia; die Bischöfe und Prälaten der Provinz Umbrien; alle Patrone, Wohltäter und Förderer unseres Ordens in dieser Stadt Assisi und in allen Ländern, wo das Kreuz verehrt wird. *(Er verbeugt sich nach allen Seiten. Nach einer Pause):* Wir haben uns in einer bangen Stunde der Christenheit versammelt, Minoritenbrüder. Unsere heilige Mutter, die Kirche —

Rinieri: Bruder Franziskus ist eingetreten. *(Franziskus ist mit Leo durch die seitliche Tür eingetreten und bleibt dort stehen.)*

Elia *(ihm entgegengehend):* Gottes Frieden und Segen

mit dir, Bruder Franziskus, dem Vater aller Minoriten — *(Die Minoriten haben sich stürmisch erhoben; einige beugen sich zur Erde, andere drängen sich heran, die Kutte Franziskus' zu berühren.)*

Franziskus: Was fällt euch ein? Vor Gott und Gottes Sohn beugt euch; nicht vor mir! *(Er ist langsam in die Mitte des Saales gekommen. Er verneigt sich):* Meinen ehrfürchtigen Gruß meinem erhabenen Bruder, dem Papst Honorius zu Rom! Meinen demütigen Gruß meinen erlauchten Brüdern, den Kardinälen und Bischöfen, allen Häuptern und Gliedern der Römischen Kirche! Meinen brüderlichen Gruß euch, meine lieben Minoritenbrüder: ich kann nicht, wie ich möchte, jeden von euch einzeln an die Brust drücken; ich umarme euch alle in dem Ältesten *(er tritt zu einem alten Mönch und umarmt ihn)* und im Jüngsten — *(er umarmt Rinieri).*

Rinieri: O Gott! Wodurch habe ich das verdient?

Franziskus: Fahrt fort, zu tagen und zu beraten, und achtet nicht auf mich! Ich bin diesmal zum Konzil gekommen, nicht um euch zu leiten und zu lehren, sondern nur, um schweigend euch zuzuhören. Alles, was ich euch zu sagen hatte, habe ich in der Regel niedergelegt. *(Nach einer Pause):* Es ist die Rede mir zu Ohren gekommen, daß die Regel mangelhaft sei. Ich weiß, ich habe nur unvollkommenes Stückwerk getan. Über die Regel und ihre Erläuterungen wird Bruder Elia mit euch reden — und seine Worte sollen euch gelten, wie meine eigenen! *(Zu Elia):* Nun sprich, du mein Statthalter und Vikar!

Elia: Wolle, Bruder Franziskus, dich zu Füßen der Bischöfe oben auf den Hochsitz setzen!

Franziskus: Auf den Hochsitz? Oben? Solange ich hier unten bin, will ich inmitten meiner Brüder sein. *(Er setzt sich, mit Leo, in eine der vordersten Bänke.)*

Elia *(nach einer Pause):* Wir sind in einer schweren Stunde zusammengetreten. Die Kirche Christi gleicht in dieser Zeit einer belagerten Burg. Die wilden Söhne des falschen Propheten stürmen von außen an ihre

Ringmauern an; im Innern der Festung meutern die Ketzer gegen den göttlichen Ursprung und die Befehlsgewalt der Kirche. Sie ruft in heiliger Not alle ihre Kinder zu den Fahnen; sie bietet, durch den Mund des Kardinallegaten, auch uns, ihre Söhne vom Minoritenorden, zum Kampf auf.

Bernardo: Jedermann weiß, daß wir immer treue Diener und Kämpfer für die Kirche gewesen sind.

Elia: Weil aber der Ketzerfeind mit christlichem Gewand das unchristliche Herz deckt und vorgibt, in Christi Namen gegen die Kirche Christi anzukämpfen, muß sie strenge Musterung unter ihren Scharen halten. Sie kann nicht dulden, daß ein Funke des ketzerischen Höllenfeuers auf ihr getreues Lager überspringe. Die Kardinäle haben deshalb im Auftrag des Papstes unsere Regel überprüft und fordern ihre Reinigung von Mißdeutungen.

Bernardo: Was soll das heißen? Die Regel wurde vom verewigten Papst Innozenz gebilligt und vom regierenden Papst Honorius bestätigt.

Elia: Damals war Frieden. In Kriegszeiten herrschen schärfere Gesetze. — Es gibt Ketzergesellschaften, die das Eigentum verschwören, sich ihrer Habe entschlagen und sich rühmen, als evangelische Arme Christo nachzufolgen. Die Waldenser schwören ähnliche Gelübde wie wir, und leben als barfüßige Bettler von milden Gaben des Volkes wie wir — und sind dennoch empörte Ketzer.

Bernardo: Wie? Was sagst du da? Sie sind nicht deshalb Ketzer, weil sie das Eigentum verwerfen. Wenn sie ihre Habe verteilen, sind sie echte Nachfolger Christi.

Elia: Die Kirche, die Zucht und Ordnung in der Christenheit will, fordert, daß der Christenmensch arbeite —

Bernardo: Sind wir Bärenhäuter, die sich auf Faulbetten wälzen? Ist Predigt, Gebet und Krankenpflege eitler Müßiggang?

Elia: Die Arbeit, die gemeint ist, ist Arbeit um Brot —

Silvestro: Abweichungen! Änderungen! Ich habe es dir gesagt: er zielt auf Neuerungen und Abschwächungen!

Bernardo: Ruhig, Bruder Silvestro! *(Zu Elia):* Haben wir je des Brots ermangelt? Schenkte das Volk uns nicht willig, was wir brauchten, und mehr, als wir brauchten?

Elia: Es schenkte uns freudig wie Gästen, als wir wenige waren. Es würde uns hassen wie ein Raubheer, wenn wir, zu Tausenden geworden, seine Truhen und Kammern brandschatzten. — Die Kardinäle fordern darum, daß wir für unsere Notdurft arbeiten, das Erarbeitete sammeln und das Gesammelte zurücklegen für die Zeit des Mangels und Alters —

Bernardo: Sprichst du von Geld? Soll der Minorit, der das Gelübde der Armut ablegt, Geld und Geldeswert besitzen?

Elia: Der einzelne wird nichts besitzen. Die Gesamtheit wird das Ersparte verwalten, in Kassen aufbewahren und an die Bedürftigen verteilen —

Silvestro: Kassen! Hört es: Kassen in unserem Orden!

Bernardo: Wo steht in der Regel etwas von Kassen, Verwaltung und Verteilung? Es steht: Der Minorit soll arm sein wie Christus und seine Jünger! Lies, Bruder, das Gebot des Herrn beim Auszug der Jünger: Matthäus 10, 10! *(Er reicht Rinieri ein Evangelium.)*

Rinieri *(liest):* „Ihr sollt keine Tasche zur Wegfahrt haben, auch nicht zwei Röcke, keine Schuhe noch Stekken —"

Elia: Die Jünger, die das Wort des Herrn unmittelbar vernahmen, verwarfen nicht den Besitz, nur die Ungleichheit des Besitzes. Lies: Apostelgeschichte 4, 34, 35!

Rinieri *(liest):* „Welche Äcker oder Häuser hatten, verkauften sie und brachten das Geld und legten es zu der Apostel Füßen; und man gab einem jeglichen, was ihm not war."

Silvestro *(heftig):* Duldet's nicht! Es sollen Neuerungen eingeführt werden, die die Regel entstellen —

Elia: Die Kirche will es! — Ich frage die versammelte Brüderschaft: Erkennen die Brüder den Willen der

Kirche an? *(Die meisten Minoriten stehen auf.)* Die Brüderversammlung erkennt ihn an.

Silvestro: Veto! Ich lege Veto ein!

Bernardo: Warum schweigst du, Franziskus?

Franziskus *(steht auf und tritt unter die Tribüne vor den Kardinal):* Mein erlauchter Herr und Kardinal! Ihr seid immer ein Protektor und hochherziger Patron des Ordens gewesen. Mir wart ihr liebgesinnt wie ein älterer Bruder —

Ugone: Ich bin es noch, Bruder Franziskus.

Franziskus: Ihr werdet mir die reine Wahrheit sagen. Wir haben unsern Dienst einer ernsten und wundersamen Frau geweiht, der hohen Frau Armut. Sie war uns eine liebreich sorgende Mutter, die uns immer mit Brot, Bett und einem warmen Rock versorgte; eine mächtige Schirmherrin, die uns auf dem Markt und im Wald vor Dieben beschützte; eine Freundin, voll Lieblichkeit und Heiterkeit — wir aber waren ihre Diener und Ritter, die Verkünder ihrer Herrlichkeit, die Minnesänger ihrer Holdseligkeit. Sollen wir die Treue brechen einer so getreuen Dame?

Ugone: Bruder Franziskus, sieh: Das Kind wächst kummerlos auf in seines Vaters Haus; es sorgt nicht und arbeitet nicht, und hat doch immer seine Suppe und Milch, sein Lager und Kleid, weil es einen Vater hat, der für sein Kind sich müht. Wenn dieses Kind zum Mann erwächst, muß es für sich selber sorgen, seine Kräfte regen, seinen Schweiß vergießen, um nun seinem Kind Futter, Decke und Obdach zu schaffen. Der Orden der Minoritenbrüder hat die Kinderjahre überschritten und ist ins Mannesalter eingetreten —

Franziskus: Darum hat uns der Herr geboten, daß wir wie die Kinder seien. Dann sorgt für uns der himmlische Vater —

Ugone: Er hat uns nicht geboten, von den Mühen andrer zu zehren. Er hat gesagt: „Der Arbeiter ist seines Lohnes wert."

Franziskus: Wir haben gearbeitet und werden arbeiten: Wasser tragen, Steine klopfen, Körbe flechten —

aber nicht für Geld! Zwing uns nicht, die Hände mit Geld zu beschmutzen, das die Seelen verdirbt —

Ugone: Der Papst zu Rom nimmt Geld ein und gibt Geld aus. Die in Gott entschlafenen Päpste und Kirchenväter kauften und verkauften für Geld — und Selige und Heilige waren unter ihnen: willst du dich über die Könige der Kirche erheben?

Franziskus: Schilt mich nicht, Herr! Ich bin wie ein hilfloses Kind, wenn man mich schmäht. Sprich offen und schlicht: habe ich geirrt, als ich unternahm, dem Herrn gehorsam als sein Armer nachzufolgen?

Ugone: Du hast nicht geirrt, als du selbst es unternahmst: du bist erwählt und stark. Du hast geirrt, als du das Joch Tausenden Unberufener, Unbegabter auferlegtest —

Franziskus: Sie haben es freiwillig auf sich genommen — und es war ihnen leicht. *(Zu den Minoriten gewandt):* Legt sofort die Kutte ab, jeder von euch, dem sie zu schwer ist, und geht hinaus, frei wie der Wind über die Felder bläst! Ich werde keinem einen Vorwurf machen. Ich will jeden hier in der Tür umarmen —

Ugone *(ihn unterbrechend):* Das Konsistorium der Kardinäle hat geraten, und der Papst hat beschlossen, daß der Minorit durch tätige Arbeit für seine Notdurft sorge. Bist du der demütige Bruder, den du dich nennst, so beugst du schweigend die Stirn —

Franziskus *(beugt langsam und stumm den Kopf; dann sagt er leise):* Fahr wohl, Frau Armut, du wunderbare Frau und Königin! *(Er geht zu seinem Sitz zurück.)*

Ugone: Setzt fort, Bruder Elia!

Elia: Wie in Kriegszeit die Kriegsleute zu jeder Stunde in Bereitschaft sein müssen und in Lagern und Kastellen gesammelt werden, um auf den Wink des Feldherrn auf dieses Schlachtfeld geschickt zu werden oder zu jener Belagerung: so sollen auch wir uns sammeln —

Bernardo: Wie denn? Uns sammeln?

Elia: Uns in festen Niederlassungen sammeln, um unter

dem wachsamen Auge der Kirche uns zum Kampf zu bereiten —

Bernardo: Rede gradaus! Meinst du: in Klöstern?

Elia: In dem Ketzerkrieg müssen die Klöster Festungen und Bollwerke des Glaubens sein —

Bernardo: Spricht die Regel von Klöstern? Sie befiehlt uns, heimlos zu sein wie der Herr, der keinen Ort hatte, sein Haupt hinzulegen!

Leo *(zu Franziskus):* Wie war es schön, als wir, Spielleute Gottes, von Flecken zu Flecken wanderten; uns niederließen, wo ein grüner Busch uns lockte —

Franziskus: Sei nicht traurig, Bruder Leo! *(Er steht auf und geht einige Schritte auf Elia zu.)* Bruder Elia! Bruder Elia! Muß es sein?

Elia: Ich will es nicht; Gott weiß es. Es muß sein.

Franziskus: Muß der Minorit die Freiheit opfern, die er liebt?

Elia: Er muß. Der einzelne muß opfern, damit die Gesamtheit gedeihe. *(Franziskus setzt sich wieder.)*

Bernardo: Laßt euch warnen, Brüder: begrabt die Freiheit nicht in dumpfen Klostermauern! Seid innigst gewarnt! Wenn ihr zum jungen Tag erwachen werdet, in eifernder Lust, Gott zu suchen in Seiner Schöpfung, Gott zu dienen in Seinen Geschöpfen, werdet ihr Zelle und Gänge fegen müssen, auf den Markt geschickt werden, Wildbret und Fische einzuhandeln, in die Küche gerufen werden, Kraut zu putzen und Rüben zu schaben! In der seltenen Stunde der Gnade, wenn Flügel euerem Geiste wachsen, wird die Glocke des Bruders Kastellan herrisch euch ins Refektorium zu Mahl und Lektion befehlen, ins Kapitel zur Beratung, in die Kapelle zu Terz und None: ihr, die ihr Freie wart, keinem untertänig als dem Worte Gottes, werdet Knechte der Disziplin sein, Knechte der Uhr —

Silvestro: Wanderer und Fremdlinge ist uns geboten zu sein: nicht Klosterherren noch Klosterknechte!

Bernardo: Wie schmerzt die Seele, die Verfall und Entartung des Ordens vorausfühlt! Wenn wir erst Klöster haben werden und Klosterzellen, werden wir Klostergraben und Klosterbrunnen haben müssen, Kreuzgang und Kirche; Empore, Lettner und Altar in der Kirche; Meßbuch, Kelch und Patene auf dem Altar; unsere Seelen werden randvoll mit Sorgen erfüllt sein: um Kerzen für den Altar, um Wein für den Kelch, um Rauchwerk fürs Räucherfaß — und leer von Gott, leer von Liebe —

Silvestro: Was brauchen wir Klöster aus Stein und Holz? Die Erde, so weit sie ist, ist unser Klosterhaus, die Himmelswölbung unser Klosterdach —

Bernardo: Wir werden Gesetze brauchen, unsern Besitz zu schützen; Gerichte, die Gesetze zu schützen; Waffen und bewaffnete Knechte, die Gerichte zu schützen! O heiliger Christ! Wir werden nicht anders sein als die Brüder von den Benediktiner-, Augustiner- und Prämonstratenser-Orden, die als Gottes Streiter begannen und zu satten Pfründnern wurden —

Franziskus: Hochmut, Bruder Bernardo! Hüte die Seele vor Hochmut!

Bernardo: Schuldigen Respekt und Ehre den Brüdern von den Augustiner-, Benediktiner- und Prämonstratenser-Orden! Wozu aber wurde der Minoritenorden der bettelnden Barfüßer gestiftet, wenn der Bruder Minorit Grundherr und Klostereigner werden sollte wie die Brüder Benediktiner, Prämonstratenser und Zisterzienser?

Franziskus *(steht auf und tritt vor Ugone):* Ach, Herr! Wir haben das frei schweifende Leben geliebt. Wir waren glücklich, ungebunden wie die Vögel im Himmelsraum, singend und predigend durch das Land zu ziehen, Hain und Höhle uns zu Herberge wählend —

Ugone: Der Bürgersmann liebt seinen Herd, der Werkmann seine Werkstatt, der Kaufherr seinen Laden und Speicher; sie alle verlassen Herd und Laden, binden sich den Eisenhut um und ziehen auf die Wälle hinaus, wenn der Feind die Tore der Stadt berennt. Der tödliche Feind steht vor dem Tor der heiligen Stadt, der Kirche —

Franziskus: Was sorgt ihr, Herr? Christus, der seine Kirche durch tausend Jahre beschützte, wird sie andere tausend Jahre behüten.

Ugone: Nur, wenn wir seine kämpfende Kirche auf Erden sind. — Der Schnitzer, der beim Dröhnen der Sturmglocke an seiner Drechselbank bleibt, weil er seine Bildnereien liebt, begeht Verrat an seiner Vaterstadt, und er wird zugrundegehen samt seiner Bank und Schnitzereien, wenn der wütende Feind die Tore überwältigt. Die Kirche läßt alle Sturmglocken läuten: willst du sie, deine Vaterstadt, verraten?

Franziskus: Prüft nicht so schrecklich meine Seele, Herr! Ich will kämpfen, aus allen Kräften kämpfen: warum aber muß es in Klöstern sein? Und mit Feuer und Schwert? Ich tauge nicht für Feuer und Schwert —

Ugone: Der Soldat, der den Treueid geschworen hat, kämpft auf dem Schlachtfeld, und mit den Waffen, die sein Kriegsherr ihm zuweist. Dir sind die Klöster als Kampfplatz zugewiesen —

Franziskus: Habe ich auch darin geirrt? Sagt ihr es mir, mein Bruder und Beschützer! Als ich versuchte, durch das evangelische Wort allein, nach dem Beispiel der Jünger, zu lehren und zu bessern?

Ugone *(schroff):* Kurzum: Unterwirfst du dich gehorsam dem Gebote der Kirche? Oder bäumst du den Nacken auf, wie die meutrischen Ketzer?

Franziskus *(beugt sich tief und sagt langsam):* Ich beuge mich! Ich unterwerfe mich! Ich streiche die Heimlosigkeit; ich streiche die Besitzlosigkeit —

Silvestro *(leise zu Bernardo):* Er beugt sich! Er ist alt geworden.

Ugone: Der Heilige Vater, mit mitleidigem Auge auf seine bettelarmen Kinder blickend, schenkt ihnen das Wiesenland rings um die Kirche Santa Maria degli Angeli, die die Geburtskirche des Minoritenordens heißt. Er bestimmt das Erträgnis des Peterspfennigs dieses Jahres dazu, auf diesem Gelände das erste Minoritenkloster zu erbauen.

Franziskus *(beugt sich):* Ich sage Dank dem Heiligen Vater. Ich danke seiner Vatergüte — *(Er kehrt zu seinem Sitz zurück.)* Wie weh ist mir, Bruder Leo! Wie weh! *(Ugone winkt Elia, fortzufahren.)*

Elia: Die Kardinäle haben ferner geraten — Der Papst hat beschlossen — *(Er bricht ab.)*

Ugone: Was stockt ihr, Bruder Elia?

Elia *(mit einer flehenden Bewegung gegen den Kardinal):* Laßt es genug sein, Eminenz!

Ugone: Erinnert euch des roten Siegels! *(Er hebt die Bulle.)*

Elia: Da wir als kämpfende Schar uns nun eingereiht haben in das große christliche Heer, so meinen die Kardinäle: wie jedes Heer nach Rängen gegliedert ist und die Gewalten in ihm abgestuft von unten nach oben, also daß der Soldat dem Leutenant gehorcht, der Leutenant dem Kapitän, der Kapitän dem Obristen, und sie alle dem General und Feldherrn, bei dem das höchste Kommando ruht —

Bernardo: Das ist weltlich! Was hat der Minorit mit Leutenants, Kapitäns und Kommando zu schaffen?

Elia: Wie auch die Kirche, der Staat Christi auf Erden, aufgebaut ist auf der Stufenfolge von Befehl und Gehorsam, der Kaplan unter dem Pfarrer steht, der Pfarrer unter dem Bischof, und über dem Bischof und Metropoliten der höchste Papst: so soll auch bei uns der Untere dem Oberen zu Gehorsam unterworfen sein, der Mönch dem Guardian, dieser dem Provinzial, dieser dem General des Ordens, der die Gewalt vom Papst empfängt —

Bernardo: Gewalt in unserem Orden?

Silvestro: Untere? Obere? Die Regel nennt uns gleiche Brüder, die wir von dem gleichen Vater stammen!

Franziskus: Ach, Bruder Leo! Sie reißen Blatt um Blatt aus meiner Regel!

Elia: Die Regel erlegt uns unbedingten Gehorsam auf!

Bernardo: Gehorsam dem Evangelium! Nicht Menschengehorsam! Nicht Knechtsgehorsam!

Silvestro: Was? Was? Wir sollen uns vor Menschen beugen?

Masseo *(springt plötzlich auf und ruft zu Franziskus hinüber):* Greif ein! Erheb dich! Schlag nieder!

Leo: Hör nur! Bruder Masseo spricht, der immer schweigt!

Masseo: Der heilige Antonius, der gewaltige Anachoret der Thebaischen Wüste, erschien mir in der Nacht, sein Haar lang wie Frauenhaar, sein gelber Bart bis zum Nabel hinab, und sprach: Es stinkt! Die Füchse haben sich in den Weinberg des Herrn eingeschlichen! Die frechen Füchse plündern die Trauben des Weinstocks! Der Wächter des Weinbergs ergreife einen Feuerbrand und jage das stinkende Fuchsgetier aus dem Garten hinaus!

Franziskus *(lächelnd):* Setz dich nieder, du Schweiger, und sei stumm!

Masseo: Der heilige Antonius, die Augen rotglühend im Zorn wie Kohlen, seinen Wüstenstab wie eine Schlange schüttelnd, sprach: Christus, der Herr, voll Erbarmen und Gnade, Christus war ein grimmiger Held! Er stieß die Wechselbänke um und peitschte mit geschwungener Geißel die Wechsler und Händler aus dem Vorhof des Tempels. Die Händler und Schächer haben das Innere des Heiligtums besetzt; die Krämer verschachern das Heiligtum des Ordens —

Franziskus: Ich bitte dich, Bruder Masseo: Schweig!

Masseo: Wenn du selber schweigst, steigen die Wüstenväter aus den Wüstengräbern und zeugen für dich! Streck deine Hände aus! Umklammere die Füße des Gekreuzigten! Die Stimme, die einst vom Kreuz herab dich rief: Folge mir nach!, wird wieder erschallen: Du bist mein frommer Sohn, der mir nachgefolgt ist —

Franziskus: Du Lügner und Lästerer! Ich bin nichts als ein niedriger Sünder!

Masseo: Tu ein Wunder! Streck die Hände zum Kreuz! Ein Wunder tu, Wundertäter, damit die Schächer es wissen, daß du der getreue Wächter bist, und sie die schleichenden Füchse —

Franziskus: Tritt her, Bruder Masseo, dicht vor mich hin, und bind mir mit deinem Gürtelstrick die Hände am Rücken fest! Ich sage dir: schnür zu mit voller Kraft, daß der Strick mir ins Fleisch schneidet! Das verhüte der Herr, daß ich je die Hände ausstreckte, vermessen ein Wunder zu fordern! *(Masseo hat ihn gebunden und setzt sich beschämt.)* Sprecht weiter, Brüder!

Silvestro: Keine Untern und Obern! Keine Abstufung und Gewalt im Orden!

Bernardo: Wenn der große Obere dem geringeren Unteren einen regelwidrigen Befehl gibt: muß der bescheidene Bruder gehorchen? Wenn er ihm frevelnd befiehlt: Geh hin, frei ein Weib und zeug mit dem Weib Kinder?

Silvestro *(immer heftiger):* Das Gelübde der Armut ist durchbrochen; das Gelübde des Gehorsams ist verfälscht: warum nicht das Gelübde der Keuschheit abschaffen? Und wenn der kleine Bruder den Gehorsam verweigert: wie wird der größere ihn erzwingen? Mit Kerker, Ketten und Peitschen, wie die Fürsten der Welt tun?

Franziskus *(schmerzlich, zu Leo):* Sind das meine Minoriten, die einander wie Brüder liebten? Diese wilden Streiter, die die Leidenschaft entstellt –

Elia: Ich frage die Versammlung der Brüder –

Silvestro: Ich frage dich: Wer wird dieser Gewaltige unter uns sein? Wirst du der General sein, der uns wie Knechten befiehlt und verbietet?

Elia: Ich befehle als Generalvikar des Ordens dir, Bruder Silvestro, sofort das Konzil zu verlassen, dessen Eintracht du zerstörst!

Silvestro *(in leidenschaftlicher Erregung):* Ich klage in offener Versammlung Bruder Elia an! Als einen Undemütigen, der die Gewalt an sich reißt! Als einen Machtgierigen, der die Regel entstellt und den Orden zersprengt –

Franziskus *(mit verzweifeltem Flehen):* Bruder Silvestro! Bruder Elia! Muß ich auch die Liebe aus der Regel streichen!

Leo *(schreit auf):* Seht ihr nicht, wie Bruder Franziskus leidet?

Elia *(wirft sich plötzlich Franziskus zu Füßen):* Nimm das Amt von mir! Nimm es zurück!

Franziskus: Steh auf! Ich bitte dich! Kniee nicht!

Elia: Ich bekenne mich schuldig vor dir: Ich habe das Amt ungetreu verwaltet! Ich bekenne mich schuldig vor den versammelten Brüdern: Ich habe die Regel schlecht gehütet! Verzeiht mir, Brüder! Verzeih, Bruder Silvestro —

Silvestro *(wie zu sich kommend, schmerzlich):* Ich dir? O Gott! Ich habe wieder gegen die Liebe verstoßen!

Elia *(zu Franziskus):* Nimm die Führung des Ordens an dich zurück! Schlag die Neuerungen nieder! Mir aber gestatte, nur ein dienender Bruder zu sein unter den Brüdern! Ich bin dein Statthalter und Vikar nicht mehr —

Franziskus: Ich war vom Geist geleitet, als ich dich erwählte. Hier bestätige ich dich als General des Ordens nach mir. Ich aber muß euch jetzt verlassen.

Bernardo, Silvestro, und viele Stimmen: Wie? Uns verlassen?

Franziskus: Bind meine Hände los, Bruder Leo! *(Leo tut es. Franziskus hebt die Hände.)* Gottes Segen mit dem Heiligen Vater in Rom! Gottes Segen mit den Bischöfen und den Orden und der Gesamtheit der katholischen Kirche! Gottes reichen Segen mit euch, meine Brüder, mit den Alten und Jungen, den Nahen und Fernen, den Gegenwärtigen und Zukünftigen! Ich wollte euch bewahren wie eine Mutter ihre Kinder; ich kann es nicht mehr —

Elia: Bleib bei uns! Wir alle bitten dich —

Franziskus: Ihr seid mündig geworden; ihr müßt mit Stürmen und Wettern kämpfen, ein eigenes Haus euch bauen, euch selber Gesetze geben, die nicht die meinen sind! Ich bin alt und schwach geworden. Vergebt mir — *(Zu Leo):* Komm, Bruder Leo! Führ mich nach dem Berg zurück, wo Frieden ist — *(Er geht mit Leo zur Tür.)*

Ugone: Halt, Franziskus! Du darfst das Konzil noch nicht verlassen! *(Er winkt Elia.)*

Elia: Ich flehe euch an bei dem Haupt des Heilands und seinem Blut —

Ugone: Die Bulle ist gefertigt und gesiegelt. Sprecht, damit ich nicht das Siegel breche!

Elia *(nach einer Pause, stößt erstickt aus):* Ein Ketzer ist unter uns!

Franziskus: Was sagst du? Ein Ketzer?

Elia: Wir müssen im offenen Konzil den Ketzer aus dem Orden verstoßen!

Benvenuto *(steht auf; er sagt ruhig):* Lebt wohl, Minoritenbrüder!

Franziskus: Wohin gehst du, Bruder Benvenuto?

Benvenuto: Weit muß ich jetzt gehen. — Fern in ein fremdes Land, wo ich keinem Minoriten je begegne. — Ich habe gesündigt, als ich die Göttlichkeit Christi leugnete. Ich habe größer gesündigt, als ich durch meine verfluchte Gegenwart euren reinen Orden befleckte —

Franziskus: Ich befehle dir, zu bleiben!

Benvenuto: Nein, furchtbareren Frevel könnte ich nicht tun, als wenn ich dir jetzt gehorchte! Hab Dank, Bruder Franziskus, daß du mich durch deinen Wandel die Göttlichkeit Christi fühlen lehrtest! Habt Dank, meine Brüder, daß ihr den Verdammten aufnahmt und liebtet —

Franziskus: Wart eine kleine Weile, Bruder Benvenuto! Reich mir das Ende deines Stricks! Sieh her: so knüpfe ich deinen Strick an den meinen fest. Nun geh; geh vors Tribunal oder zum Scheiterhaufen: ich gehe wie dein Zwilling mit dir! *(Zu Ugone):* Mein erlauchter Kardinal und Freund! Glaubt es mir: Bruder Benvenuto ist kein Ketzer!

Ugone: Das Tribunal der Inquisition hat ihn als Ketzer erkannt und gerichtet.

Franziskus: Er ist ein schlichter Minorit. Wenn er ein

Ketzer war: er hat seine Sünde durch Buße und Frömmigkeit ausgelöscht.

Ugone: Du irrst. Die Sünde der Ketzerei wird nur durch Feuer ausgebrannt!

Franziskus *(ruhig und fest):* Ich irre nicht. Wenn der Papst von seinem erhabenen Sitze niederstiege, und wenn alle toten Päpste, Kirchenväter und Heiligen aus ihren Gräbern aufstiegen und sprächen: Du irrst, Franziskus! — ich antwortete ihnen: Ehrfurcht im Staube euch, ihr Heiligen, Patriarchen und Päpste! Ich bin ein irrender Mensch. Ich habe tausendmal mit dem Kopf und Urteil geirrt. Mit dem Herzen irre ich nicht —

Ugone: Stoß den gerichteten Ketzer aus dem Orden aus! Dann magst du nach deinem Berge gehen.

Franziskus: Unser Herr hat es uns als sein oberstes Gebot gegeben, zu lieben und zu vergeben. Hier irre ich nicht!

Ugone: Merk auf, Franziskus! Der Christ, der Gemeinschaft mit einem Ketzer hält, ist selbst zu einem Ketzer geworden!

Franziskus *(in steigender Erregung):* Ich bin ein Ketzer! Ein Ketzer und Meuterer, ja, ich bin es! Vergib mir, hohe Frau Armut, daß ich dir die Treue brach! Vergib mir, mein Heiland, daß ich in Schwäche und Menschenfurcht dich verriet! Ich kehre in tiefer Scham zu dir zurück. Ich streiche die Kassen und Klöster aus! Ich streiche die Obern und Untern! Ich stelle die Regel wieder her —

Ugone: Um Gottes willen: schweig!

Franziskus: Ich darf nicht länger schweigen! Ich bekenne und bezeuge es: die Häuser und Kassen, die Größern und Kleinern sind wider Christi Gebot! Ich bekenne und bezeuge: Die Regel, die ich gab, ist die echte Regel nach dem Vorbild der Jünger! *(Außer sich):* Schlagt mich ans Kreuz! Treibt mit Hämmern die Kreuzesnägel durch mein Gebein! Auf offenem Markt, hier zu Assisi, gebt mir, Christenmenschen, den Kreuzestod —

Ugone: Bedenk es wohl! Wie ein Tropfen Gift, einem Wasserglase beigemischt, jeden Wassertropfen im Glas vergiftet, so wird die Gemeinschaft, die einen Ketzer beherbergt, zu einer Ketzergemeinschaft. Ich habe den Befehl erhalten, den Minoritenorden als einen Ketzerorden zu verdammen —

Franziskus: Ich löse den Strick des Minoriten auf und tue ihn von mir! *(Er tut, was er sagt.)* Ich lege die Kutte des Minoriten ab und sage mich los vom Orden und allen Brüdern des Ordens! *(Er zeigt auf die Versammlung):* Dort ist der Orden, fromm und unbefleckt von Ketzerei. *(Er zeigt auf sich):* Hier ist der Ketzer: ich bin es allein —

Leo *(tritt zu ihm):* Auch ich!

Bernardo *(mit anderen hinzutretend):* Und ich! Dann sind wir alle Ketzer!

Franziskus: Hebt euch von mir! Das ist mein letzter Befehl an euch: Hebt euch alle ferne hinweg! — Ich allein bin der Ketzer —

Ugone: Ich beschwöre dich bei dem lebendigen Gott, der ein großes Werk durch dich gewirkt hat: Widerruf —

Franziskus: Ich widerrufe nicht! Ich beuge mich nicht!

Ugone *(steigt von der Tribüne, tritt zu Franziskus und sagt tief bewegt):* Umarm mich, Bruder Franziskus! *(Sie umarmen einander.)* Gott, der mein Herz sieht, weiß es: Das ist die schwerste Stunde meines Lebens. Denn jetzt muß ich dich dem richtenden Arm der Inquisition übergeben, dich, den ich lieb habe, wie einen Sohn. — *(Er wendet sich von ihm ab und sagt leise):* Gott sei deiner Seele gnädig!

Franziskus *(geht zur Tür; zu einigen Minoriten, die sich ihm nähern):* Rührt mich nicht an! Keiner berühre den verfluchten Mann! *(Er bleibt an der Tür stehen und blickt zurück. Es ist indessen Abend geworden, und die Dämmerung füllt allmählich den Raum.)* Nun bin ich am Ende meiner Wegfahrt wieder dort, woher ich einst die Reise antrat. Damals, in diesem selben Saal, vor demselben Kreuz, als mein Vater mich verstieß, antwortete ich ihm: Nicht mehr du bist mein Vater, Pietro Bernardone, nur noch Du, mein Vater, der Du in dem Himmel bist! Entblößt, elend und nackt warf ich mich in die Arme Christi, daß er mich zum Leben führe. Nun stößt mich die große Mutter, die Kirche, aus; nackt und bloß flüchte ich mich in Deine Arme, daß Du mich zum Tod geleitest —

Ugone: Leb wohl, Franziskus! Du darst nicht länger unter Christen weilen!

Franziskus *(zum Kreuz gewandt):* Du hast mich reich gemacht vor allen Menschen; Du gabst mir Kinder und Kindeskinder, daß ich mich selig pries unter den Geschöpfen. Von der Mutter verjagt, abgetrennt von den Kindern, habe ich auf der Welt niemanden mehr als Dich. Verstoß mich nicht auch Du! Ich bin schwach im Glauben und arm an Liebe; verstoß mich Unseligen nicht! Du hast mich nicht an Dein Kreuz emporgehoben; Du hast mir nicht Deine Passion geschenkt — *(mit einem Aufschrei):* Auch Du hast mich verstoßen! Mein Heiland, auch Du — — *(Er geht mit geöffneten Armen dicht auf das Kreuz zu. Plötzlich, wie von einem Blitz getroffen, sinkt er zu Füßen des Kreuzes nieder, die Arme ausgebreitet, die Beine geschlossen. Eine lange Pause.)*

Silvestro: Was war das? Das Kreuz hat gezuckt!

Bernardo: Die Gestalt am Kreuz hat sich bewegt! Der Gekreuzigte breitete die Arme aus, ihm entgegen —

Leo *(sich neben Franziskus niederwerfend):* Vater! Mein Vater! Warum fließt Blut aus deinen Händen und Füßen?

Elia *(hinzutretend, leise und scheu):* Dunkle Male, aus denen Blut sickert, haben sich in seinen Händen und Füßen aufgetan. Schwarze, tiefe Male, wie von Kreuzesnägeln, sind in seinem Gebein aufgebrochen.

Ugone: Reicht mir die Fackel! *(Er beugt sich über Franziskus und tritt erschüttert zurück.)* So wahr meine Seele lebt: Er hat die Wundmale der Passion an seinem Leib empfangen! *(Er richtet sich auf.)* Das Konzil ist geschlossen.

DRITTER AKT

Die Wiese bei der Kirche Santa Maria degli Angeli, unterhalb Assisis. Zur Rechten die Reste eines Ahornhaines; es stehen nur noch wenige Bäume, zwischen den Stümpfen der gefällten. Zur Linken die kleine Kirche, an die gelehnt, einige primitive Mönchszellen stehen. Neben der Kirche wird in großem Maßstab ein Kloster gebaut; obwohl es noch unvollendet ist, sind die Mauern schon so hoch gestiegen, daß die Kirche neben ihnen ganz winzig erscheint. — Bernardo tritt eilfertig auf und pocht an eine der Zellen. Elia tritt aus dieser; er erschrickt, als er Bernardo erblickt.

Elia: Bruder Bernardo! Du kommst vom Alverner Berge herab! Lebt er nicht mehr?

Bernardo: Er lebt. Noch lebt er, Bruder Elia.

Elia: Gepriesen der Herr, daß er lebt! Ich kehrte erst diesen Morgen von Rom zurück. In Rom ging das Gerücht um, er sei dem Sterben nahe.

Bernardo: Er läßt sich eben von den Brüdern herabtragen. Es scheint, daß er hier, in Santa Maria degli Angeli, sterben will, an dem Ort, den er vor allen geliebt hat. — *(Mit einem Blick auf den Bau):* Unselig, daß ihr den Klosterbau nicht bis nach seinem Tode verschobt!

Elia *(erstaunt):* Weiß er's denn nicht?

Bernardo: Wir versuchten vergebens, ihn durch unsere Bitten auf dem Berg zurückzuhalten. Dort wäre er in glücklicher Unwissenheit gestorben.

Elia: Er weiß nichts? Weiß nicht, daß damals der Kardinal, über die Stigmatisation erschüttert, nach Rom eilte, um neue Entschlüsse des Papstes einzuholen? Und daß der Heilige Vater entschied, den Bann über Bruder Benvenuto aufzuheben, die geforderten Neuerungen aber sofort durchzuführen?

Bernardo: Er hat nie gefragt. Und wir haben ihm die traurigen Änderungen verschwiegen.

Elia: Wie ist es möglich? So hat er nie erfahren, daß ich nur die Wahl hatte, die neue Regel in Kraft zu setzen oder der Vernichtung des Ordens zuzustimmen? Und daß in diesem Augenblick mehr als fünfzig Klöster gebaut werden, in allen christlichen Ländern?

Bernardo: Er lebt nur in seiner Passion. Die Schmerzen der Kreuzigung, die unser Heiland einige Stunden litt, erduldet er schon Monate lang. Jeden Morgen sind die Verbände an seinen Händen und Füßen von frischem Blut durchtränkt; ein Zeichen, daß seine Passion ununterbrochen dauert.

Elia: O Gott! Der Unglückliche!

Bernardo: Wir hatten früher schon geglaubt, er sei an Liebe und Vollkommenheit Christo ähnlich geworden. Wenn du aber sähest, wie er mit stiller Heiterkeit seine Leiden trägt und wie mit den wachsenden Qualen seine Liebe sich nur steigert, du würdest glauben, das Leid allein schaffe die Seligkeit. — Dank und Lob sei Gott, daß er ihn erblinden ließ!

Elia: Ja, Gott hat ihn lieb. So muß er die Veränderungen nicht mehr sehen.

Bernardo: Ich fürchte aber, er fühlt, was er nicht sieht. Es ist, als hätten, seit sein Augenlicht erlosch, wissendere Augen sich in seinem Innern aufgetan. Nur gerade jetzt versuchten wir zweimal, ihn auf einer Wiese im Schatten hoher Bäume niederzusetzen; er lächelte über diese Täuschung und bat uns, ihn weiter, hierher nach Santa Maria degli Angeli, zu tragen. Deshalb bin ich ihm vorausgeeilt, um dich zu bitten, die Neuerungen vor ihm geheim zu halten.

Elia: Sei gewiß! Ich werde den Frieden seines Sterbens nicht stören.

Bernardo *(nach einer Pause):* Du bist blaß, Bruder Elia.

Elia *(sich abwendend):* Sprich nicht von mir!

Bernardo: Du bist wie von einem Fieber verzehrt. Die Schrecken schlafloser Nächte brennen aus deinen Augen. Du warst rastlos tätig in dieser Zeit.

Elia: Für den Orden! Von der Toscana nach Apulien, um neue Niederlassungen zu gründen, und dann nach Rom; von Calabrien nach der Mark Ancona, und wieder nach Rom —

Bernardo: Warum immer nach Rom? — Man sagt, du fastest auf deinen ruhelosen Wanderungen, und nächtigst nie anders als auf nackter Erde —

Elia: Ich gehorche der Regel.

Bernardo *(mit leisem Vorwurf):* Der Regel, die du selber aufhobst. Du gehorchst ihr weniger wie ein Minorit, der im Gehorsam seinen Frieden findet, als wie ein Büßer, der in Kasteiung Vergessen sucht. *(Elia schweigt. Bernardo fährt nach einer Weile fort):* Als ich jetzt durch Assisi ging, fand ich die Stadt in freudigem Aufruhr. Die Gassen waren gestaut von festlich erregten Mengen, die Häuser und Kirchen feierlich geschmückt; vor dem Palast erblickte ich das Banner des Kardinals —

Elia: Der Kardinal ist sofort von Rom nach Assisi geeilt, als er hörte, daß Bruder Franziskus im Sterben liege.

Bernardo: Das ist ein Grund zur Trauer, nicht zu einem Feste. Warum diese Zurüstungen zu einem prunkvollen Triumph?

Elia: Sowie Feuerzeichen es anzeigen, daß er die Augen geschlossen hat, wird der Kardinal verkünden, daß Bruder Franziskus als Heiliger in den Himmel eingegangen ist.

Bernardo *(blickt Elia an):* Das ist dein Werk. Das hast du in Rom erwirkt.

Elia: Für die Größe und Herrlichkeit des Ordens!

Bernardo: Du hast es erwirkt als Entgelt für die Preisgabe der Regel. Du hast ihn zu einem Heiligen gemacht. Sein Werk hast du zerstört.

Elia: Ich habe den Orden gerettet!

Bernardo: Möge dir das Gewissen leicht sein! Du hast den Orden gerettet. Den Geist des Ordens hast du getötet.

Elia *(heiß):* Selig ihr, die ihr euch bewahren durftet! Preist auf Knien alltäglich den Herrn, der euch vergönnte, in einsamer Beschaulichkeit um die Reinheit eurer Seelen zu ringen! Ich wurde von euch ausgeschieden und ins Getümmel der Welt gestoßen, dort zu kämpfen und zu handeln —

Bernardo: Ich richte dich nicht.

Elia: Dein Engel behüte dich davor, zu erfahren, wie das ist: zu wissen, daß du handelnd deine Seele befleckst, und dennoch handeln zu müssen! Ich will aber nicht vergebens die Unschuld meiner Seele geopfert haben! Der Orden der Minoriten soll berühmt und groß sein wie kein anderer der Christenheit! Kein zweiter Orden kann sich eines Stifters rühmen, der lebenden Leibes in die himmlische Herrschar der Heiligen aufgenommen wurde! Ja, das ist mein Werk —

Bernardo: Nein, ich richte dich nicht, Bruder Elia.

Elia: Richte mich nicht, Bruder Bernardo! Bitte für mich! *(Bernardo winkt ihm, zu schweigen. Sie treten beiseite. Die Minoriten bringen Franziskus auf einer Tragbahre und setzen sie vorsichtig nieder. Unter ihnen Leo, Silvestro, Benvenuto, Masseo. Franziskus ist sehr schwach und blaß; um seine Handflächen und Fußsohlen sind linnene, leicht gerötete Verbände gewickelt.)*

Franziskus *(nach einer Pause):* Ach! Ach!

Leo: Hast du Schmerzen?

Franziskus: Hast du den Vogel gehört, der so wundervoll sang, als ihr mich eben an dem Bauernhaus vorbeitrugt? Es war ein Buchfink.

Leo: Ich habe ihn gesehen. Ja, ein Buchfink war es.

Franziskus: Denk nur, Bruder Leo! Ein Waldvogel, gewohnt, im weiten Forst sich frei von Wipfel zu Wipfel zu schwingen, hinter den Gitterstäben eines engen Bauers! Darum singt er so ergreifend; aus Sehnsucht nach seiner grünen Heimat singt er.

Leo: Ja, wirklich. Daran habe ich nie gedacht.

Franziskus: Da mußte ich an meine Seele denken, daß sie wie dieser kleine Fink ist. Sie singt in ihrem Kerker, weil sie sich nach ihrer ewigen Heimat sehnt. — Warum betrügt ihr mich?

Leo: Wir haben dich nach Santa Maria degli Angeli gebracht.

Franziskus: Hier stand ein Ahornhain. Der Wind rauschte immer in den hohen Wölbungen, und Singvögel zwitscherten unter dem dichten Laubdach. Ich höre nicht den Gesang des Winds.

Leo: Du liegst im Schatten des Hains. Hörst du die Blätter im Wind nicht flüstern?

Franziskus: Ich kenne den Duft aller Herbstblumen, die auf diesen Wiesen blühen. Ich rieche nicht den heimatlichen Duft; Kalk rieche ich und Staub —

Leo: Das ist die Wiese von Santa Maria degli Angeli, glaub es, auf der wir unsere fröhlichen Konzile hielten. Soll ich nicht schnell nach Sankt Damian gehen, Schwester Clara zu rufen?

Franziskus: Schwester Clara hat den Ruf schon gehört. Ruf Bruder Elia, wenn er vielleicht in Santa Maria degli Angeli ist! *(Leo winkt Elia, der herantritt. Die andern ziehen sich zurück.)*

Elia: Gegrüßt, Bruder Franziskus! Gegrüßt bei uns, in Santa Maria degli Angeli!

Franziskus: Gegrüßt, Bruder Elia! Tritt nahe heran, mein lieber Statthalter, und sag: Bist du mit den Brüdern zufrieden? Sind sie dem Orden getreu?

Elia: Die Brüder sind gehorsam und treu.

Franziskus: Achten sie die Gelübde? Ehren sie die Regel?

Elia: Sie ehren Gelübde und Regel.

Franziskus: Haben neue Brüder Strick und Kutte angelegt?

Elia: Ja, Bruder Franziskus. Wie früher auf kriegerischer Mönche Ruf Herzöge und Ritter sich den schimmernden Eisenpanzer anschnallten, um im Kreuzheer vor Jerusalem zu kämpfen, legen jetzt Fürstensöhne ihre Purpurmäntel ab und Ratsherren ihre Talare, und treten als schlichte Soldaten in das neue Heer, das in der braunen Kutte für Christum streitet.

Franziskus: Ach, schön! Wie schön! So wächst der Orden und breitet sich aus?

Elia: Wie die Vögel, denen du in Bevagna predigtest, auf dein Geheiß in Kreuzesform sich nach den vier Richtungen des Himmels zerstreuten, breitet sich der Orden über die bewohnten Länder aus. Minoriten dringen durch die Waldungen des Ostens vor und über die Schneefelder des Nordens, den Heiden die Botschaft des Heils zu bringen; Minoriten besteigen Seeschiffe in den südlichen Häfen, fern bei den Muselmanen die Krone des Märtyrertums zu erwerben.

Franziskus: Wie schön! Wie tröstend! Sieh nur, wie töricht ich bin, Bruder Elia! Ich wurde von Unruhe befallen und kam hier herab, um dich zu ermahnen. Nun stehe ich vor dir wie ein Novize, der sich vermessen wollte, seinen Meister zu belehren.

Elia: Sprich nicht so! Ich flehe dich an —

Franziskus: Ich bin wie ein Hausvater, der, müde geworden von langem Tagewerk, sich nach Frieden sehnt; und er weiß, daß er einen Erben zurückläßt, der nach ihm seinen Garten bestellen wird. Sei gepriesen, du mein Erbe, daß ich getrost eingehen darf in die große Ruhe!

Elia: Preis mich nicht! Der Armseligste der Brüder, der ergeben Holz hackt und seine Hütte zimmert, ist deines Preises würdiger als ich!

Franziskus: Du sagst es. Du bist groß an Demut wie an Kraft. Führe den Orden zu Segen und Heil!

Elia *(heftig ausbrechend):* Richte mich! Verwirf mich!

Franziskus: Wie denn? Warum soll ich dich —?

Elia: Ich kann nicht als ein Lügner deinen Segen erschleichen! Die Regel, der die Brüder gehorchen, ist nicht die Regel, die du gegeben hast! Der Orden, der sich über die Länder ausbreitet, ist der Orden der Minoriten nicht mehr, den du gestiftet hast!

Franziskus: Gott verhüte es! Was sagst du da?

Elia: Die Abweichungen, die du verwarfst, sind die Regel geworden! Ich, dem du dein Werk anvertrautest, habe es zerstört!

Franziskus *(nach einem langen Schweigen, leise):* Ich habe es geahnt. — Minoriten fällen fromme Bäume, vertreiben die Vögel aus ihren grünen Heimen, bauen Klöster auf aus totem Stein. Klosterburgen, Klosterpaläste, hochragend und stolz; füllen Kassen mit Geld, werden reich und dick, der hohen Frau zu Ehren, unserer lieben Frau Armut —

Elia: Sprich mir das Gericht! Mehr als fünfzig Klöster werden gebaut in allen christlichen Ländern! Auch hier in Santa Maria degli Angeli wird ein Kloster gebaut!

Franziskus: Ach ja! Ach ja! Und Obere und Untere, Herren und Knechte, Vögte und Sklaven! Und du, der große Abt mit hoher Mütze und seidnem Ornat, schwingst deinen Krummstab gebietend über gebückte Brüder! Minoriten treten zu Tribunalen zusammen, richten Christenmenschen als Ketzer, geben, zum Ruhme Gottes, Menschenbrüder dem Feuer der Scheiterhaufen preis —

Elia: Reiß mir die Kutte der Minoriten vom Leib! Das aber ist nicht geschehen —

Franziskus: So wird es geschehen! Ich sehe es voraus: es wird! Geh, Bruder Elia! Gott vergebe dir; ich habe dir vertraut! *(Elia geht schnell weg.)*

Franziskus *(nach längerer Pause):* Was haben sie aus unserm Werk gemacht? Bruder Leo, sie haben unsern Garten verwüstet!

Leo *(zu ihm tretend):* Ach, Bruder Franziskus, er wird wieder blühen! Gott wird ihn blühend machen in Regen und Sonnenschein!

Franziskus: Der Orden ist tot. — Heb meinen Leib von der Bahre hinab, und bett ihn auf die Erde unten!

Leo: Warum auf die Erde, Bruder Franziskus?

Franziskus: Daß ich noch einmal die mütterliche Erde von Santa Maria degli Angeli fühle, auf der der Orden erwuchs! *(Leo legt ihn auf die Erde.)* Zieh mir die Kapuze über die Augen und falte meine Hände kreuzweis über der Brust!

Leo: Verlang das nicht! So tut man den Toten —

Franziskus: Es gibt keine Minoriten mehr. *(Leo tut, was Franziskus verlangt.)* Nimm eine Handvoll Staub und streue sie mir auf den Leib! *(Leo tut es.)* Nun geh, du letzter Minorit, und verscharr deine Kutte —

Leo: Schick mich nicht weg! Das Blut aus deinen Wunden dringt wieder heftiger hervor; o diese grausame Passion —

Franziskus: Geh, Lieber! Ich bitte dich, geh! *(Leo reißt sich nach einigem Zögern, von ihm los und zieht sich zurück. Franziskus liegt regungslos. Nach einer längeren Pause tritt Clara auf.)*

Clara: Ich bin gekommen. Ich bringe dir die neue Kutte.

Franziskus: Ich brauche die Kutte der Minoriten nicht mehr.

Clara: Ich habe sie mit Freude gewoben, wie du's mir auftrugst. Du mußt Nachsicht mit meiner Schwäche haben, Bruder Franziskus! Auch Seufzer und Tränen habe ich in das Gewebe gewirkt.

Franziskus: Wärest du früher gekommen, Schwester Clara!

Clara: In jeder Stunde der Muße habe ich eifrig gearbeitet, und die Arbeit doch nicht beendet! Die Kapuze fehlt noch an der Kutte. Wir hatten viele Mühen in dieser Zeit.

Franziskus: Ich weiß. Ich weiß. Ihr mußtet die schlichten Schilfhütten abreißen und einen stattlichen Klosterbau aufführen, Haus und Zellen lustig schmücken, wohl auch einen Ziergarten anlegen, Fischteich und Bäder —

Clara: Das Gutshaus nahe bei Sankt Damian, das der Kardinal uns als Kloster zuwies, war alt und eng.

Franziskus: Ja, ja. Und von eigenen Fruchtgärten pflücken, von eigenen Weinbergen ernten, süße, fette Kost zur Lust des Gaumens schaffen. Der edeln Mühsal der Bettelgänge aber habt ihr euch entledigt —

Clara: Haben wir's nicht recht gemacht?

Franziskus: Das schmerzt am tiefsten. Auch du, Schwester Clara, bist untreu geworden.

Clara: Dann ist's aus törichter Einfalt geschehen! Wir hofften, recht zu tun, als wir das Klosterhaus, das uns aufgenötigt wurde, zu einer Herberge für Aussätzige machten.

Franziskus: Was? Was habt ihr gemacht?

Clara: Wir nahmen Glocken in die Hand und gingen,

läutend und rufend, durch das umbrische Land, um die Aussätzigen aus ihren Verstecken zu locken. Sie kamen auch wirklich zur Nachtzeit, verstört und scheu; bald aber fühlten sie sich bei uns heimisch —

Franziskus: Schwester Clara! Du einfältige und getreue Schwester! Du ahnst nicht, was ihr da gemacht habt!

Clara: Wir ernten in Obstgärten und Weinbergen, aber nur, um unsern unseligen Gästen süße Zukost zu geben. Unsere eigenen Speisen sammeln wir auf den täglichen Bettelgängen ein, die wir nie unterlassen. Da gibt es eben viel zu schaffen. Darum ist das Kleid nicht zur rechten Stunde fertig geworden —

Franziskus: Sag! Sag's schnell! Wer hat diesen Gedanken erdacht?

Clara: Alle Schwestern dachten ihn zu gleicher Zeit, aber keine sprach ihn aus. Wir machten uns sogleich schweigend ans Werk. Haben wir's aber schlecht gemacht —

Franziskus: Ich undankbarer, ungläubiger Mensch! Von so vielen Gnaden überhäuft, habe ich an der Gnade gezweifelt! Da habe ich mich eben beklagt, daß mein Garten verwüstet sei, und Gott hatte indessen Seine Samenkörner schon in neue Gartenerde gesenkt! — Wie soll ich euch nur danken, Schwester?

Clara *(schnell):* Kehr aus dem Himmelreich für eine Weile zurück und erzähl uns von den Herrlichkeiten des Paradieses!

Franziskus: Wie kann ich das? Weiß ich denn, ob ich ins Paradies eingehen werde?

Clara: Im Halbschlaf dieser Nacht sah ich aus dem geöffneten Himmelstor die glanzvolle Schar der Seligen niederwallen, um eine neue Seele einzuholen. Als sie in goldener Wolke wieder himmelan schwebten, erblickte ich einen kleinen Mann in braunem, gegürtetem Kleid, der zögernd ihnen folgte. Da wußte ich, daß es Zeit ist, dir die Kutte zu bringen, auch wenn die Kapuze noch fehlte. — Nur noch einmal, für eine kleine Stunde, kehre bei uns ein!

Franziskus: Nur noch einmal, Freundin? Jeden Abend, wenn ihr im Schatten der Dämmerung euch zum Englischen Gruß versammelt und der letzte Glockenton des Angelusläutens verschwebt, seid ganz still, einen Glockenschlag lang, und gedenket mein! Dann werde ich immer unsichtbar in eure Mitte treten.

Clara: Ja, Bruder Franziskus. Jeden Abend, den Gott dämmern läßt, werden wir dich als stillen Gast in unserer Mitte empfangen!

Franziskus: Du mußt mir aber noch etwas versprechen. Wenn ich jetzt bald gehen werde, wirst du nicht trauern und weinen, nach Art der Weiber. Du wirst dich freuen, und in deinem Herzen ein Te Deum singen.

Clara: Du hast von mir noch nie so Schweres verlangt. Ja, mein Freund, ich werde mich freuen.

Franziskus: Nun leg mir das letzte Kleid an, das du mit eifrigen Fingern gewoben hast! Denn jetzt darf ich als Minorit vor meinen Schöpfer treten. *(Clara zieht ihm die neue Kutte an. Ein langes Schweigen.)*

Franziskus: Wie viel Leid muß der, der Christum liebt, denen schaffen, die ihn lieben! Mein unglücklicher Vater, dem ich die Brust zerriß, als ich mich von ihm lossagte, um Christi willen! Meine Mutter, die weinend aus dem Fenster sah, wie sie ihren vergötterten Sohn mit Flüchen und Steinen vom Markte verjagten! Und du, Schwester Clara, teurer mir als Vater und Mutter, wie unendlich wehe habe ich dir getan!

Clara: Du mir? Was redest du? Wann hättest du je mir wehe getan?

Franziskus: Erinnerst du dich an die sternenlose Nacht, in der du aus dem Haus deiner Eltern entwichst? Ich drückte mich in die Mauerecke, die Kapuze tief in die Stirn gezogen, und wartete, ein Entführer, mit hochpochendem Herzen, bis die Verlobte heimlich aus der Türe trat. Nicht zu Brautaltar und Hochzeitslied entführte ich dich; die grobe Kutte schenkte ich dir als Hochzeitskleid, das harte Lager wies ich dir an als Brautbett. — Liebend hast du alles hingegeben, und nie die Seligkeit der Liebe erfahren –

Clara: Wie kannst du so furchtbare Worte sagen? Jede Stunde jedes Tags, seit du mich entführtest, war von ungemessener Seligkeit erfüllt!

Franziskus *(lächelnd):* Ach, Schwester Clara! Wir alten Leute mögen nun einander die Wahrheit gestehen. Du liebtest mich wie die Frau den Mann. Und hast, du Arme, niemals Umarmung und Kuß des Geliebten empfangen; ohne Kinder mußt du zum Grabe gehen –

Clara *(glühend):* Ohne Kinder? Sagst du, ohne Kinder? Ich habe Hunderte Kinder geboren, reicher beglückt als jede Mutter! Lauter Mädchen! Lauter reine, kluge Jungfrauen! Und du bist ihr Vater –

Franziskus: Ihr Frauen! Ihr wunderbaren Frauen! Alle Gnade des Himmels, die je zur Erde stieg, in eueren Herzen hat sie sich niedergelassen!

Clara: Du kennst mich nicht! Ohne dich bin ich nur schwach und elend –

Franziskus: Ihr gnadenreichen, glorreichen Herzen der Frauen! Ja, in eueren liebenden Herzen werde ich leben! – *(Er wendet sich und ruft):* Bruder Leo! Jauchze und sing, du Lerche Gottes! Unser Garten ist wieder blühend geworden!

Leo: Der Orden ist nicht tot! Ich jauchze und frohlocke: Der Orden der Minoriten lebt!

Franziskus: Tretet, Brüder, heran und legt euere Hände auf meine Augenhöhlen, daß ich euch mit meinen blinden Augen fühle! *(Die Minoriten treten einzeln zu ihm und legen ihre Hände auf sein Gesicht.)* Das ist deine Hand, Bruder Bernardo, du mein erster Paladin! Führ die alte Ritterschar nach der Einsiedelei auf dem Berge zurück –

Bernardo: Sei unbesorgt! Der Alverner Berg wird unser Montsalwatsch sein. Dort wollen wir die reine Regel hüten wie den Heiligen Gral.

Franziskus: Bruder Silvestro, du reisiger Streiter für die unbefleckte Regel, vergiß es nicht: Größer als die Regel und die Gelübde ist die Liebe, die das Herzblut unseres Ordens ist! — Bruder Masseo, mein schweigender Bruder, laß mich noch einmal deine Stimme hören! *(Lächelnd):* Welcher der Erzväter hat dich zur Nacht heimgesucht?

Masseo: Ich hörte die Stimme eines Patriarchen, dessen Gesicht ich nicht erkannte; sie sprach: Bruder Franziskus, der morgen von der Erde aufbricht, war ein irrender Mensch unter den Menschen —

Franziskus: Wie lieblich deine rauhe Stimme klingt, wenn sie für die Wahrheit zeugt!

Masseo: Aber keiner, der je Christo folgte, sprach der verhüllte Patriarch, hat demütiger und inbrünstiger um Heiligkeit gerungen als er! Darum verkünde es vor allen: Bruder Franziskus geht als ein Heiliger zu Gott —

Franziskus: Zurück in dein Schweigen! Und keiner von euch wage es, eine solche Lästerung zu wiederholen! — Bruder Benvenuto, mein geretteter Bruder, der du dir wünschtest, mir den letzten Liebesdienst zu tun, fülle einen Krug, und wasche mir die Glieder mit reinem Wasser vom Quell!

Benvenuto *(sein Gesicht auf Franziskus' Hände drückend):* Mit Tränen! Mit meinen fließenden Tränen!

Franziskus *(nach einer Pause):* Warum mich? Warum nur mich? Antworte mir, Bruder Leo! Warum unter allen gerade mich?

Leo: Gern, Bruder Franziskus. Was soll ich dir antworten?

Franziskus: Warum hat Gott gerade mich mit unendlicher Liebe überschüttet? Weil Er unter allen Sündern keinen sündigeren, keinen niedrigeren und erbärmlicheren erspähte als mich, gerade deshalb hat Er mich erwählt! O Freude! Licht der ewigen Hoffnung! Damit an meinem Beispiel auch der Verzweifeltste lerne, daß er in die göttliche Gnade mit eingeschlossen ist! *(Er blickt sich unruhig um.)* Es ist ein Betrübter unter uns. Keiner soll in dieser Stunde betrübt sein! Warum verbirgst du dich, Bruder Elia?

Elia *(scheu herantretend):* Du hast mich nicht aus deinem Herzen verstoßen?

Franziskus: Näher! Näher zu mir! — In mir war noch ein Rest von Hochmut. Deshalb ergriff der Herr dich als Geißel, meinen Hochmut zu strafen. Hab Dank, du gute Geißel, daß du mich gezüchtigt hast.

Elia: Ich bin von dir abgefallen — verzeih mir! — gegen meinen Willen, gegen meinen Glauben! Ich bin dir untreu geworden — verzeih mir! — aus Treue —

Franziskus: Du bist der Gläubigste!

Elia: Ich, von Zweifeln zerrissen? Ich, der an mir selbst verzweifelt?

Franziskus: Einer mußte geopfert werden, damit der Orden gerettet werde. Du hast nicht gezögert, dich selbst zum Opfer zu bringen. Darum sei das Haupt des Ordens! — Richtet mich von der Erde auf und wendet mein Gesicht gegen Assisi hin! *(Sie richten ihn auf und stützen ihn.)* Leb wohl, Assisi, du hohe Stadt, steilgebaute Stadt, meine Vaterstadt! Leb, Umbrien, wohl, mein Mutterland, sanftes, gepriesenes Land, grün von Weinbergen und Lorbeerhainen, golden von Kornfeldern! Italien, du Wiege der Christenheit, Heimat der Heiligen, leb wohl! Leb wohl! *(Er verneigt sich nach allen Seiten.)* Wendet mein Gesicht euren Gesichtern zu! Lebt wohl, meine Menschenbrüder, meine Menschenschwestern — *(Er unterbricht sich und ruft voll jubelnder Freude):* Preiset, Brüder, die ewige Liebe Gottes! Ich sehe! Ich bin sehend geworden!

Leo: Was? Was siehst du?

Franziskus: Gott hat meine blinden Augen geöffnet, daß ich noch einmal den Glanz Seiner Sonne sehe, das Grün Seiner Fluren, die Herrlichkeit der Berge und Täler, die Er geschaffen hat! Und eure Gesichter, meine Brüder, und deine lieben Augen, Schwester Clara —

Leo: Sieh! O sieh! Das Blut, das aus deinen Wunden floß, ist gestillt! Gott hat deine Passion beendigt!

Franziskus *(sich ungestüm erhebend):* Danken! Singen und danken! O, ich habe nicht genug gedankt!

Bernardo: Dein ganzes Leben ist ein Dank- und Lobgesang gewesen.

Franziskus: Ich war ein unbegabter Troubadour des Herrn. Ach, immer habe ich nur ungefüge Verse gestammelt!

Leo: Erinnerst du dich des Sonnengesanges, den du gedichtet hast? Es war ein schönes Lied!

Franziskus: Sing es laut und kräftig, Bruder Leo! Meine Stimme ist schon schwach. Und Gott wird es lächelnd vergeben, daß es nur ein rohes, plumpes Lied ist.

Leo *(spricht das Lied, den Rhythmus nur andeutend, während Franziskus, mit geschlossenen Augen lauschend, zu den einzelnen Lobpreisungen mit dem Kopf nickt):* „Gepriesen sei, Herr, von allen Deinen Geschöpfen; gepriesen vornehmlich von unserer Frau Schwester, der Sonne, die aller Kreatur Licht schenkt und Wärme —"

Franziskus *(leise):* Frau Schwester! Frau Sonne!

Leo „Gepriesen durch unsern Bruder, den Mond, der die finstere Nacht mit mildem Schein erhellet, und durch unsere Geschwister, die Sternenheere, die Dir stumm lobsingen. Gepriesen durch Feuer und Wasser und Wolken und unsern Bruder, den Wind, Deinen Atem, der vom Himmel über die Erde fährt —"

Franziskus *(leise):* Mein sanfter Bruder Wind, ich habe dich geliebt. Und dich, mein starker Bruder Sturm!

Leo: „Und durch unsere Schwestern, die Blumen, Deine vollkommensten Geschöpfe, die herrlich sind wie Königinnen und demütig wie Bräute —"

Franziskus *(sich lebhaft aufrichtend):* Füg noch einen Vers hinzu, Bruder Leo! „Gepriesen durch unsern Bruder, den leiblichen Tod, Deinen dunklen Boten, der uns vor Dein lichtes Angesicht geleitet —"

Leo: „Gepriesen durch unsern Bruder, den Tod —"

Franziskus *(ist den ihn stützenden Armen entglitten und sanft zur Erde gesunken. Plötzlich stöhnt er leise):* Ach! Ach!

Leo: Hast du Schmerzen?

Benvenuto: Warum hat sich dein Gesicht verdüstert, wie unter einer Wolke von Leid?

Franziskus *(mühsam sprechend):* Zieht durch das ganze Land —

Leo: Ja, ja! Predigend und jubelnd, wie in den Morgenstunden des Ordens. *(Franziskus schüttelt den Kopf.)*

Bernardo: Nicht? Ist es nicht das? Was ist dein letzter Befehl?

Franziskus *(mit letzter Anstrengung):* Öffnet alle Vogelbauer! Laßt die armen Waldvögel fliegen! *(Er sinkt zurück. Eine längere Pause.)*

Leo: Sprich! Sprich zu uns! Warum bist du verstummt?

Bernardo *(über Franziskus gebeugt):* Er spricht nicht mehr!

Leo *(aufschreiend):* Bruder Franziskus! Vater Franziskus! Geh nicht von uns Armen! *(Alle knien neben ihm nieder und ergreifen seine Hände.)*

Clara *(von Tränen überströmt, wirft sich über ihn):* Laß uns nicht in Verzweiflung als Waisen zurück! *(Sie steht rasch auf, trocknet ihre Tränen und lächelt ein schwaches Lächeln):* Ich freue mich! Blick her: ich freue mich!

Bernardo *(nach einer Pause auf Elia zutretend):* Nun bist du das Haupt des Ordens. Was befiehlst du uns?

Elia *(zusammenfahrend):* Ich? Nichts. *(Nach einer Pause):* Nur das: zündet Fackeln an und kreiset die brennenden Fackeln nach Assisi hinüber! *(Zwei Brüder zünden Fackeln an und beschreiben mit ihnen weite, kreisende Bewegungen. Nach einer Weile erschallt ein fernes, vielstimmiges Getön von Glocken. Bald darauf setzt, fern und näher, der Schall von Fanfaren ein.)*

Silvestro: Was ist das? Alle Glocken in Assisi beginnen zu läuten.

Benvenuto: Fanfaren hallen von der Höhe der Zitadelle herab. Fanfaren antworten ihnen im weiten Tal, ferne und nah, aus allen Richtungen der Winde.

Bernardo: Jetzt verkündet von den Stufen des Hochaltars in der Kathedrale der Kardinal, daß Bruder Franziskus unter die Heiligen des Himmels aufgenommen ist.

Leo *(sich schmerzvoll neben Franziskus niederwerfend):* Das hast du nicht gewollt, du Demütiger, du Stiller — *(Die Glocken und Fanfaren tönen bis zum Ende fort.)*

Bernardo *(tritt zu Elia):* Du hast ein großes Werk vollbracht. Du hast der Christenheit einen Heiligen gegeben.

Elia *(der, abseits stehend, mit geschlossenen Augen, wie in Erstarrung, den Klängen gelauscht hat, schreckt zusammen; er zieht die Kapuze über sein Gesicht, schlägt an seine Brust und sagt erschüttert):* Pater, peccavi! —